搜神记译注

（晋）干宝 著

邹憬 译注

北京联合出版公司
Beijing United Publishing Co.,Ltd.

目录

新　序 1

干宝原序 1

卷　一

一　神农鞭百草 2
二　雨师赤松子 2
三　赤将子卖缴 3
四　宁封子积火自烧 4
五　槐山采药人偓佺 5
六　长寿彭祖 5
七　葛由上绥山 6
八　崔文子学仙王子乔 7
九　冠先踞宋 8
十　琴高入涿水 9
十一　陶安公骑赤龙 9
十二　八老公见淮南王 10
十三　刘根召鬼 12
十四　王乔辄双凫 13
十五　奇人蓟子训 14
十六　乞儿阴生 15
十七　左慈戏曹 16
十八　于吉请雨 19
十九　介琰隐形 21
二十　徐光卖瓜 22
二十一　葛玄施法 23
二十二　吴猛止风 24
二十三　董永路遇织女 26
二十四　杜兰香求张传 27
二十五　玉女知琼与弦超 29

卷　二

一　寿光侯劾百鬼 36
二　樊英含水灭蜀火 37
三　徐登与赵眪 38
四　赵眪渡水 39
五　边洪发狂 40
六　天竺胡人 41
七　扶南王判罪 43
八　贾佩兰说宫内事 44
九　李少翁致神 46
十　两巫识朱主墓 47
十一　夏侯弘见鬼 48

卷　三

一　钟离意修孔庙　52
二　段翳封简书　53
三　臧仲英家遇怪事　54
四　乔玄夜见白光　56
五　管辂论怪　58
六　管辂教颜超增寿　61
七　管辂筮信都令家　63
八　淳于智朱书杀鼠　64
九　淳于智卜居宅　65
十　淳于智卜免祸　66
十一　郭璞撒豆成兵　67
十二　郭璞救死马　68
十三　郭璞筮病　69
十四　费孝先为王旻言卦　70
十五　隗炤藏金　73
十六　韩友驱魅　75
十七　严卿禳害　76
十八　华佗治疮　77

卷　四

一　风伯雨师　80
二　张宽说女宿　80
三　泰山女言太公望　81
四　胡母班传书　82
五　河伯招婿　86
六　华山使者　88
七　张璞投女　90
八　估客宫亭湖见二女　92
九　宫亭庙神借簪　93
十　驴鼠过宣城　94
十一　欧明得如愿　95
十二　黄公神祠　96
十三　戴文谋疑神　97
十四　麋竺路遇天使　98
十五　阴子方祀灶　99
十六　戴侯祠　100

卷　五

一　蒋子文成神　102
二　蒋侯招婿　104
三　蒋侯见吴望子　105
四　蒋侯助杀虎　107
五　丁姑渡河　109
六　赵公明府参佐救王祐　111
七　周式之死　115
八　张助斫李　116
九　临淄亭中新井　117

卷 六

一 论妖怪 120
二 论山徙 121
三 龟毛兔角 124
四 玉化为蜮 124
五 地长地陷 125
六 马生人 126
七 女子化为丈夫 126
八 狗与彘交 127
九 白黑乌斗 128
十 范延寿断讼 130
十一 天雨草 131
十二 鼠巢树上 132
十三 木生人状 133
十四 儿啼腹中 134
十五 西王母传书 135
十六 男子化为女人 136
十七 人死复生 137
十八 儿生两头 138
十九 赤厄三七 139
二十 夫妇相食 142
二十一 虎贲寺东壁黄人 143
二十二 草作人状 144
二十三 怀陵万雀乱斗相杀 145
二十四 京师谣言 146

卷 七

一 开石文字 148
二 翟器翟食 150
三 二龙见武库 151
四 两足虎 151
五 武库现鲤 152
六 《晋世宁》舞 153
七 妇人佩兵 154
八 乌杖柱掖 155
九 牛能言 156
十 败屩聚道 157
十一 无颜帢 159
十二 淳于伯冤死 160
十三 绛囊缚紒 161
十四 仪仗生花 162

卷 八

一 虞舜耕于历山 164
二 商汤祈雨 165
三 文王得太公望 165
四 武王伐纣 166
五 赤虹化黄玉 167
六 陈宝祠 168
七 邢史子臣说天道 169
八 荧惑星预言 170
九 戴洋梦神人 172

卷　九

一 应妪见神光 174
二 冯绲绶笥有赤蛇 175
三 张氏传钩 176
四 何比干得符策 177
五 魏舒诣野王 178
六 贾谊作《鹏鸟赋》 179
七 诸葛恪被杀 180
八 府公斥贾充 181
九 庾亮登厕见怪 183

卷　十

一 邓皇后梦登梯扪天 186
二 孙夫人梦月日入怀 187
三 蔡茂梦取梁上穗 188
四 周擥啧梦从天换钱 189
五 张奂妻梦登楼 190
六 汉灵帝梦见桓帝 191
七 吕石安梦死期 192
八 谢郭二人同梦 193

卷十一

一 熊渠子射石 196
二 由基更羸善射 197
三 古冶子杀鼋 198
四 三王墓 199
五 贾雍失头 201
六 东方朔以酒灌患 202
七 谅辅以身祈雨 203
八 蝗避徐栩 205
九 湘江白虎墓 206
十 曾子孝感万里 207
十一 王祥剖冰求鲤 207
十二 郭巨埋儿 208
十三 东海孝妇 209
十四 相思树 211

卷十二

一 五气变化论 214
二 穿井获羊 218
三 山精傒囊 219
四 池阳小人景 220
五 落头民 221
六 猳国取女 222
七 越地冶鸟 224
八 南海鲛人 225
九 蜮含沙射人 226
十 张小小 227
十一 赵寿犬蛊 227

卷十三

一 泰山澧泉 230
二 河神劈华山 230
三 霍山四镬 231
四 龟化城 232
五 城沦为湖 233
六 马邑城 234
七 天地劫余 234
八 丹砂井 235
九 江东余腹 236
十 火浣布 237
十一 阴阳燧 238
十二 焦尾琴 239
十三 柯亭竹笛 240

卷十四

一 蒙双氏 242
二 盘瓠子孙 243
三 夫馀王东明 246
四 窦奉妻生蛇 247
五 金龙池 248
六 女与马皮化蚕 249
七 嫦娥奔月 252
八 毛衣女 253
九 宋母化鳖 254
十 老翁作怪 255

卷十五

一 王道平妻 258
二 贾文合娶妻 260
三 李娥复生 262
四 贺瑀使社公 265
五 戴洋复活 266
六 柳荣张悌 267
七 羊祜取金镮 268
八 冯贵人冢 269
九 广陵大冢 270
十 栾书冢 271

卷十六

一 三疫鬼 274
二 阮瞻见鬼 274
三 蒋济亡儿 275
四 文颖移棺 278
五 秦巨伯斗鬼 280
六 宋定伯卖鬼 281
七 紫玉韩重 283
八 驸马都尉 286
九 卢充幽婚 288
十 钟繇杀鬼 293

卷十七

一 鬼骗张汉直家 296
二 费季客楚 297
三 朱诞给使射鬼 298
四 倪彦思家鬼魅 300
五 竹中人 302
六 服留鸟 303
七 蛇入脑 304

卷十八

一 饭臿枕怪 306
二 细腰 307
三 树神黄祖 308
四 张辽杀怪 310
五 吴兴老狐 311
六 老狸语刘伯祖 313
七 阿紫 314
八 谢鲲获鹿怪 316
九 见怪不怪 317
十 王周南不惧鼠怪 318
十一 汤应斫二怪 319

卷十九

一 李寄斩蛇 322
二 野水鼍妇 324
三 丹阳道士 325
四 孔子谈五酉 327
五 千日酒 329
六 陈仲举相黄奴 331

卷二十

一 病龙求医 334
二 苏易助虎产 335
三 黄雀报恩 336
四 隋侯珠 337
五 龟报孔愉 337
六 蚁王报董昭之 339
七 义犬报恩 340
八 邛都陷湖 342

新　序

《搜神记》是一部记录古代民间传说中神奇怪异故事的小说集，为东晋初年史学家干宝编撰。《搜神记》原本已散，今本是后人缀辑增益而成，共二十卷，有大小故事四百五十四个。

《搜神记》虽然是一部记载神鬼妖仙的异闻录，但是作者本人却是以“实录”的态度加以记载。干宝撰写《搜神记》的缘由颇有些传奇色彩。他在“自序”中称：“及其著述，亦足以发明神道之不诬也。”并指出他是因为有感于父亲的妾婢死而复生以及兄长气绝又复苏等事，撰写此书。干宝想通过搜集前人著述及民间传说中的故事，来证明鬼神确实存在。客观地看，干宝撰写《搜神记》和他的经历、学识、见闻有关。干宝是兴趣广泛之人，不仅读书甚多，而且阅历也很丰富。他博闻强记，对所处的那个时代以及之前的许多轶闻趣事都颇加留意，并能给予思考，又特别有感于生死之事，所以才能写成这部《搜神记》。

干宝撰写的《搜神记》，记述了从上古到汉晋时期的大量传说，内容极其丰富。其中有很多故事应是干宝长期搜集而来，涉及的范围非常广，上至皇室贵族，下至黎民百姓。故事的主角有鬼，也有妖怪和神仙，杂糅佛道。文章设想奇幻，极富浪漫主义色彩。

其中卷一、十四记载的多是上古就开始流传的神话故事。很多故事已经流传至今，但是《搜神记》的版本和我们平常听到的版本有些出入。如卷一的《董永路遇织女》。董永与七仙女的爱情故事，是大家耳熟能详的，但是《搜神记》里记载的故事，却没有我们后来所听到的故事那么复杂与轰轰烈烈。再如卷十四的《嫦娥奔月》，嫦娥与我们印象中年轻美丽的形象大相径庭，因为在这本书中嫦娥最后变成了癞蛤蟆。

卷二、三、五、十一多是讲一些与知名历史人物相关的传说，如卷二记载的很多故事的主人公，寿光侯、樊英、徐登、扶南王范寻等都是各有所能的有方名人。再如卷十一《三王墓》讲述的是春秋铸剑名师干将死后，其子为其复仇的故事。另外还讲了多位有名的孝子孝妇的事迹，如卷十一《东海孝妇》，讲的就是孝妇周青蒙冤的故事。

卷六、七、八、九、十则多是根据一些异物，异事，异象来预测吉凶的故事，这大抵是作者深受汉时开始流行的谶纬之学影响的结果。这些故事中，异常的生物有之，如卷六的《龟毛兔角》；异常的人类也有之，如《女子化为丈夫》。这些故事中的异兆往往都是凶兆，不过卷十大多是有关吉利、富贵预兆的故事。

卷十二、十三则记载了一些比较稀奇古怪的灵异事物。比如卷十二的《南海鲛人》，故事里的鲛人，很像西方传说中的美人鱼。

卷四、十四、十五、十六多是讲人与鬼神交往，以及人鬼相恋成婚的故事。如卷十六的《紫玉韩重》就是讲吴王小女与韩重的生死相婚，歌颂了忠贞不渝的爱情。

卷十七、十八、十九大部分内容是人与鬼魅妖怪相斗相杀的故事。如卷十八，大都是讲人如何凭借自己的智慧杀死祸害人间的草木、禽兽之怪。

而最后一卷，则又是关于有灵的动物。既有龙、虎、龟、蛇等在人类的传统观念中具有灵性的动物，也有蝼蚁之类的小虫。它们或因人类的善念而救人危难，报答人类的帮助；或因人类的迫害而报仇，让恶人受到惩罚。故事中的人，因为对待动物的不同态度而得到了不同的结果，这反映了当时“善恶到头终有报”的因果报应观念。

《搜神记》中的传说故事大多篇幅短小，形式多样，文笔优美，富有悬念。此外，该书对于研究历史、人文、民俗、神话传说等诸方面的学者来说，都有重要的参考价值。

《搜神记》对后世影响深远，唐代传奇、蒲松龄的《聊斋志异》及后世的许多小说、戏曲，都和它有着密切的联系。在干宝之后，还出现过托名陶潜的《搜神后记》十卷和宋代章炳文的《搜神秘览》上下卷等《搜神记》的仿制品。

我们的这部《搜神记》译注本，参考了汪绍楹先生的《搜神记》译注本等多种版本，并根据时代的变化和当今读者的口味，选出最经典的故事二百余篇，对其重新注释和翻译，并为文中生僻字词标注读音。希望我们的工作能让《搜神记》一书变得更加通俗易懂，更加易于读者接受。

邹憬

2012 年 10 月

干宝原序

虽考先志于载籍，收遗逸于当时，盖非一耳一目之所亲闻睹也，又安敢谓无失实者哉！卫朔失国，二传互其所闻；吕望事周，子长存其两说。若此比类，往往有焉。从此观之，闻见之难，由来尚矣。夫书赴告之定辞，据国史之方册，犹尚若兹，况仰述千载之前，记殊俗之表，缀片言于残阙，访行事于故老，将使事不二迹，言无异途，然后为信者，固亦前史之所病。然而国家不废注记之官，学士不绝诵览之业，岂不以其所失者小，所存者大乎？今之所集，设有承于前载者，则非余之罪也。若使采访近世之事，苟有虚错，愿与先贤前儒分其讥谤。及其著述，亦足以发明神道之不诬也。群言百家不可胜览，耳目所受不可胜载，今粗取足以演八略之旨，成其微说而已。幸将来好事之士录其根体，有以游心寓目而无尤焉。

卷一

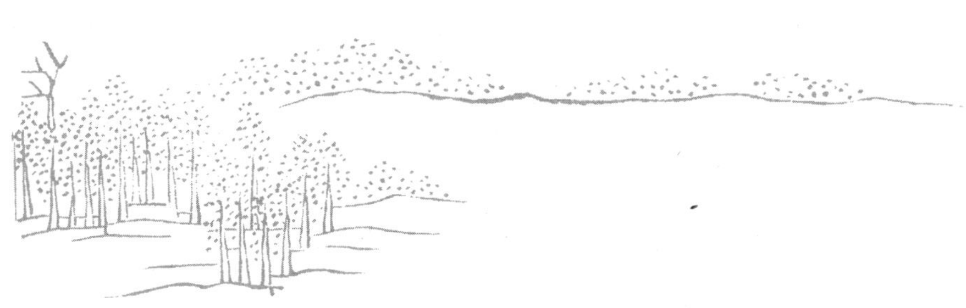

一 神农鞭百草

神农[①]以赭鞭[②]鞭百草，尽知其平毒[③]寒温之性，臭味[④]所主。以[⑤]播百谷，故天下号神农也。

注释

①神农：又被称为炎帝，传说中太古时期的帝王。因为传说他教会人们务农，故被称为“神农氏”。

②赭zhě鞭：传说中神农氏用来检验百草的红色鞭子。

③平毒：在这里指草药含不含毒性。平，即无毒。

④臭xiù味：气味，味道。这里指酸、咸、甘、苦、辛等五味。

⑤以：根据。

译文

神农用他那红色鞭子抽打各种草木，既而全面了解各种草木的无毒、有毒、寒、温等药性以及酸、咸、甘、苦、辛等五味主治的疾病，然后根据这些经验，教会人们播种庄稼，所以天下人称他为“神农”。

二 雨师赤松子

赤松子者，神农时雨师[①]也。服冰玉散[②]，以教神农，能入火不烧。至昆仑山，常入西王母[③]石室中，随风雨上下。炎帝少女[④]追之，亦得仙[⑤]，俱去。至高辛[⑥]时，复为雨师，游人间。今之雨师本是焉。

注释

①雨师：传说中的雨神，主管司雨。

②冰玉散：传说中一种可让人长生的药。

③西王母：古代神话中的女仙人，相传住在昆仑仙岛。据《山海经》载："西王母其状如人，豹尾虎齿，善啸，蓬发戴胜，是司天之厉及五残。"后来在流传的过程中，西王母的形象转变为慈祥的女神。又被称为"金母""瑶池金母""瑶池圣母"。

④少女：小女儿。

⑤得仙：成为神仙。

⑥高辛：即帝喾kù，为黄帝曾孙，因为曾受封于辛地，后被称高辛，是传说中的五帝之一。

译文

赤松子，是炎帝时主管司雨的神。传说他曾服用过一种叫做冰玉散的灵药，并让炎帝也服用。他能够进到燃烧的烈火中，而让自己不被烧到。据说，他常出入西王母的石室，能乘着风雨而上天入地。炎帝的小女儿追随他，也得道成仙，和他一起升天而去。到帝喾高辛氏时，赤松子又回到人间做了雨师。现在的雨师都奉他为祖师。

三 赤将子卖缴

赤将子舆者，黄帝时人也。不食五谷，而啖[①]百草华[②]。至尧时，为木工。能随风雨上下。时于市门中卖缴[③]，故亦谓之缴父。

注释

①啖dàn：食，吃。②华：同“花”。

③缴zhuó：箭上的生丝绳。

译文

赤将子舆，是黄帝时候的人。他不吃五谷，而吃各种草木的花。到尧帝时代，他做了木工，能随着风雨上天下地。因为他经常去集市卖缴，所以人们也叫他“缴父”。

四 宁封子积火自烧

宁封子，黄帝时人也。世传为黄帝陶正[①]，有异人过[②]之，为其掌火，能出五色烟。久则以教封子，封子积火自烧，而随烟气上下。视其灰烬，犹有其骨。时人共葬之宁北山中。故谓之宁封子。

注释

①陶正：主管陶器的官员。②过：拜访。

译文

宁封子，是黄帝时期的人。世间传说他曾出任为黄帝掌管陶器的官员。后来有个有特异功能的人来拜访他，并在他烧制陶器的时候为他掌火。这个人能够在五色烟火中随意出入。和宁封子相交久了，他教给宁封子这个法术。宁封子堆积柴火自焚，随着烟火而上下飘动。但是当人们察看他自焚剩下的灰烬时，却发现了他的骸骨，人们便一起把他的骸骨葬在了宁北山中。因此，他被人称为“宁封子”。

五 槐山采药人偓佺

偓佺者，槐山采药父也。好食松实。形体生毛，长七寸，两日更方[①]，能飞行逐走马。以松子遗[②]尧，尧不暇服。松者，简松也。时受服者，皆三百岁。

注释

①更方：这里指两只眼睛轮流更换视线的方向。如一只眼睛看左面的时候，另一只眼睛同时看右面。

②遗：赠送。

译文

偓佺，是槐山的采药老人。他喜欢吃松树的果实，身体上长着七寸长的毛，双眼能轮流变换视线的方向。他能飞行，着追赶奔跑的马。他曾赠松子给尧，尧没有时间服用。松树，就是简松。当时服用过松子的人，都活了三百岁。

六 长寿彭祖

彭祖者，殷[①]时大夫[②]也。姓钱，名铿。帝颛顼[③]之孙，陆终氏[④]之中子[⑤]。历夏而至商末，号七百岁。常食桂芝。历阳有彭祖仙室。前世云：祷请风雨，莫不辄[⑥]应。常有两虎在祠左右。今日祠之讫[⑦]，地则有两虎迹。

注释

①殷：即殷商。商王盘庚从奄迁都到殷后，后世变习惯称商为殷或殷商。

②大夫：古代的一种官职名。

③颛顼zhuānxū：上古的帝王，号高阳氏，相传是黄帝的孙子。一说是三皇五帝的五帝之一。

④陆终氏：传说是颛顼的后裔。

⑤中子：排行居中的儿子。

⑥辄：马上，立刻。

⑦讫：消失，不存在。

译文

彭祖，殷商时期的大夫。本姓钱，名铿，是颛顼帝的孙子，陆终氏的儿子。历经夏代一直活到商朝末年，号称有七百岁，传说他经常服用桂芝。在历阳这个地方有座彭祖的仙室。前辈人说，在那里祈求风雨，没有不立刻应验的。在祠庙的左右两旁，常有两只老虎守护。现在虽然那座祠庙已经不存在了，但是地上两只老虎的脚印却依然可见。

七 葛由上绥山

前周葛由，蜀羌[①]人也。周成王[②]时，好刻木作羊卖之。一旦，乘木羊入蜀中，蜀中王侯贵人追之，上绥山。绥山多桃，在峨眉山西南，高无极[③]也。随之者不复还，皆得仙道。故里谚曰："得绥山一桃，虽不能仙，亦足以豪。"山下立祠数十处。

注释

①羌：我国古代西部的少数民族之一。

②周成王：周武王的儿子，名诵。③极：尽头。

译文

西周的葛由，是蜀地的羌人。周成王时，葛由喜欢把木头刻成羊的样子去卖。一天，葛由骑着木羊来到蜀中，蜀中的王侯贵人，都追随在他的身后去了绥山。绥山那个地方有很多桃子，位置在峨眉山的西南方向，高得看不到尽头。那天随着葛由去绥山的人，都没有再回来，全部得道成仙了。所以民间有谚语说："得到绥山的一个桃，不能成仙也能无拘无束，随心所欲。"绥山之下为葛由建的祠庙就有几十处之多。

八 崔文子学仙王子乔

崔文子者，泰山人也。学仙于王子乔①。子乔化为白蜺②，而持药与文子。文子惊怪，引戈击蜺，中之，因堕其药。俯而视之，王子乔之履③也。置之室中，覆以敝筐。须臾④，化为大鸟。开而视之，翻然飞去。

注释

①王子乔：传说中的仙人，据说为周灵王太子。好吹笙作凤鸣。在游历洢水和洛水的时候遇到浮丘生，在他的指引下上嵩山，后修道成仙。

②蜺：通"霓"。虹的一种，也叫副虹。

③履：鞋子。

④须臾：片刻、一会儿的工夫，形容时间很短。

译文

崔文子，泰山人。他跟随王子乔学修仙之道。一日，王子乔化身为白蜺，带仙药给崔文子。崔文子看到这种情形，感到很吃惊，便拿起戈打向白蜺，白蜺被击中，带来的药就掉落了下来。崔文子俯身去看，发现是王子乔的鞋子，便把鞋子拿回屋内，用一个破筐把鞋子盖住。片刻之后，鞋子突然变成了一只大鸟。崔文子忙打开筐子去看它，这鸟就立刻展翅飞走了。

九 冠先踞宋

冠先，宋人也。钓鱼为业。居睢水旁，百余年。得鱼，或放，或卖，或自食之。常冠带，好种荔，食其葩实焉。宋景公[①]问其道，不告，即杀之。后数十年，踞[②]宋城门上，鼓琴，数十日乃去。宋人家家奉祠之。

注释

①宋景公：春秋战国之际的宋国国君，名头曼，前516至前453年在位。

②踞：蹲，蹲坐。

译文

冠先，是宋国人。他以钓鱼为职业，住在睢水边已有一百多年了。他钓到了鱼，有的放掉，有的卖掉，有的自己吃掉。他喜欢戴帽子并束上腰带。他喜欢种荔枝，吃它的花和果实。宋景公曾向他求教，但他不肯答复，宋景公就把他杀了。又过了几十年，他竟然出现在宋国的城门上，蹲在那里弹琴，弹了几十天才离去。于是宋国的百姓家家都祭拜他。

十 琴高入涿水

琴高，赵人也。能鼓琴，为宋康王舍人[①]。行涓、彭之术[②]，浮游冀州、涿郡间二百余年。后辞入涿水中，取龙子[③]，与诸弟子期[④]之，曰："明日皆洁斋，候于水旁，设祠屋。"果乘赤鲤鱼出，来坐祠中。且有万人观之。留一月，乃复入水去。

注释

①舍人：家臣。

②涓、彭之术：指神仙之术。涓，涓子。彭，彭祖。

③龙子：一种神物，形如壁虎，传说是龙之子。

④期：约定日期。

译文

琴高，赵国人。擅长鼓琴，曾经是宋康王的家臣。他修行仙术在冀州和涿郡之间乘水游玩二百多年。后来有一天，他要去涿水中拿取龙子，他和弟子辞别并与众弟子约定说："明天你们都沐浴斋戒，设好神祠祭祀，在岸边等我。"第二天，琴高果然骑着一条红色的鲤鱼从河中出来，并坐入神祠中。大约有万余人来神祠看他。琴高在那里停留了一个月，又重新返回水中去了。

十一 陶安公骑赤龙

陶安公者，六安铸冶师也。数[①]行火。火一朝散上，紫色冲天。公伏治下求哀。须臾，朱雀[②]止冶上，曰："安公！安公！冶与天通。七月七日，迎汝以赤龙。”至时，安公骑之，从东南去。城邑数万人，预[③]祖[④]安送之，皆辞诀。

注释

①数：多次，常常。

②朱雀：传说的神鸟，与青龙、白虎、玄武一起被称作“四灵”。

③预：预先，事先。

④祖：祭祀路神，引申为饯行。

译文

陶安公，是六安的冶炼师。他常常用火来冶炼。一天，冶炼的火突然变大，紫色的火焰直冲云霄。陶安公忙跪在冶炼炉下祈祷。不一会儿，有朱雀停在冶炼炉上，口中说道：“安公安公，你的冶铸与天通。七月七日那天，将会有赤龙来接你升天。”到了那天，陶安公果然骑着赤龙，朝东南方向而去。当天城中数万人，都提前准备好东西为陶安公饯行，陶安公都一一道别。

十二 八老公见淮南王

淮南王安[①]好道术，设厨宰以候宾客。正月上辛[②]，有八老公[③]诣门求见。门吏白王，王使吏自以意难之，曰：“吾王好长生，先生无驻衰之术，未敢以闻。”公知不见，乃更形为八童子，色如桃花。王便见之，盛礼设乐，以享八公。援琴而弦歌曰：“明明上天，照四海兮。知我好道，公来下兮。公将与余，生羽毛兮。

升腾青云，蹈梁甫兮。观见三光[4]，遇北斗兮。驱乘风云，使玉女兮。”今所谓《淮南操》[5]是也。

注释

①淮南王安：即淮南王刘安，道家经典《淮南子》就是由他主持编订的。

②上辛：每月上旬的辛日。

辛，天干的第八位，与地支相配，以纪年、月、日。

③八老公：《小学绀珠》所载淮甫八公为：左吴、李尚、苏飞、田由、毛披、雷被、晋昌、伍被。

④三光：指日、月、星。

⑤《淮南操》：古琴曲名，又称《八公操》。

译文

淮南王刘安，喜欢研究道术，经常在家设宴迎候宾客。这天，是正月的第一个辛日，有八位老翁上门求见。门吏进去通报，淮南王让门吏故意为难他们说：“我们淮南王喜欢长生不老之术，几位先生没有长生养颜的方法，不敢去淮南王那儿为几位报信啊。”几位老翁明白这是淮南王不想见，于是化身成八个面如桃花的小童。淮南王马上召见了他们，并以隆重的礼乐来招待他们。淮南王亲自抚琴并唱到：“明察的上天，照耀四海。您知道我喜爱道术，便派了八公降临。希望八公能助我羽化登仙。驾着青云，漫游梁甫山。希望八公带我飞去看日月星光，又能遇到北斗星。希望八公助我驾着清风彩云，去使唤天上的玉女。”淮南王所吟唱的，也就是今天所说的《淮南操》。

十三　刘根召鬼

刘根字君安，京兆长安人也。汉成帝时，入嵩山学道。遇异人授以秘诀，遂得仙。能召鬼。颍川太守史祈以为妖，遣人召根，欲戮之。至府，语曰："君能使人见鬼，可使形见[①]。不者，加戮。"根曰："甚易。借府君前笔砚书符。"因以叩几。须臾，忽见五六鬼，缚二囚于祈前。祈熟视，乃父母也。向根叩头曰："小儿无状[②]，分当万死。"叱祈曰："汝子孙不能光荣先祖，何得罪神仙，乃累亲如此。"祈哀惊悲泣，顿首请罪。根默然忽去，不知所之。

注释

①可使形见：使其现出形象。见，同"现"。

②无状：不知礼数。

译文

刘根字君安，京兆长安人。汉成帝时，他去嵩山拜师学道。在山中，他有幸遇到一个神人，神人把成仙秘诀传授给他，于是刘根便得以成仙。刘根有能召唤鬼魂的法力。颍川的太守史祈，一度以为刘根是妖怪，便派人把刘根传去，想杀死他。刘根到了太守府，史祈对他说："你能让人看到鬼，就让它现出形来。不然的话，死罪。"刘根回答说："这太容易了！请太守大人借我笔砚画符咒。"画完符咒，刘根敲了几下几案。一会儿的工夫，突然出现了五六只鬼。这几只鬼，绑了两个囚犯来到史祈跟前。史祈仔细一看，竟然是自己的父母。史祈的父母慌忙向刘根磕头说："我们儿子不知礼数，实在罪该万死。”又回头对史祈骂道：“你这个不孝的儿子，不能给先祖增添荣光，怎么还敢去得罪神仙，你看你把亲人连累的这个样子啊！”史祈大惊失色，放声哀嚎，磕头请求刘根的原谅。刘根 声不响地忽然消失，谁也不知去了哪里。

十四 王乔辄双凫

汉明帝时，尚书郎[1]河东王乔为邺令。乔有神术，每月朔[2]，尝[3]自县诣[4]台[5]。帝怪[6]其来数而不见车骑，密令太史候望之。言其临至时，辄有双凫[7]从东南飞来。因伏伺，见凫，举罗张之，但得一双舄[8]。使尚方[9]识视，四年中所赐尚书官属履也。

注释

①尚书郎：古代的一种官名，任职者在皇帝左右处理政务。

②朔：每月初一日叫朔。

③尝：通“常”。常常。④诣：到，往。

⑤台：官署名，汉代的时候设御史台，兰台。

⑥怪：奇怪，惊奇。⑦凫：野鸭。⑧舄xì：鞋子。

⑨尚方：古代为皇帝制造器物的官名。

译文

汉朝的明帝时期，尚书郎河东人王乔被派去叶这个地方做县令。王乔这个人会神仙方术。每月初一，他都会从县里到朝廷来汇报公务。明帝发现他来得频繁却没见过他乘车骑马，对此非常奇怪，就在王乔来朝廷的那天，秘密派了太史去等候察看。太史回来报告皇帝说，王乔来的时候，有两只野鸭从东南方向飞过来。于是皇帝派了人去埋伏等候，等到野鸭飞来时，这些人就张起网去捕捉它们，但是打开看时，捕到的却是一双鞋子。明帝召来尚方让他辨认这双鞋子，尚方认出这双鞋子是明帝四年的时候赐给任尚书的官员们的鞋子。

十五　奇人蓟子训

蓟子训，不知所从来。东汉时，到洛阳，见公卿数十处，皆持斗酒片脯①候之。曰："远来无所有，示致微意。"坐上数百人，饮啖终日不尽。去后，皆见白云起，从旦至暮。时有百岁公说："小儿时见训卖药会稽市，颜色②如此。"训不乐住洛，遂遁去。正始③中，有人于长安东霸城，见与一老公共摩挲铜人，相谓曰："适见铸此，已近五百岁矣。"见者呼之曰："蓟先生小住。"并行应之。视若迟徐，而走马不及。

注释

①脯：肉干。

②颜色：容貌。

③正始：魏齐王曹芳的年号，时自240年至249年。

译文

蓟子训，没人知道他是从哪里来的。东汉时，他来到洛阳，拜见当地的公卿，去了有几十处地方。每次去拜会他们时，蓟子训都只拿了一斗酒和一片干肉招待他们，并说："我远道而来，没有什么东西，只能用它来表示一点小小的心意。"但是宴席上几百个人，吃吃喝喝一整天都没把酒肉吃喝完。蓟子训离开后，在座的人都能看见有白云升起，从早晨直到傍晚一直萦绕在那里。当时有个百岁老人说："我小时候，曾经看见蓟子训在会稽的集市上卖药，他的样子跟现在一样。"后来，蓟子训因为不喜欢住在洛阳，就悄悄离开了。正始年间，有人在长安东面的霸城，看见他与一位老人一起在抚摸一个铜人像，并对那位老人说："当时看见铸造这铜像，到现在已经接近五百年了。"看见他的人向他喊道："蓟先生请稍等一下。"蓟子训一边走一边答应着，看上去好像走得慢慢吞吞的，但快跑着的马也追不上他。

十六 乞儿阴生

汉阴生者，长安渭桥下乞小儿也。常于市中匄[①]，市中厌苦，以粪洒之。旋[②]复在市中乞，衣不见污如故。长吏知之，械收系，著桎梏，而续在市乞。又械欲杀之，乃去。洒之者家，屋室自坏，杀十数人。长安中谣言曰："见乞儿，与美酒，以免破屋之咎[③]。"

注释

①匄gài：同"丐"。乞讨。

②旋：不久，立刻。

③咎：灾祸。

译文

汉朝的阴生，是长安渭桥下乞讨的小孩。他经常到集市上讨饭，集市上有人觉得厌烦，就用粪水泼他。但不久他就又出现在集市上乞讨了，而他的衣服上完全没有污物，就像原来一样。官吏知道这件事后，派人用刑具把他抓了起来，还给他带上了手铐脚镣，但他还是很快就出现在集市，继续讨饭。官吏又拘捕了他，并想把他杀死，他才逃跑了。后来不知怎的，向他泼过粪水的那些人家中的房屋都自己倒塌了，压死了十几个人。长安城中流传的歌谣说："看见讨饭的小孩儿，要给他美酒，以免遭受塌房的灾祸。"

十七 左慈戏曹

左慈字元放，庐江人也，少有神通。尝在曹公座，公笑顾[①]众宾曰："今日高会[②]，珍羞略备。所少者，吴松江鲈鱼为脍。"放曰："此易得耳。"因[③]求铜盘，贮水，以竹竿饵钓于盘中。须臾，引一鲈鱼出。公大拊掌，会者皆惊。公曰："一鱼不周坐客，得两为佳。"放乃复饵钓之。须臾，引出，皆三尺余，生鲜可爱。公便自前脍之，周赐座席。公曰："今既得鲈，恨[④]无蜀中生姜耳。"放曰："亦可得也。"公恐其近道买，因曰："吾昔使人至蜀买锦，可敕人告吾使，使增市二端[⑤]。"人去，须臾还，得生姜。又云："于锦肆下见公使，已敕增市二端。"后经岁余，公使还，果增二端。问之，云："昔某月某日，见人于肆下，以公敕敕之。"后公出近郊，士人从者百数。放乃赍[⑥]酒一罂、脯一片，手自倾罂[⑦]，行酒百官，百官莫不醉饱。公怪，使寻其故。行视沽酒家，昨悉亡其酒脯矣。公怒，阴[⑧]欲杀放。放在公座，将收之，却入壁中，霍然不见。乃募取之。或见于市，欲捕之，而市人皆放同形，莫知谁是。后人遇放于阳城山头，因复逐之，遂走入羊群。公知不可得，乃令就[⑨]羊中告之，曰："曹公不复相杀，本试君术耳。

今既验，但欲与相见。”忽有一老羝[⑩]，屈前两膝，人立而言曰：“遽如许。”人即云：“此羊是。”竞往赴之。而群羊数百，皆变为羝，并屈前膝，人立云：“遽如许。”于是遂莫知所取焉。

老子曰：“吾之所以为大患者，以吾有身也；及吾无身，吾有何患哉。”若老子之俦[⑪]，可谓能无身矣。岂不远哉也？

注释

①顾：环顾，四下看看。

②高会：贵宾的聚会。

③因：于是。

④恨：遗憾。

⑤端：古代布帛长度的计量单位。一端约合二丈。

⑥赍：持，带。

⑦罂yīng：口小肚大的容器。

⑧阴：暗地，偷偷地。

⑨就：接近，靠近。

⑩羝：公羊。

⑪俦chóu：同辈，同一类的人物。

译文

左慈字元放，是庐江人，年少时就很有神通。他曾出席曹操的宴会，当时曹操笑着环顾四下的宾客说：“今日贵宾聚会，山珍海味大致齐备了。只是缺少吴国松江中的鲈鱼做的碎鱼肉了。”元放说：“这容易得到。”于是他向曹操要来了一只铜盘，在盆里装满水，用竹竿安上鱼饵在盘中垂钓。一会儿，便钓出一条鲈鱼。曹操拍手称好，宴会上的人都惊讶不已。曹操说："一条鱼不够分给宴席上所有的来宾，有两条最好。"于是，左元放就又下饵钓鱼，一会儿，又钓出一条，与之前那条一样，都有三尺多长，十分新鲜可爱。曹操便亲自走上前去把它切碎，赐给宴席上的每个人吃。曹操说："现在已经搞到了鲈鱼，遗憾的只是没有蜀国的生姜作佐料。"左元放说："这也是能搞到的。"曹操怕他在近处买，就说："我之前派了人到蜀国去买锦缎，你可以命人告诉我委派的人，让他多买四丈。"元放走开了一会儿，很快就回来了，他拿来了生姜，又对曹操说："我在卖织锦的店铺里见到了您所派遣的人，已命令他多买了四丈。"一年多以后，曹操所委派的人回来，果然多买了四丈织锦。曹操问买锦的人怎么回事，那人说："过去某月某日，我在店铺里遇见一人，他把您的命令传达给了我。"后来，曹操外出到近郊游玩，陪他同去的还有一百多位士大夫。左元放就抱着一瓶酒，拿着一片干肉一起去了，并亲自给百官倒酒，官员们个个酒足肉饱。曹操觉得奇怪，派人追查其中的原因。走访卖酒的店铺时，被告知他们的酒和干肉昨天全部丢失了。曹操大怒，暗中打算杀掉左元放。有一天，左元放出现在曹操的宴席上，曹操正要逮捕他，他竟走进墙壁里，忽然不见了。曹操就悬赏搜捕他。有人在集市上看见了左元放，正要抓他时，集市上的人却都变成了与左元放相同的模样，不知道哪一个才是真的左元放。后来，又有人在河南阳城山顶遇见左元放，就又追赶他，他走进羊群，就不见了。曹操知道抓不到他了，就命令部下靠近羊群说："曹公不再杀你了，原来不过是试试你的道术罢了。现在已经得到了验证，所以只想和你相见一面。"忽然有一只老公羊，屈起两条前腿，像人一样站着说道："何必忙乱成这样！"那人立刻说："这只羊就是左元放。"看到的人便争着跑过去捉它，然而那群里的几百只羊，竟都变成了公羊，也都屈起了两条前腿，像人一样站着说："何必忙乱成这样！"于是人们就不知道该捉哪一只羊了。老子说："我之所以有大的祸患，是因为我有身体。等到我没有了身体，我还有什么祸患呢？"像老子和左元放这样的人，可以说是不受身体的限制了，一般人与他们相比不是差太远了吗？

十八 于吉请雨

孙策欲渡江袭许，与于吉俱行。时大旱，所在熇厉[①]。策催诸将士，使速引船。或身自早出督切，见将吏多在吉许。策因此激怒，言："我为不如吉耶？而先趋附之。"便使收吉。至，呵问之曰："天旱不雨，道路艰涩，不时得过，故自早出。而卿不同忧戚，安坐船中，作鬼物态，败吾部伍。今当相除。"令人缚置地上，暴[②]之，使请雨。若能感天，日中雨者，当原赦；不尔，行诛。俄而云气上蒸，肤寸而合；比至[③]日中，大雨总至，溪涧盈溢。将士喜悦，以为吉必见原[④]，并往庆慰。策遂杀之。将士哀惜，藏其尸。天夜，忽更兴云覆之。明旦往视，不知所在。策既杀吉，每独坐，仿佛见吉在左右。意深恶之，颇有失常。后治疮方差[⑤]，而引镜自照，见吉在镜中，顾而弗见。如是再三。扑镜大叫，疮皆崩裂，须臾而死。

注释

①熇xiāo厉：形容非常炎热。②暴：晒。③比至：等到。④见原：得到宽恕。⑤差：病愈。

译文

孙策准备渡过长江偷袭许昌，并带着道士于吉一起到军中。当时天气十分干旱，他们所在的地方炎热得厉害。孙策就催促全体官兵，让他们快一点把船拉来准备渡江进军。他常常亲自一早就出去监督，这天却看见很多将官们都聚集在于吉那里。孙策为此而非常生气，说："我做得不及于吉吗？你们倒先去依附他！"便派人去抓于吉。于吉被抓来以后，孙策责备他说："天气干旱得一直不下雨，道路艰难，不知道什么时候才能拉齐船只渡过江去，所以我一早出来动员大家。但你不和我共患难，却安坐在船中，装神弄鬼，涣散军心。今天就该杀掉你！"于是孙策命令部下把于吉绑了扔在地上暴晒，并命令他求雨。如果他能感动上天，中午就下雨的话，就宽大赦免他；否则，就执行死刑。一会儿，只见云气向上蒸腾，渐渐聚拢了起来。等到中午，就下起了倾盆大雨，河流山川都满得溢出来了。官兵们十分高兴，认为于吉一定能被宽恕了，就一起前往庆贺慰问。但孙策还是把于吉杀了。官兵们都很悲痛惋惜，就把于吉的尸体藏了起来。那天夜里，忽然又有乌云升起，把他的尸体盖住了。第二天一早士兵们跑去一看，于吉的尸体不知到什么地方去了。孙策杀了于吉以后，每当一个人坐着的时候，就仿佛看见于吉在他的旁边。他对此非常厌恶，精神变得有点失常。后来他治疗的旧伤刚刚痊愈，便拿起镜子来照自己，却看见于吉在镜子中，他便转过头看，却没有看见任何人。像这样反复几次之后，孙策突然扑倒在镜子上大叫大嚷，伤口便都崩裂开来，一会儿就死了。

十九 介琰隐形

介琰者，不知何许人也。住建安[①]方山[②]，从其师白羊公[③]，杵受玄一无为之道[④]。能变化隐形。尝往来东海，暂过秣陵[⑤]，与吴主相闻[⑥]。吴主留琰，乃为琰架宫庙，一日之中，数遣人往问起居。琰或为童子，或为老翁，无所食啖，不受饷遗。吴主欲学其术，琰以吴主多内御，积月不教。吴主怒，敕缚琰，著甲士引弩射之。弩发，而绳缚犹存，不知琰之所之。

注释

①建安：古代的郡名，在今福建建瓯。

②方山：因其山顶方平而得名。

③白羊公：不知其名，因其常乘白羊，故人称白羊公。

④玄一无为之道：道家法术。

⑤秣陵：古代的县名，在今江苏南京。

⑥相闻：相识，结识。

译文

介琰，不知是什么地方的人。他住在建安郡的方山，跟随着他的老师白羊公学习道家法术，后又把“玄一”“无为”等道家学说教给了杜契。介琰会变化和隐身的法术。介琰常常往来于东海，回来时在吴国的秣陵短暂停留，并与吴国孙权认识了。孙权留介琰住下，并给介琰建造了道观庙宇。一日之中，多次派人去询问介琰的起居情况。介琰有时变成小孩，有时变成老头，不吃不喝，也不接受馈赠。孙权想学他的道术，介琰因为孙权的宫妃太多，过了几个月也没有教给他。孙权生气了，命人把介琰绑了起来，又让身穿盔甲的士兵拿箭射他。箭射出去了，绑介琰的绳子还在，而人已经不知到什么地方去了。

二十 徐光卖瓜

吴时有徐光者，尝行术于市里。从人乞瓜，其主勿与，便从索瓣，杖地种之。俄而瓜生，蔓延，生花，成实。乃取食之，因赐观者。鬻[①]者反视所出卖，皆亡耗矣。凡言水旱甚验。过大将军孙綝门，褰[②]衣而趋，左右唾践。或问其故，答曰："流血臭腥不可耐。"綝闻，恶而杀之。斩其首，无血。及綝废幼帝[③]，更立景帝[④]，将拜陵，上车，有大风荡綝车，车为之倾。见光在松树上拊手指挥，嗤笑之，綝问侍从，皆无见者。俄而景帝诛綝。

注释

①鬻yù：卖。②褰qiān：用手提起。

③幼帝：指孙权幼子孙亮，在位七年，被孙綝废黜后自杀。

④景帝：指孙权的第六子孙休，在位六年。

译文

吴国有个叫徐光的人，曾在集市上表演法术。他向卖瓜的人要瓜吃，那卖瓜的不给，他便向人要了一颗瓜籽，然后用拐杖在地上挖了个洞把籽种了下去。不一会儿，那瓜籽就发芽，爪蔓延伸，开花，结瓜。徐光就摘下瓜来吃，又送给围观的人一起吃。卖瓜的人回头察看自己卖的瓜，都不见了。徐光预言的水灾旱情，都很灵验。有一次他经过大将军孙綝的门口，提起衣服就快步跑了过去，还鄙弃地向两边吐唾沫，并用脚踩地。有人问他为什么这样，他回答说："那里流血的腥气，实在让人不能忍受。"孙綝听见了这话，十分憎恨他，就把他杀了。砍去徐光的头，却没有流血。后来，孙綝废除幼帝，改立景帝。在准备去皇陵祭祖的时候，孙綝刚上车，忽然一阵大风猛吹向他的车子，车子被吹翻了。孙綝看见徐光在松树上指手画脚地讥笑他，孙綝问随从人员有没有看见徐光，大家都说没看见，不久之后，孙綝就被景帝杀了。

二十一 葛玄施法

葛玄字孝先，从左元放受《九丹液仙经》[1]。与客对食，言及变化之事，客曰："事毕[2]，先生作一事特戏者。"玄曰："君得无即欲有所见乎？"乃嗽口中饭，尽变大蜂数百，皆集客身，亦不螫人。久之，玄乃张口，蜂皆飞入，玄嚼食之，是故饭也。又指虾蟆及诸行虫燕雀之属，使舞，应节如人。冬为客设生瓜枣，夏致冰雪。又以数十钱使人散投井中，玄以一器于井上呼之，钱一一飞从井出。为客设酒，无人传杯，杯自至前，如或不尽，杯不去也。尝与吴主坐楼上，见作请雨土人，帝曰："百姓思雨，宁可得乎？"玄曰："雨易得耳！"乃书符着社中，顷刻间，天地晦冥，大雨流淹。帝曰："水中有鱼乎？"玄复书符掷水中，须臾，有大鱼数百头。使人治之。

注释

①《九丹液仙经》：相传是道家炼丹的秘籍。

②毕：结束。

译文

葛玄字孝先，曾跟随左元放学习《九丹金液仙经》。有一次，他与客人面对面吃饭，谈到法术变化的事情。客人说："吃完饭，先生不如作个变化的法术来表演一下。"葛玄说："您难道不想马上看到什么东西吗？"说完就把嘴里的饭喷出来，那饭粒全都变成了大胡蜂，一共有几百只，都聚集到了客人身上，却也不蜇人。过了些时候，葛玄张开嘴巴，胡蜂又都飞进了他的嘴里，葛玄咀嚼着，那还是原来的米饭。他又指挥蛤蟆以及各种爬虫、燕雀之类让它们跳舞，这些动物跳起舞来就像人一样合乎节奏。葛玄在冬天的时候为客人置办新鲜的瓜果、枣子，夏天给客人们献上寒冰白雪。他曾让人把几十个铜钱胡乱丢在井里，然后自己拿了一只容器在井上面召唤，这些钱币就一个一个地从井里飞出来了。他为客人置办酒宴，没有人送杯子。杯子会自己来到客人的面前，如果没喝完，杯子就不会离去。有一次，他和吴主坐在高楼上，看见人们在做求雨的土人。吴主说："百姓盼望下雨，真的可以求得到吗？"葛玄说："雨水倒是容易求得。"于是就写了道符，放在神社里，顷刻之间，天阴地暗，大雨瓢泼，雨水四处流淌。吴主说："这水中有鱼吗？"葛玄又写了一道符扔进水中，一会儿，水里就出现几百条大鱼。吴王就派了人去抓鱼来察验。

二十二 吴猛止风

吴猛，濮阳人。仕吴，为西安①令，因家分宁②。性至孝。遇至人③丁义，授以神方；又得秘法神符，道术大行。尝见大风，书符掷屋上，有青乌④衔去。风即止。或问其故，曰："南湖有舟，遇此风，道士求救。"

验之果然。武宁令干庆死，已三日，猛曰："数未尽，当诉之于天。"遂卧尸旁。数日，与令俱起。后将弟子回豫章，江水大急，人不得渡。猛乃以手中白羽扇画江水，横流，遂成陆路，徐行而过，过讫，水复。观者骇异。尝守浔阳，参军周家有狂风暴起，猛即书符掷屋上，须臾风静。

注释

①西安：三国时吴国的县名，在今江西武宁西。

②分宁：古地名。曾属武宁县所治，唐贞观十五年（799年）单独设县，在今江西修水。

③至人：道德高尚的圣人。

④青鸟：应为"青鸟"。

译文

吴猛，是濮阳人，在吴国做官，任西安县令，于是把家安在了分宁县。吴猛生性极为孝顺。他曾遇到圣人丁义，丁义教给了他一些仙道，后又获得了秘诀神符，法术十分厉害。有次他碰上大风，便写了符箓扔到屋顶上，有青鸟来把符衔去，大风马上就停了。有人问他为什么这么做，他说："南湖有条船，遭到这大风的袭击，船上的道士正在求救呢。"人们去验证了一下，果然是这样。武宁县令干庆，死了已经三天了，吴猛说："他的气数还没有到头，应该向上天申诉这件事。"于是就睡在尸体旁边。几天后，他与干庆一块儿坐了起来。后来他带领徒弟回豫章郡，江水流得十分湍急，无法摆渡。吴猛就用手中的白羽扇对着江面一划，江水就横着流动了，他划的地方出现了一条路，他们就慢慢地走着过了长江。他们走过后，江水又恢复成老样子，观看的人都很惊奇。吴猛曾经在浔阳县任职，一天周参军家中突然狂风大作，吴猛立刻写了符扔在屋上，一会儿风就停止了。

二十三 董永路遇织女

汉董永，千乘[①]人。少偏孤[②]，与父居，肆力[③]田亩，鹿车[④]载自随。父亡，无以葬，乃自卖为奴，以供丧事。主人知其贤，与钱一万，遣之。永行三年丧毕，欲还主人，供其奴职。道逢一妇人曰："愿为子妻。"遂与之俱[⑤]。主人谓永曰："以钱与君矣。"永曰："蒙君之惠，父丧收藏，永虽小人[⑥]，必欲服勤致力，以报厚德。"主曰："妇人何能？"永曰："能织。"主曰："必尔者，但令君妇为我织缣[⑦]百疋[⑧]。"于是永妻为主人家织，十日而毕。女出门，谓永曰："我，天之织女也。缘君至孝，天帝令我助君偿债耳。"语毕，凌空而去而去，不知所在。

注释

①千乘：古代的地名，在今山东博兴、高青一代。

②偏孤：早年丧父或丧母。这里指董永早年丧母。

③肆力：尽力。

④鹿车：古代的一种车子，因为车身狭小，仅能装下一只小鹿，所以被称为鹿车。

⑤具：通"俱"。一起的意思。⑥小人：出身卑微的人。

⑦缣：双丝织的质地良好的细绢。

⑧疋：同"匹"。数量词。

译文

汉朝的董永，是千乘县人。董永很小的时候母亲就过世了，他和父亲一起生活。董永努力在田间干活，每次出门都用小车拉着父亲，让父亲跟自己一起，方便照顾。后来，董永的父亲也过世了，他没有钱埋葬，就把自己卖给人家当奴仆，用得到的钱来办理丧事。买主知道他很孝顺，就给了他一万个钱，叫他回家去安葬父亲。董永在家为父亲守了三年孝，守丧期满后，董永就打算回到主人那里去干劳役。在去主人家的路上，董永碰到一个女子，那女子对他说："我愿意做您的妻子。"就和董永一起到主人家去了。主人对董永说："那些钱就送给你啦。"董永说："承蒙您的恩德，我父亲死了才得到安葬。我虽然是个卑微的人，也一定要尽心竭力来报答您的大恩。"主人说："你的妻子会干什么呢？"董永说："会织布。"于是，主人说："如果你执意要报答我的话，那就让你妻子给我织一百匹细绢吧。"于是董永的妻子就开始为主人家织布，仅十天就织完了。在董永和这女子一起出门后，女子对董永说："我本是天上的织女。因为您的孝顺，天帝才命令我来帮您偿还欠债。"说完，就腾空而去，不知去了什么地方。

二十四 杜兰香求张传

汉时有杜兰香者，自称南康人氏。以建业四年春，数诣张传。传年十七，望见其车在门外，婢通言："阿母所生，遣授配君，可不敬从？"传，先名改硕，硕呼女前，视，可[①]十六七，说事邈然久远。有婢子二人：大者萱支，小者松支。钿车[②]青牛，上饮食皆备。作诗曰："阿母处灵岳，时游云霄际。众女侍羽仪，不出墉宫[③]

外。飘轮送我来，岂复耻尘秽。从我与福俱，嫌我与祸会。”至其年八月旦，复来，作诗曰：“逍遥云汉间，呼吸发九嶷[4]。流汝不稽[5]路，弱水[6]何不之。”出薯蓣[7]子三枚，大如鸡子，云：“食此，令君不畏风波，辟寒温。”硕食二枚，欲留一，不肯，令硕食尽。言：“本为君作妻，情无旷远，以年命未合，其小乖[8]。太岁[9]东方卯，当还求君。”兰香降时，硕问：“祷祀何如？”香曰：“消魔自可愈疾，淫祀无益。”香以药为消魔。

注释

①可：大约。②钿车：用金玉宝石装饰的车子。

③墉宫：传说中西王母的居所。

④九嶷yí：山名，在今湖南宁远南，相传舜葬于此山。

⑤不稽：不可考察。

⑥弱水：传说中的水名。传闻那里的水弱，就算鸿毛这样轻的东西都不能浮起，只有得道的人能过去。

⑦薯蓣yù：山药。⑧乖：不顺利。

⑨太岁：星名，古代天文学中假设的一个星名，与岁星（木星）相对应，也称岁阴或太阴。岁星每年行经一个星次，十二年周而复始。古代以每年太岁所在的星次来纪年，就是所谓的太岁纪年。

译文

汉代有个叫杜兰香的人，自称是南康人氏。在晋愍帝建兴四年春天的时候，她屡次来找张传。张传当时十七岁，远远见她的车子停在门外，而她的丫鬟来传话说：“我娘生了我，让我嫁给您，我哪能不恭敬从命呢！”张硕（张传先前已改名张硕）便叫这女子过来，打量了一番，这女子大约十六七岁，而她谈的却都是很久以前的事情。她有丫鬟二人，大的叫萱支，小的叫松支。她的车子是用青牛拉着的、装饰漂亮的金车，车上吃的喝的都齐备。她做诗道：“母亲居住在神山，时常漫游九重天。羽毛仪仗婢女持，不出仙境墉宫外。飘飘轮车送我来，怎能羞住在人间？依我共处多幸福，嫌我祸患在眼前。”那一年八月初一，她又来到张硕这里，做诗道：“天河间逍遥自在，呼吸之间便到九嶷山。你留恋飘忽不定的人间，何不渡过弱水去成仙？”她拿出三个山药果，每个都像鸡蛋一样大，她对张硕说：“把这些吃了，你就不怕风浪，不受冷暖的影响。”张硕吃了两个，想留一个。她不肯，让张硕吃光。她又对张硕说：“我本来就要做您的妻子，感情可别疏远了。因为我现在年命不合适，怕会稍微有点不和谐。等到太岁位于东方卯星的那年，我会再回来找您的。”到杜兰香再降临时，张硕问：“祈祷祭祀的事怎么样？”兰香说：“消魔本来就能治好疾病，太多的祭祀并没有好处。”兰香所说的“消魔”，指的是药物。

二十五　玉女知琼与弦超

魏济北郡[①]从事掾[②]弦超字义起，以嘉平中夜独宿，梦有神女来从之。自称天上玉女，东郡人，姓成公，字知琼，早失父母，天帝哀其孤苦，遣令下嫁从夫。超当其梦也，精爽感悟，嘉其美异，非常人之容，觉寤[③]钦想，若存若亡[④]，如此三四夕。一旦，显然来游，驾辎軿[⑤]车，从八婢，服绫罗绮绣之衣，姿颜容体，状若飞仙，自言年七十，视之如十五六女。车上有壶、榼、青白琉璃五具。食啖奇异，馔具醴酒，与超共饮食。

谓超曰："我，天上玉女，见遣下嫁，故来从君。不谓君德，宿时感运，宜为夫妇。不能有益，亦不能为损。然往来常可得驾轻车，乘肥马，饮食常可得远味异膳，缯素常可得充用不乏。然我神人，不为君生子，亦无妒忌之性，不害君婚姻之义。"遂为夫妇。赠诗一篇，其文曰："飘颻⑥浮勃逢⑦，敖曹⑧云石滋。芝英不须润，至德与时期。神仙岂虚感，应运来相之。纳我荣五族，逆我致祸菑⑨。"此其诗之大较，其文二百余言，不能尽录。兼注《易》七卷，有卦，有象，以彖为属。故其文言既有义理，又可以占吉凶，犹扬子之《太玄》⑩，薛氏之《中经》⑪也。超皆能通其旨意，用之占候。

注释

①济北郡：古代的郡名，在今山东长清南。

②从事掾：官名，郡守的属僚。③寤：醒，睡醒。

④亡：通"无"。

⑤辎軿píng：即辎车和軿车，泛指有遮蔽的车子。

⑥飘颻：即飘摇，随风飘荡的样子。

⑦勃逢：传说中的蓬莱仙境。勃，通"渤"。逢，通"蓬"。

⑧敖曹：声音嘈杂的样子。⑨菑：灾祸，祸患。

⑩《太玄》：扬雄仿《周易》所作。

⑪《中经》：这里的薛氏《中经》具体为何书，已不可考。

译文

魏朝济北郡主的从事掾弦超字义起，在嘉平年间的一个夜晚他独自一人睡觉的时候，梦见有一个仙女来看他。她自称是天上的神女，东郡人，姓成公，字知琼，早年失去了父母，天帝哀怜她孤苦，就让她下凡出嫁，跟随丈夫过日子。弦超做梦的时候，神志很清楚，感觉清晰，还夸奖知琼漂亮得出奇，不是普通人的容貌。但睡醒以后再认真想想，又觉得这件事似有还无。像这样过了三四个晚上。有一天，知琼就真的出现了，她驾着有帷帐的车子，随从有八个丫鬟，穿着绫罗绸缎做的衣服，体态容色，就像仙子一样。她说自己已经七十岁了，但看上去就像十五六岁的少女。车上有壶、榼、青白色的琉璃宝石做的酒器。饮食都非常奇特，她准备了饭菜和美酒，和弦超一起共享。她对弦超说："我是天上的玉女，被天帝派到人间嫁人，所以来跟随您。不是因为您有什么特别的德行，而是因为前世的缘分，我俩应该结为夫妻。我们做了夫妻，不能有什么好处，但也不会有什么害处。不过，以后您出门就可以经常驾着轻便的车子，让肥壮的马拉车，可以经常吃远方的山珍海味和非同寻常的饭菜，绸缎可以任您做衣服而不会缺乏。但我是神仙，不能给您生孩子，也不会妒忌，不妨害您的正常婚姻。"于是两人就结为了夫妻。知琼赠送给张超一首诗歌，歌词写道："我飘游在渤海蓬莱仙境中，云板石磬叮咚响。灵芝不靠雨露润，德高自有好机遇。神仙感应怎凭空？顺应命运来帮你。容我诸亲皆富贵，违我必将遭灾祸。"这只是那篇诗歌的主要几句。那首诗有二百多字，在这里并没有全部抄录。她又注释《易经》，共七卷。知琼注释的《易经》，既有卦、爻，又有说明卦、爻含义的象辞。她的注释都以象传为根据，所以，知琼的解说，既阐述了其中的含义道理，又可以用来预卜吉凶，就像扬雄的《太玄经》、薛氏的《中经》一样。弦超对其中的意思都能领会，并能根据它来观察天气变化以及预测吉凶。

作夫妇经七八年，父母为超娶妇之后，分日而燕[①]，分夕而寝。夜来晨去，倏忽若飞[②]，唯超见之，他人不见。虽居闇室[③]，辄闻人声，常见踪迹，然不睹其形。后人怪问，漏泄其事，玉女遂求去，云："我，神人也。虽与君交，不愿人知，而君性疏漏，我今本末[④]已露，不复与君通接。积年交结，恩义不轻，一旦分别，岂不怆恨？势不得不尔，各自努力！"又呼侍御下酒饮啖，发簏[⑤]，取织成裙衫两副遗[⑥]超。又赠诗一首，把臂告辞[⑦]，涕泣流离，肃然升车，去若飞迅。超忧感积日，殆至委顿[⑧]。

注释

①燕：通"宴"。宴会，以酒食待客。

②倏：迅疾，形容速度很快。

③闇àn室：紧闭房门的居室。闇，闭门，关紧房门。

④本末：原委，始末。

⑤簏：竹编的容器。

⑥遗：给予，馈赠。

⑦把臂：握住对方的手臂，表示亲密。

⑧委顿：病困、衰弱。

译文

弦超与知琼做了夫妻七八年以后，弦超的父母为弦超娶了妻子。这之后，知琼就隔一天来找弦超一次：一天吃在一起，隔天再来一起休息。知琼每次来都是夜里来早晨走，来去时快得像飞一样，每次来去只有弦超看得见她，别人都看不见。虽然弦超居住的房间关闭得紧紧的，但人们还是总能听见门里面的声音，也常常发现有人来过的痕迹，但就是看不见知琼的身形。后来有人奇怪，就去问弦超，弦超泄露了知琼的事情。知琼知道后，就提出要离开弦超，她说：“我是仙女，虽然与您交往，却不愿让别人知道。但是您的性子太粗疏，现在您泄露了我身份，我就不能再与您交往了。多年来我们交互往来，十分恩爱，现在马上就要分别，又怎么能不悲痛？但情势所迫，不得不这样，我们就各自珍重吧！”知琼又叫来侍女，备下饭菜，两人吃喝之后，知琼打开一个竹编的圆箱，从里面取出两套用名贵的丝织品做的裙衫送给弦超，又赠送给他一首诗。她挽着弦超的手臂和他告别，眼泪汪汪，泣不成声，最后神情凄凉地登上车子，飞一样地离去了。离别之后弦超天天忧伤，几乎到了卧病不起的地步。

去后五年，超奉郡使至洛。到济北鱼山下，陌上西行，遥望曲道头有一马车，似知琼。驱驰至前，果是也。遂披帷相见[①]，悲喜交切。控左援绥[②]，同乘至洛。遂为室家，克复旧好。至太康中犹在。但不日日往来，每于三月三日、五月五日、七月七日、九月九日、旦、十五日辄下往来，经宿而去。张茂先为之作《神女赋》[③]。

注释

①披：打开。

②绥：登车时手拉的绳子。

③张茂先：即张华，字茂先，范阳方城人。西晋文学家、政治家。

译文

知琼离开后五年，弦超受郡里的委派，出使洛阳，来到济北郡鱼山时，沿着在山脚下的小路向西走。他遥望前方，远远看见道路尽头拐弯的地方有一辆马车，好像是知琼的那辆。他快马追上前去，果然是她。知琼拉开了车上的帏帐与他相见，两人悲喜交加。知琼勒住了左边的马，让弦超拉着车绳上车，两人就一起乘车到了洛阳，又做起了夫妻，像过去一样恩爱的生活在一起。直到太康年间，两人还在一起，只是不天天来往，每逢三月初三、五月初五、七月初七、九月初九，以及每月的初一、十五日，知琼总会出现与弦超相会，待一夜就离去。张华根据这个故事写了篇《神女赋》。

卷二

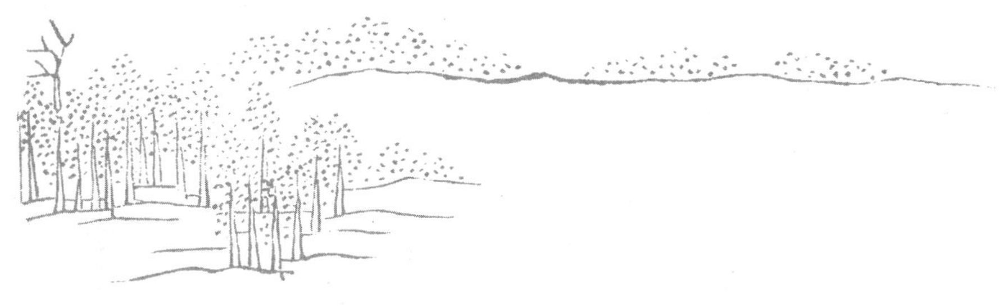

一 寿光侯劾百鬼

寿光侯者，汉章帝时人也。能劾[①]百鬼众魅，令自缚见形。其乡人有妇为魅所病，侯为劾之，得大蛇数丈，死于门外，妇因以安。又有大树，树有精，人止其下者死，鸟过之亦坠。侯劾之，树盛夏枯落，有大蛇，长七八丈，悬死树间。章帝闻之，征[②]问。对曰："有之。"帝曰："殿下有怪，夜半后，常有数人，绛衣[③]、披发，持火相随。岂能劾之？"侯曰："此小怪，易消耳。"帝伪使三人为之。侯乃设法，三人登时仆地[④]，无气。帝惊曰："非魅也，朕相试耳。"即使解之。或云：汉武帝时，殿下有怪常见，朱衣、披发，相随，持烛而走。帝谓刘凭曰："卿可除此否？"凭曰："可。"乃以青符掷之，见数鬼倾地。帝惊曰："以相试耳。"解之而苏。

注释

①劾：以符咒等来降伏鬼魅。

②征：同"证"。求证。

③绛衣：深红色的衣服。绛，深红色。

④仆地：摔倒在地。

译文

寿光侯，是汉章帝时候的人。他能降伏各种鬼怪，使它们把自己捆绑，并现出原形。他同乡的一个女人，因被鬼魅缠住而生病，寿光侯就为她驱鬼，使一条几丈长的大蛇现形，并死在了门外，这个女人因此得以平安无事。又有一棵大树，树上有精怪，人一走到这树下就会死掉，鸟飞过这棵树，也会坠落下来。寿光侯去降伏它，于是这棵树就在盛夏的季节里枯死，树上的叶子也落光了，人们发现有条长七八丈的大蛇，吊死在了树杈间。汉章帝听说了这件事，把寿光侯召去询问求证，他回答说："有这件事。"章帝说："我的宫殿里有鬼怪，半夜过后，经常有几个穿着大红衣服、披着长头发的鬼怪，手拿火烛，一个接一个地往前走。有什么办法降伏它们吗？"寿光侯回答说："这些是小精怪，很容易消灭。"章帝便派了三个人伪装成精怪去做他说的那些事。于是在寿光侯施行法术以后，那三个人一下子就倒在地上断气了。章帝慌忙说："他们不是鬼怪啊！我不过是想用他们试试你的法术罢了。"赶紧让寿光侯解除了法术。关于这个故事，还有另一种说法：汉武帝的时候，宫中闹鬼，人们经常看见穿着红衣服、披着长头发的鬼怪，手拿着火烛，相互追赶。武帝对刘凭说："你可以降伏这些鬼怪吗？"刘凭说："可以。"说完他扔出一张青色的符箓，那几个鬼紧跟着就倒地而死了。武帝忙对他说："我只是想用他们来试试你的法术。"刘凭解除了法术，这几个人马上就复活了。

二　樊英含水灭蜀火

樊英[①]隐于壶山。尝有暴风从西南起，英谓学者曰："成都市火甚盛。"因含水嗽[②]之，乃命计其时日。后有从蜀来者，云："是日[③]大火，有云从东起，须臾大雨，火遂灭。”

注释

①樊英：字季齐，东汉时期易学专家，南阳鲁阳人，学问和德行都受到当时之人的推崇，他的行为也颇具神秘色彩。

②嗽：漱口。这里指从口中喷水。

③是日：那天。是，代词“那”。

译文

樊英在壶山隐居，一日突然从西南方刮来一股狂风，樊英对他的学生说：“成都集市里着了很大的火。”于是含了一口水，向那个方向吐了过去，又叫学生把那天的日期记下来。后来，有人从蜀郡那边来到壶山，告诉他们说：“那一天火烧得很大，忽然从东边升起一片乌云，不一会儿就下起了大雨，火立刻熄灭了。”

三 徐登与赵昞

闽中[①]有徐登者，女子化为丈夫。与东阳赵昞[②]，并善方术。时遭兵乱，相遇于溪，各矜[③]其所能。登先禁溪水为不流，昞次禁杨柳为生稊[④]。二人相视而笑。登年长，昞师事之[⑤]。后登身故，昞东入长安[⑥]，百姓未知。昞乃升[⑦]茅屋，据鼎而爨[⑧]。主人惊怪，昞笑而不应，屋亦不损。

注释

①闽中：古代郡名，在今福建福州附近。

②赵昞：又名侯，字公阿，东汉东阳人，当时知名术士。

③矜：夸耀。④稊tí：指嫩芽。

⑤师事之：即“以师事之”，当做老师来侍奉。

⑥长安：这里指“章安”，县名。故城在今浙江章安。

⑦升：登，登上。⑧爨cuàn：烧火做饭。

译文

闽中有个叫徐登的人，他原来是女人，后来不知道怎地就变成了男子。他和东阳郡的赵昞，都擅长道术。当时正碰上战乱，他们在一条溪边相遇，便都开始炫耀自己的本事。徐登首先施法令溪水停止流淌，赵昞接着施法让杨柳发出新芽。施完法术，两人相视而笑。徐登年纪比赵昞大一点，于是赵昞把徐登当作老师来侍奉。后来徐登死了，赵昞就去了东边的章安县，那里的老百姓都不知道他。一天赵昞爬上别人家的茅屋顶，用个大鼎生火煮饭。屋主感到很惊讶并怪他乱来，赵昞只是笑笑，并没有回应，那茅屋最后也没有烧起来。

四 赵昞渡水

赵昞尝临水求渡，船人不许。昞乃张[①]帷盖，坐其中，长啸呼风，乱流而济[②]。于是百姓敬服，从者如归。长安令恶其惑众，收杀之。民为立祠于永康[③]，至今蚊蚋[④]不能入。

注释

①张：展开。

②济：渡，过河。

③永康：古县名，在今浙江金华市东南。

④蚋ruì：体形类似蝇的小虫。

译文

有一次，赵昞来到河边，要乘船过河，但是船夫不让他上船。赵昞就展开车上的帷幔和顶盖，坐在上面，然后唤起一阵大风，从河面上横渡过去了。这事之后，老百姓很敬佩他，很多人来跟随他。长安县令恨他迷惑百姓，就把他抓起来杀死了。百姓便在永康县为他建造了祠庙，直到今天，蚊虫也不能飞进祠庙里面。

五 边洪发狂

宣城边洪[①]，为广阳领校[②]，母丧归家。韩友[③]往投之[④]，时日已暮，出告从者："速装束，吾当夜去。"从者曰："今日已暝[⑤]，数十里草行，何急复去？"友曰："此间血覆地，宁可[⑥]复住。"苦留之，不得。其夜，洪欻[⑦]发狂，绞杀两子，并杀妇。又斫[⑧]父婢二人，皆被创[⑨]，因走亡。数日。乃于宅前林中得之，已自经死[⑩]。

注释

①宣城：古郡名，在今安徽宣城。

②广阳：汉朝到西晋期间属幽州管辖的一个郡，在今北京附近。
领校：郡一级的军事长官。

③韩友：字景先，晋时庐江舒人，善占卜。

④投：投宿，住宿。⑤暝：日暮，黄昏。

⑥宁可：岂，难道。⑦欻xū：突然。

⑧斫：用斧子砍。⑨创：创伤。

⑩经死：上吊而死。

译文

宣城人边洪，曾经任广阳郡的领校，因为母亲去世，他从广阳回到了家里。一天，天色已接近傍晚的时候，投宿在他家的韩友，却出门告诉自己随从说："赶快收拾行装，我们要连夜离开这里。"韩友的随从说："天已经黑了，今天我们已经辛辛苦苦走了几十里路，为什么又要这么着急离开呢？"韩友说："这里就要血流遍地，怎么能再住下去呢？"边洪苦苦挽留他，韩友还是坚持离开了。那天夜里，边洪突然发狂，用绳子勒死了自己的两个儿子，还杀死了妻子，又用斧子砍伤了父亲的两个婢女。然后他就逃跑了。几天后，人们在他家前面的树林里找到他的时候，他已经上吊自杀了。

六 天竺胡人

晋永嘉中，有天竺[①]胡人来渡江南。其人有数术：能断舌复续，吐火。所在人士聚观。将断时，先以舌吐示宾客，然后刀截，血流覆地，乃取置器中，传以示人。视之，舌头半舌犹在。既而还取含续之。坐有顷，坐人见舌则如故，不知其实断否。其续断，取绢布，与人合执一头，对剪，中断之。已而取两断合，视绢布还连续，无异故体。时人多疑以为幻，阴乃试之，真断绢也。其吐火，先有药在器中，取火一片，与黍餹合之，再三吹呼，已而张口，火满口中。因就爇[②]取以炊，则火也。又取书纸及绳缕之属投火中，众共视之，见其烧爇了尽。乃拨灰中，举而出之，故向物也[3]。

注释

①天竺：古代对印度的称呼。

②爇：烧，点燃。

③向：从前的。

译文

西晋永嘉年间，有个印度人来到江南一带。这个人会多种法术，比如，能让舌头断了又接上，还能从嘴里吐火。当地人都去他那里围观。在割断舌头前，他先伸出舌头让大家看，然后用刀把舌头截断，鲜血直流，都撒到了地上。只见他把截断的舌头放在一个器皿里，传给大家看，又让大家看他嘴，嘴中的半截舌头还在。然后他从器皿里取出半截舌头，放进嘴里开始接舌头。过了一会儿，大家看他的舌头，已经完好如故，不知道那舌头是否真的断过。他还会表演连接其他断了的东西，他拿来一匹绢布，与另一个人各执一端，然后从中间剪断。接着将两段截断的绢的断头对接起来，再看时那绢布又重新连成一匹，与原来没什么两样。当时有人怀疑那只是幻觉，就悄悄地试了一试，那绢布真的剪断了。他表演吐火的时候，先把火药放在器皿里，然后取出一片，和黍糖混合一起放进嘴里，反复吹气。接着他张开嘴，满嘴都是火焰，这个火还能用来点燃木柴烧饭，是真的火。他又拿书本、纸张和绳线之类的东西投进火里，大家一看，这些东西都烧成了灰烬。只见他在灰烬中翻来拨去，一会儿从里面取出来一些东西，却还是原来烧掉的那些。

七 扶南王判罪

扶南王范寻养虎于山[①]，有犯罪者，投与虎，不噬，乃宥[②]之。故山名大虫，亦名大灵。又养鳄鱼十头，若犯罪者，投与鳄鱼，不噬，乃赦之，无罪者皆不噬。故有鳄鱼池。又尝煮水令沸，以金指环投汤中，然后以手探汤。其直者，手不烂；有罪者，入汤即焦。

注释

①扶南：古时对柬埔寨的称呼。

范寻：原是扶南国将领，后杀扶南王范长自立为王。

②宥yòu：宽恕，赦免。

译文

扶南国王范寻在一座山上养老虎，有人犯罪，就丢到山上喂老虎，老虎不咬的，就赦免他。所以这座山被叫做大虫山，又名大灵山。范寻还养了十只鳄鱼，有人犯罪，就把他扔给鳄鱼吃，鳄鱼不咬的，就赦免他。没有罪的人，鳄鱼都不咬。这个鳄鱼池一直保存着。范寻曾经令人把水烧开到沸腾，将金戒指扔进这开水中，然后叫人把手伸进开水里取金戒指。那些正直而无罪的人，手不会被烫烂；有罪的人，手伸进就被烫焦了。

八 贾佩兰说宫内事

戚夫人侍儿贾佩兰，后出为扶风人段儒妻，说：“在宫内时，尝以弦管歌舞相欢娱，竞为妖服[①]以趋良时。十月十五日[②]，共入灵女庙，以豚黍乐神，吹笛击筑，歌《上灵之曲》。既而相与连臂，踏地为节，歌《赤凤皇来》，乃巫俗也。至七月七日[③]，临百子池，作于阗乐。乐毕，以五色缕相羁[④]，谓之'相连绶'。八月四日，出雕房北户，竹下围棋。胜者，终年有福；负者，终年疾病。取丝缕，就北辰星求长命，乃免。九月，佩茱萸，食蓬饵[⑤]，饮菊花酒，令人长命。菊花舒时，并采茎叶，杂黍米馕之，至来年九月九日始熟，就饮焉，故谓之'菊花酒'。正月上辰[⑥]，出池边盥濯，食蓬饵，以祓[⑦]妖邪。三月上巳[⑧]，张乐于流水。如此终岁焉。"

注释

①妖服：颜色艳丽的衣服。

②十月十五日：农历十月十五为中国民间传统节日"下元节"，亦称"下元日""下元"。传说这天是水官解厄的诞生日。在古代，这一天，道观做道场，民间则祭祀亡灵，并祈求下元水官排忧解难。

③七月七日：农历七月七日，是我国汉族的传统节日七夕节，相传为牛郎、织女双星相会之日，故亦称双星节、情人节。又因为此日活动的主要参与者是少女，而节日活动的内容又是以乞巧为主，故而人们又称这天为"乞巧节"或"少女节""女儿节"。

④羁：系，捆绑。

⑤蓬饵：在重阳节食用的一种用米粉做成的糕点。

⑥正月上辰：农历正月上旬的第一个辰日。

⑦祓：消除，清除。

⑧三月上巳：农历三月上旬的第一个巳日，即三月三，这天又称“上巳节”。

译文

汉朝戚夫人的侍女贾佩兰，后来出嫁给扶风人段儒做妻子。她说：“在皇宫里的时候，经常用管弦乐器伴奏歌舞来娱乐，大家争着穿艳丽的服装，度过那些美好的时光。十月十五日下元节，大家一道去灵女庙，用猪肉黍酒祭神，吹笛击筑，唱《上灵之曲》。接着相互拉着手臂，用脚踏着节拍，唱《赤凤凰来》，这是当时巫祝的习俗。到七月七日的乞巧节，大家来到百子池，唱于阗乐曲。唱完之后，用彩色丝线互相扎头发，称它为‘相连绶’。八月四日，走出我们雕刻着花纹的房间的北门，大家一起到竹林下围棋。棋胜的一年就会都有福气；棋败的就会一年都有疾病。拿着丝线向北极星的方向祈求长命，才能免除疾病。九月，佩戴茱萸，吃蓬饵，喝菊花酒，可使人长寿。菊花开放的时候，采集茎叶，掺进黍米酿造，到第二年九月九日重阳节，酒就酿好，可以喝了，所以叫它‘菊花酒’。正月上辰那天，到水池边洗手，吃蓬饵，以免除灾邪。三月上巳日，在流水边设歌舞，一年就这样过去了。”

九 李少翁致神

汉武帝时，幸[①]李夫人。夫人卒后，帝思念不已。方士齐人李少翁，言能致其神[②]。乃夜施帷帐，明灯烛，而令帝居他帐遥望之。见美女居帐中，如李夫人之状，还[③]幄坐而步，又不得就视。帝愈益悲感，为作诗曰：“是耶？非耶？立而望之，偏娜娜[④]。何冉冉其来迟！”

令乐府诸音家弦歌之。

注释

①幸：宠爱。

②致：招引，招来。

③还：环绕。

④娜娜：疑为“偏”字注释，误入原文。

译文

汉武帝非常宠爱李夫人。李夫人死后，汉武帝还对她思念不止。当时齐地有个叫李少翁的方士，自称能招来李夫人的魂魄。于是他就在夜里搭起幕帐，点亮火烛，让汉武帝坐在另一个幕帐里远远地望着。武帝只看见一个美女在幕帐里，像李夫人的模样。他环绕着幕帐行走或坐下，却不能靠近去看她。武帝感到更加悲伤，为此写了首诗，诗中写道：“是她吗？不是她吗？站着远远望去，她的翩翩身姿那么婀娜美妙。可为什么就是走得这样慢，迟迟来不到我面前呀！”汉武帝又命令乐府中精通音律的乐师为这首诗谱曲弹唱。

十 两巫识朱主墓

吴孙峻杀朱主[①]，埋于石子冈。归命即位[②]，将欲改葬之。冢墓相亚[③]，不可识别，而宫人颇识主亡时所著衣服。乃使两巫各住一处，以伺其灵。使察战[④]鉴之，不得相近。久时，二人俱白见一女人，年可三十余，上著青锦束头，紫白袷裳[⑤]，丹绨丝履，从石子冈上，半冈而以手抑膝长太息，小住须臾，更进一冢上，便止，徘徊良久，奄然[6]不见。二人之言，不谋而合。于是开冢，衣服如之。

注释

①孙峻：三国时吴国大将军，后被封为“富春侯”。

朱主，即孙权的女儿孙鲁育，因为嫁给了左将军朱据而被称为“朱主”，即嫁给朱家的公主。

②归命：即吴末帝孙皓，降晋称臣后被封为“归命侯”。

③亚：挨着，靠近。

④察战：三国时吴国的官名，负责监视官吏和百姓。

⑤袷qiā：夹衣。

⑥奄然：忽然。

译文

吴国的孙峻杀了朱主，把她埋在了石子冈。吴末帝孙皓即位以后，准备改葬她。但是石子冈那里有许多墓挤在一起，识别不出哪个是朱主的墓，但是有宫里的人还能记得朱主死时所穿的衣服。于是就派两个巫祝各自待在一处，等候朱主的灵魂出现。还派察战监督他们，不准两人靠近。过了一段时间，两个巫祝都报告说，看见一个女人，年纪三十多岁，头上戴着青色锦绣的头巾，穿着紫白色的夹衣，红色丝绸做的鞋子。她从石子冈上山，到半山冈的时候，把手扶在膝上，长长地叹气。停了一会儿，她就走到一座坟墓前停了下来，在那里徘徊很久，忽然就不见了。两个巫祝的话，不谋而合。于是吴主让人按照他们所指的地点，打开坟墓，棺里的衣服正是他们所说的那样。

十一 夏侯弘见鬼

夏侯弘自云见鬼，与其言语。镇西谢尚[①]所乘马忽死，忧恼甚至。谢曰："卿若能令此马生者，卿真为见鬼也。"弘去良久，还曰："庙神乐[②]君马，故取之。今当活。"尚对死马坐，须臾，马忽自门外走还，至马尸间，便灭[③]，应时能动，起行。谢曰："我无嗣，是我一身之罚。"弘经时无所告。曰："顷所见，小鬼耳，必不能辨此源由。"后忽逢一鬼，乘新车，从十许人，著青丝布袍。弘前提牛鼻，车中人谓弘曰："何以见阻？"弘曰："欲有所问。镇西将军谢尚无儿。此君风流令望，不可使之绝祀。"车中人动容曰："君所道正是仆儿。年少时，与家中婢通，誓约不再婚，而违约。今此婢死，在天诉之，是故无儿。"弘具以告。谢曰："吾少时诚有此事。"弘于江陵，见一大鬼，提矛戟，有随从小鬼数人。弘畏惧，下路避之。大鬼过后，捉得一小鬼，问："此何物？"曰："杀人以此矛戟，若中心腹者，无不辄死。"弘曰："治此病有方否？"鬼曰："以乌鸡薄[④]之，即差[⑤]。"弘曰："今欲何行？"鬼曰："当至荆、扬二州尔。"时比日行心腹病，无有不死者，弘乃教人杀乌鸡以薄之，十不失八九。今治中恶[⑥]辄用乌鸡薄之者，弘之由也。

注释

①谢尚：字仁祖，东晋阳夏人，是东晋太傅谢安的堂兄弟。

②乐：喜欢。

③灭：消失。

④绝祀：无后嗣。

⑤薄：通“敷”。涂抹的意思。

⑥差chài：病愈。

⑦中恶：中医上的一种病名，因感受秽毒或不正之气，突然昏厥，不省人事，俗称“中邪”。

译文

夏侯弘自称见过鬼，并能与鬼说话。镇西将军谢尚所骑的马突然死了，他非常难过。就派人找来夏侯弘说：“你如果能让这匹马死而复生，我就承认你真的是见过鬼了。”夏侯弘去了很久，回来后说：“庙神喜欢你的马，所以要了它，现在会活过来的。”谢尚对着死马坐下。一会儿，有一匹马从门外跑回来，到死马处便消失了。接着死马动了一下，就站起来了。谢尚说：“我没有儿子，这是对我一辈子的惩罚。”夏侯弘过了很长一段时间都没有告诉谢尚原因。他说：“最近所见到的都是小鬼，他们一定不清楚这事的原因。”后来夏侯弘忽然遇到一个鬼，那鬼乘着一辆新车，随从有十多个，穿着青色丝绸的布袍。夏侯弘便上前提起牛鼻绳，车中的鬼对夏侯弘说：“你为什么阻拦我？”夏侯弘说：“想问你一件事。镇西将军没有儿子，而他英俊风流，声望很好，不能使他断绝后代。”车中的鬼激动地说：“你所说的人，正是我的儿子。他年轻时，与家中婢女私通，并发誓不再结婚，后来却违背了誓约。现在那婢女死了，在阴间控告他，所以他没有儿子。”夏侯弘把这些情况告诉了谢尚，谢尚说：“我年轻时的确做过这样的错事。”夏侯弘在江陵见到一个大鬼，提着矛戟，有几个小鬼跟随。夏侯弘害怕，就躲到路边。大鬼走后，他捉到一个小鬼，问:“这是什么东西?”小鬼说:“用这把矛戟杀人,如果刺中心腹,没有不马上死的。”夏侯弘说:“有治愈这种病的药方吗?”小鬼说:“用乌鸡制成药,涂抹在心腹处,立刻就能痊愈。”夏侯弘问:“你们现在要去哪儿?”小鬼说:“要到荆州、扬州去。”当时正流行心腹病,得病的人没有不死的。夏侯弘于是教人杀乌鸡来涂抹心腹处,十有八九都好了。现在用乌鸡制成的药涂抹心腹来治疗这种恶性心腹病的方法,就是由夏侯弘传下来的。

卷三

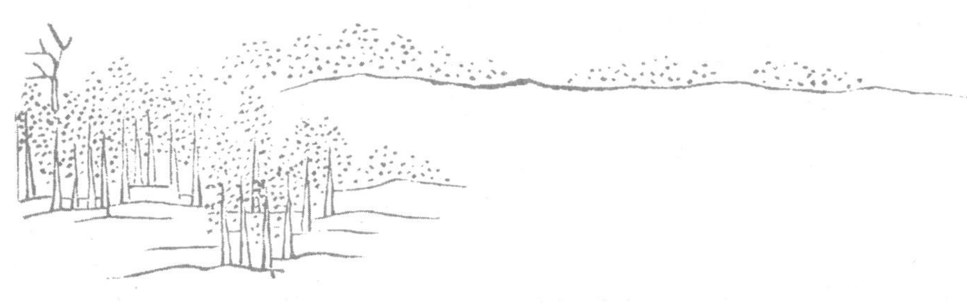

一　钟离意修孔庙

汉永平中[①],会稽钟离意[②]字子阿,为鲁相。到官,出私钱万三千文,付户曹孔䜣,修夫子车。身入庙,拭几席、剑、履。男子张伯除堂下草,土中得玉璧七枚,伯怀[③]其一,以六枚白[④]意,意令主簿安置几前。孔子教授堂下,床首有悬瓮,意召孔䜣问:“此何瓮也?”对曰:“夫子瓮也。背有丹书[⑤],人莫敢发[⑥]也,”意曰:“夫子,圣人。所以遗瓮,欲以悬示后贤。”因发之。中得素书[⑦],文曰:“后世修吾书,董仲舒。护吾车、拭吾履、发吾笥[⑧],会稽钟离意。璧有七,张伯藏其一。”意即召问:“璧有七,何藏一耶?”伯叩头出之。

注释

①永平:东汉明帝刘庄的年号。

②会稽:古郡名,在今江浙一带。

钟离意:字子阿,东汉会稽山阴人,汉章帝时被拜为尚书。

③怀:藏在怀里。

④白:报告。

⑤丹书:朱笔书写的文字。

⑥发:打开。

⑦素书:写在白色生绢上的文书。

⑧笥sì:一种盛饭食或衣物的竹器,这里指悬瓮。

译文

钟离意是东汉会稽人，字子阿，汉明帝永平年间担任鲁国宰相。他上任后，拿出自己的一万三千文钱，交给户曹孔䜣，让他去修理孔夫子的乘车。又去孔庙里面，亲自擦拭那里的桌椅、佩剑和鞋子。有个叫张伯的男子，在堂下除草时，从土中拣到七枚玉璧，他就藏了一枚在怀里，然后把其余的六枚交给了钟离意。钟离意便让主簿把那些玉璧安放在桌子上。在孔子讲学的堂屋里，床头上面悬挂着一只坛子。钟离意叫来孔䜣，问他："这是什么坛子？"孔䜣回答说："这是夫子留下的坛子。背后有丹书，大家不敢打开。"钟离意说："孔夫子是圣人。他留下这个坛子，是为了启示后人的。"因此，钟离意就打开了坛子。他在坛子里发现了一部用素绢写的文书，上面说："后世研习我著作的人，是董仲舒。修理我的乘车、擦拭我的鞋子、打开我的坛子的人，是钟离意。玉璧有七枚，张伯藏了其中一枚。"钟离意立即叫张伯来问："玉璧有七枚，你为什么藏了一枚呢？"张伯连忙叩头，交出了那枚玉璧。

二 段翳封简书

段翳字元章，广汉新都[①]人也。习《易经》，明风角[②]。有一生来学，积年，自谓略究要术，辞归乡里。翳为合膏药，并以简书封于筒中，告生曰："有急，发视之。"生到葭萌[③]，与吏争度津。吏挝[④]破从者头。生开筒得书，言："到葭萌，与吏斗，头破者，以此膏裹之。"生用其言，创者即愈。

注释

①段翳：字元章，新都人。据说他通晓经术，能够预言未来。

②广汉新都：古代郡县名，在今四川广汉。

③风角：古代占卜之法，以五音占四方之风而定吉凶。

④葭jiā萌：古地名，在今四川昭化。

⑤挝：打，敲打。

译文

段翳字元章，广汉郡新都人。他精通《易经》，懂得根据五音与四方的风声来占吉凶的占卜之术。有个学生来求学，学习了一年以后，这学生认为自己已经掌握了基本的法术，就向段翳告辞回家乡去。段翳给这学生配制了一贴膏药，又写了一封信封在竹筒里，并告诉他说："遇到急事，就打开来看。"这学生走到葭萌县的时候，与官吏争着过河，官吏打破了他随从的头。学生打开竹筒，看到信上写着："到葭萌县时，你会与官吏争斗；头被打破的人，把这贴膏药贴在他的头上。"学生照所写的话去做，受伤的人立刻就痊愈了。

三 臧仲英家遇怪事

右扶风臧仲英[①]，为侍御史。家人作食，设案，有不清尘土投汙之。炊临熟，不知釜处。兵弩自行。火从箧簏中起，衣物尽烧，而箧簏故完。妇女婢使，一旦尽失其镜；数日，从堂下掷庭中，有人声言："还汝镜。"女孙年三四岁，亡[②]之，求，不知处；两三日，乃于圊[③]中粪下啼。若此非一。汝南许季山者，素善卜卦，卜之，曰："家当有老青狗物，内中侍御者名益喜，与共为之。诚欲绝，杀此狗，遣益喜归乡里。”仲英从之，怪遂绝。后徙为太尉长史，迁鲁相。

注释

①右扶风：官名及政区名，为汉代三辅之一，其辖地在今陕西长安西。

②亡：丢失，失踪。

③圊qīng：厕所。

译文

右扶风人臧仲英，任侍御史。他家里仆人做好饭，摆在桌子上，会有不干净的泥土扔到饭菜里把饭菜弄脏。食物要熟的时候，锅却不见了。兵器弓箭自己会移动。竹箱起火，衣服都烧光了，竹箱子却完好无损。一天早上，臧仲英的妻子、女儿和女仆的镜子都不见了。几天后，镜子从堂屋被扔到院子里，有一个人的声音说：“还你们的镜子。”臧仲英的孙女刚刚三四岁，失踪了，到处都找不到。两三天后，却发现她在厕所的粪坑中啼哭。像这样的怪事发生了不止一次。汝南人许季山，善于卜卦，他占卜之后说：“你家里有一条老青狗，内庭有个侍者叫益喜，是他们共同作怪搞出的这些事情。要消除怪事，就杀掉这条狗，打发益喜回老家去。”臧仲英照许季山说的办了，怪事果然没再发生。后来臧仲英升职为太尉长史，后又升职为鲁国宰相。

四 乔玄夜见白光

太尉乔玄[①]字公祖，梁国人也。初为司徒长史[②]，五月末，于中门卧。夜半后，见东壁正白[③]，如开门明。呼问左右，左右莫见。因起自往手扪摸之[④]，壁自如故。还床，复见。心大怖恐。其友应劭[⑤]适往候之，语次相告。劭曰："乡人有董彦兴者，即许季山外孙也。其探赜索隐[⑥]，穷神知化[⑦]，虽眭孟[⑧]、京房[⑨]，无以过也。然天性褊狭[⑩]，羞于卜筮者。间来候师王叔茂，请往迎之。"须臾，便与俱来。公祖虚礼盛馔，下席行觞。彦兴自陈："下土诸生，无他异分。币重言甘，诚有踧踖[⑪]。颇能别者，愿得从事。"公祖辞让再三，尔乃听之，曰："府君当有怪，白光如门明者，然不为害也。六月上旬，鸡明时，闻南家哭，即吉。到秋节，迁北行，郡以金为名。位至将军三公。"公祖曰："怪异如此，救族不暇，何能致望于所不图？此相饶耳。"至六月九日，未明。太尉杨秉暴薨。七月七日，拜钜鹿太守，"钜"边有金。后为"度辽将军"，历登三事[⑫]。

注释

①太尉：官名，我国从秦汉时起中央掌管军事的最高官员，与丞相、御史大夫并称为"三公"。

②司徒长史：司徒官职下的一个属官名。

③正白：纯白，无杂色的白光。④扪：按，摸。

⑤应劭：字仲远，东汉学者，汝南郡南顿县人，博学多才。

⑥探赜索隐：探究深奥的道理，搜索隐秘的事情。探，寻求，探测。赜，幽深玄妙。索，搜求。隐，隐秘。

⑦穷神知化：穷究事物之神妙，了解事物之变化。

⑧眭suī孟：姓眭，名弘，字孟，西汉人。他精通《公羊春秋》，可预知后事。

⑨京房：西汉学者，本姓李，字君明，东郡顿丘人，开创了“京氏易学”。

⑩褊狭：器量狭窄。⑪踧踖cùjí：恭敬而不安的样子。

⑫三事：这里指三公。

译文

太尉乔玄字公祖，是梁国人。他当初任司徒长史的时候，某年五月底的一天，他在门边睡觉，半夜后，看见东面墙壁忽然出现白光，就像开着门一样明亮。他忙叫过身边的人来问，都说没有看见。于是他起床走过去，亲自用手抚摸，墙壁还是和原来一样。等他回到床上，墙壁上的白光又出现了，他心里十分恐惧。正好他的朋友应劭来看望他，他就把这件事一一告诉了应劭。应劭说：“我有个叫董彦兴的同乡，是许季山的外孙。他善于探索幽奥隐微的事情，通晓神妙变化，就是眭弘和京房也没有什么地方可以胜过他的。只不过他这个人天性狭隘，总认为卜卦是羞耻的事情而轻易不愿意做。现在碰巧正赶上他来此地看望他的老师王叔茂，请让我去把他接来吧。”过了不久，董彦兴就和他一起回来了。乔玄谦恭地以礼款待董彦兴，准备了丰盛的酒宴，并走下坐席亲自给他敬酒。董彦兴不待他请求就自己先说道：“我只是乡间的学生，没有什么特别的本事，您对我如此礼重，说话也客气，我实在感到不安。我略懂辨别吉凶之术，愿意为您效劳。”乔玄再三谦让以后，把那件事告诉了他。董彦兴说：“您府里正有怪事，所以看见白光像开门一样明亮，但那不是不好的事情。六月上旬，鸡叫天亮时，听到南边有人家在哭，您就吉利了。到了秋天，您会调往北方郡城任职，那郡府的名称中有‘金’字。您以后职位将升到将军三公。”乔玄说：“我遇上像现在这样的怪事，连拯救家族的灾难都顾不过来，又怎敢寄希望于不能奢望的事呢。这是您在安慰我罢了。”到了六月九日那天，天还没有亮的时候，太尉杨秉突然死亡了。七月七日，乔玄就奉命任钜鹿郡太守，“钜”字边上就有“金”。再到后来乔玄又被封为“度辽将军”，最后登上了三公之位。

五 管辂论怪

管辂[①]字公明，平原[②]人也。善《易》卜。安平太守东莱王基[③]，字伯舆，家数有怪，使辂筮之。卦成，辂曰：“君之卦，当有贱妇人，生一男，堕地便走，入灶中死。又，床上当有一大蛇，衔笔，大小共视，须臾便去。又，乌来入室中，与燕共斗，燕死，乌去。有此三卦。”基大惊曰：“精义之致，乃至于此，幸为占其吉凶。”辂曰：“非有他祸，直客舍久远，魑魅罔两，共为怪耳。儿生便走，非能自走，直宋无忌[④]之妖将其入灶也。大蛇衔笔者，直老书佐[⑤]耳。乌与燕斗者，直老铃下[⑥]耳。夫神明之正，非妖能害也。万物之变，非道所止也。久远之浮精，必能之定数也。今卦中见象，而不见其凶，故知假托之数，非妖咎[⑦]之征，自无所忧也。昔高宗之鼎，非雉所雊[⑧]；太戊之阶，非桑所生。然而野鸟一雊，武丁为高宗；桑谷暂生，太戊以兴。焉知三事不为吉祥？愿府君安身养德，从容光大，勿以神奸，污累天真。”后卒无他。迁安南督军。

注释

①管辂：字公明，三国时期魏国术士，今德州平原县人，是历史上著名的术士，被后世卜卦观相的人奉为祖师。

②平原：古郡名，在今山东平原。

③安平：古郡名，在今山东益都西北。

东莱：古地名，在今山东北郊河以东。

④宋无忌：即宋毋忌，传说中的火仙。

⑤书佐：官名，主办文书的佐官。⑥铃下：门卫，侍从。

⑦妖咎：灾异。⑧雊gòu：雉鸣，野鸡叫。

译文

管辂字公明，是平原人，善于用《易经》卜卦。安平太守东莱人王基，字伯舆，家里多次发生怪事，便找来管辂帮他占卜。卜出卦象以后，管辂说："您的卦，显示的应该是有一个出身卑微的女人，生一个男孩，这男孩落地便跑，却跑入灶中，烧死了。又显示有一条大蛇在床上衔着毛笔，大家都去看它，它一会儿就离开了。还有一只乌鸦飞进屋里，与燕子争斗，燕子死了，乌鸦飞走了。显示的就是这样三个卦象。"王基十分惊讶地说："卦象精确到了这样的水平啊，请您帮我测下这卦象的吉凶。"管辂说："这卦象并没有预示着其他什么灾祸，只是您住的房子年代久远，那些精怪在一起捣乱罢了。儿子生下来就能跑，不是他自己会跑，是火仙宋无忌把他引进了灶里。那衔笔的大蛇，不过是您原来的老文书所变。与燕子争斗的乌鸦，不过是您原来的老门卒。精神纯正，妖怪就不能为害。万物变化，道术也不能阻止。久远的精怪，也有它一定的定数。现在卦中看到这些卦象并没有显出凶兆，所以那不过都是些虚假的花招，而不是妖怪有危害的预兆，这自然也没有什么可忧虑的。从前殷高宗武丁祭祀的大鼎，不是野鸡鸣叫的地方；殷中宗太戊的庭阶，不是桑谷生长的地方。然而，野鸡一叫，武丁就成为了贤明的高宗。桑、谷突然长在朝廷的台阶上，太戊时代就兴盛了。谁又能知道这三件事是不是吉祥的象征呢？希请您安心修身养德，并将这些德行光大，不要因为神怪而玷污了您的天性。”后来王基也没碰上什么不幸，还升任了安南将军。

后辂乡里乃太原，问辂：“君往者为王府君论怪云：‘老书佐为蛇，老铃下为乌。’此本皆人，何化之微贱乎？为见于爻象出君意乎？”辂言：“苟非性与天道，何由背爻象而任心胸者乎？夫万物之化，无有常形；人之变异，无有定体。或大为小，或小为大，固无优劣。万物之化，一例之道也。是以夏鲧[①]，天子之父；赵王如意，汉高之子。而鲧为黄熊，意为苍狗，斯亦至尊之位，而为黔喙[②]之类也。况蛇者协辰巳之位[③]，乌者栖太阳之精，此乃腾黑[④]之明象，白日之流景[⑤]。如书佐、铃下，各以微躯，化为蛇乌，不亦过乎？”

注释

①夏鲧：即鲧。传说为尧舜时代的部落首领，是大禹之父。

②黔喙：黑嘴，借指牲畜野兽之类。

③辰巳之位：以十二地支配十二生肖，蛇为辰巳之位，用以指代方位时，则指的是东南方。

④腾黑：腾蛇星宿，五行配水，五色配黑，所以称“腾黑”。

⑤流景：闪耀的光彩。

译文

后来管辂的同乡乃太原，问管辂："您过去为王基谈论精怪的时候说：'老文书变成了蛇，老门卒变成了乌鸦。'他们本来都是人，怎么变成了卑贱的动物呢？是从爻象显示出来，还是您的想象？"管辂说："如果不是依据本性与自然之道，难道还是我违背爻象而随心所欲编造的？万物的变化，没有固定形状。人的变化，没有固定的模式。大变小，或者小变大，本来就无所谓好坏。万物的变化，都是有一定道理的。因此，夏鲧是禹这个天子的父亲，赵王如意是汉高祖的儿子，可是夏鲧变成了黄熊，如意变成了苍狗，这是从最高贵的身份，变成了山上的野兽之类；而蛇与地支中的巳位相配，乌鸦是栖于太阳的精灵，这是腾蛇星宿的形象，闪耀着太阳的光彩。像文书、门卒这样卑微的身份，能化为蛇和乌鸦，不超过他们以前的身份了吗？"

六 管辂教颜超增寿

管辂至平原，见颜超貌主夭亡。颜父乃求辂延命。辂曰："子归，觅清酒一榼，鹿脯一斤，卯日，刈麦地南大桑树下，有二人围棋次，但酌酒置脯，饮尽更斟，以尽为度。若问汝，汝但拜之，勿言。必合有人救汝。"颜依言而往，果见二人围棋，频置脯斟酒于前。其人贪戏，但饮酒食脯，不顾。数巡，北边坐者忽见颜在，叱曰："何故在此？"颜唯拜之。南面坐者语曰："适来饮他酒脯，宁无情乎？"北坐者曰："文书已定。"南坐者曰："借文书看之。"见超寿止可十九岁，乃取笔挑上，语曰："救汝至九十年活。"颜拜而回。管语颜曰："大助子，且喜得增寿。北边坐人是北斗，南边坐人是南斗。南斗注生，北斗主死。凡人受胎，皆从南斗过北斗。所有祈求，皆向北斗。"

译文

管辂到平原郡，看见颜超的相貌，预示着他不到成年就会死去。颜超的父亲求管辂想办法延长颜超的寿命。管辂对颜超说："你回家去，准备好一壶好酒，一斤鹿肉。在卯日那天，到正在收割的麦地南边的大桑树下去，到时你会在那里看见两个人在下围棋。你只管给他们斟酒摆好鹿肉，他们喝完你就继续给他们斟酒。如果问你什么，你只管叩头作揖，不要说话，一定会有人救你。"颜超按照管辂的话到桑树下，果然看见两个人在下围棋。颜超就摆上鹿肉，并不断给他们斟酒。那两人迷于下棋，只是喝酒吃肉，却没有留意颜超。颜超斟过几次酒后，坐在北边的人突然发现颜超站在旁边，就责问他："你为什么在这里？"颜超只是叩头作揖。坐在南边的人说："刚才喝他的酒吃他的肉，难道毫不领情吗？"坐在北边的人说："文书已经写好了。"坐在南边的人说："把文书给我看看。"他看到文书上记载着颜超的寿命只有十九岁，就拿笔把"九"字改到"十"字前面，对颜超说："我救你，让你活到九十岁。"颜超对他们拜谢后，就回家去了。管辂对颜超说："他们对你的帮助太大了，你能增加寿命真是太值得高兴了。那个坐在北边的人是北斗星，坐在南边的人是南斗星。南斗星掌管人的生，北斗星掌管人的死。凡人受胎成人，都要经过从南斗到北斗的生死过程。人有什么请求，都要向北斗星诉说。"

七 管辂筮信都令家

信都[①]令家，妇女惊恐，更互[②]疾病。使辂筮之。辂曰："君北堂西头有两死男子。一男持矛，一男持弓箭；头在壁内，脚在壁外。持矛者主刺头，故头重痛不得举也。持弓箭者主射胸腹，故心中悬痛不得饮食也。昼则浮游，夜来病人[③]，故使惊恐也。"于是掘其室中，入地八尺，果得二棺。一棺中有矛；一棺中有角弓及箭。箭久远，木皆消烂，但有铁及角完耳。乃徙骸骨去城二十里埋之，无复疾病。

注释

①信都：古县名，在今河北邢台西南。

②更互：交替，轮流。

③病人：扰乱、危害人们。

译文

信都县令家里，女人们都担惊受怕，轮流病倒了。信都令请了管辂来给他占卜。管辂说："你家北屋西头有两个死了的男人。他们一个拿着长矛，一个持着弓箭；头在墙壁里面，脚在墙壁外面。拿长矛的人，专门刺人的头，所以被刺中的人就头疼得厉害，沉得抬不起来；拿弓箭的人，专门射人的胸腹，所以被刺中的人，就胸口疼痛，心慌难受，吃不下东西。他们白天到处游荡，晚上就回来害人，所以使人感到惊慌。"于是县令在那间房子里挖掘，挖到地下八尺，果然看见两口棺材，一口棺材里有矛，一口棺材里有角弓和箭。箭已经很古老了，弓箭上的木料都烂了，只有箭上的铁和兽角还是完好的。县令让人把那两具骸骨迁移到城外二十里埋葬，从那以后，他家里再没人生病了。

八 淳于智朱书杀鼠

淳于智字叔平，济北庐人也①。性深沈，有思义。少为书生，能《易》筮，善厌胜②之术。高平刘柔夜卧，鼠啮③其左手中指，意甚恶之。以问智，智为筮之，曰："鼠本欲杀君而不能，当为使其反死。"乃以朱书手腕横文后三寸，为"田"字，可方一寸二分，使夜露手以卧。有大鼠伏死于前。

注释

①济北：古郡名，在今山东长清南。

②厌yā胜：古代方士的一种巫术，以诅咒制服人或物。厌，通"压"。有倾覆、抑制、堵塞、压制的意思。

③啮：啃，咬。

译文

淳于智字叔平，是济北郡卢县人。他性格深沉，讲义气，少年时是读书人，能用《周易》占卜，善于诅咒的道术。高平人刘柔晚上睡觉，有老鼠咬伤了他的左手中指，他感到很厌恶。他去淳于智那里咨询这件事，淳于智为他占了一卦，说："老鼠本来想咬死你，但是没有成功；现在我想办法救你，反而让那老鼠被杀死。"于是他在刘柔手腕横纹后面三寸的地方，用朱砂写了一个大约一寸二分见方的"田"字，让刘柔晚上睡觉的时候，把手腕露在外面。果然第二天早上就有一只大老鼠伏在刘柔的手前面死了。

九 淳于智卜居宅

上党鲍瑗[①]，家多丧病，贫苦。淳于智卜之，曰："君居宅不利，故令君困尔。君舍东北有大桑树。君径至市，入门数十步，当有一人卖新鞭者，便就买还，以悬此树。三年，当暴[②]得财。"瑗承言诣市，果得马鞭，悬之。三年，浚井，得钱数十万，铜铁器复二万余。于是业用既展[③]，病者亦无恙。

注释

①上党：古郡名，在今山西长治市北。

②暴：突然。

③展：宽裕。

译文

上党人鲍瑗，家里常有人生病或死亡，生活十分贫苦。淳于智给他占卜了一下，说："你住的房子不吉利，所以你如此困苦。你家东北方向有一棵大桑树。你直接到集市上去，在进集市门几十步的地方，你会看到一个卖新鞭子的人，你在他那里买个新鞭子回来，挂在桑树上。三年后，你就会暴富。"鲍瑗按照淳于智的话到集市去，果然买到了马鞭，他就把马鞭悬挂在了桑树上。三年后的一天，鲍瑗在清理井的时候，挖出钱币数十万，铜铁器物二万多件。于是他不但家中的生活富裕，费用不再紧缺，就连家里的病人也都好转了。

十 淳于智卜免祸

谯人夏侯藻[①]，母病困，将诣智卜。忽有一狐，当门向之嗥叫。藻大愕惧,遂驰诣智。智曰:“其祸甚急。君速归，在狐嗥处拊心[②]啼哭，令家人惊怪，大小毕出，一人不出,啼哭勿休。然其祸仅可免也。”藻还,如其言。母亦扶病而出。家人既集，堂屋五间拉然[③]而崩。

注释

①谯：古代郡名，在今安徽亳县。

②拊心：手按在胸口上。

③拉然：被拉倒的样子。

译文

谯郡人夏侯藻的母亲病重，想请淳于智占卜。一天，忽然有一只狐狸对着门朝他嗥叫。夏侯藻非常害怕，急忙跑到淳于智那里。淳于智说:“这个灾祸已经迫在眉睫。你赶快回家去，在狐狸嗥叫的地方按着胸口啼哭，让家里的人惊奇，让大人小孩全都出门来。哪怕有一个人没有出来，你也不能停止啼哭。只有这样,才可以免除这个灾祸。”夏侯藻回到家，就按照淳于智的话在门口不停地啼哭，连他生病的母亲也出来看他。等全家人都集中在门外的时候，他家的五间堂屋像被什么东西拉倒一样地崩塌了。

十一 郭璞撒豆成兵

郭璞[①]字景纯，行至庐江，劝太守胡孟康急回南渡，康不从。璞将促装[②]去之，爱其婢，无由得，乃取小豆三斗，绕主人宅散之。主人晨起，见赤衣人数千围其家，就视则灭，甚恶之。请璞为卦，璞曰："君家不宜畜[③]此婢，可于东南二十里卖之，慎勿争价，则此妖可除也。"璞阴令人贱买此婢，复为投符于井中，数千赤衣人一一自投于井。主人大悦，璞携婢去。后数旬而庐江陷[④]。

注释

①郭璞：河东闻喜（今山西省闻喜县）人，东晋著名学者。他博学多才，是当时著名的文学家和训诂学家，曾注释《周易》《山海经》《穆天子传》《方言》《楚辞》等古籍，现今的《辞海》或《辞源》上均到处可见郭璞注释。此外，郭璞还精通天文五行占卜之术。

②促装：收拾行李。③畜：收容。

④陷：沦陷，被敌人攻占。

译文

郭璞字景纯，他来到庐江郡，劝那里的太守胡孟康赶快渡江回南方去，胡孟康不肯听他的劝告。郭璞就准备收拾行李离开，他很喜欢主人家的婢女，又没有正当的理由得到她，于是他找来三斗小豆，绕主人的住宅周围撒下。主人早晨起来，看见有几千个穿红衣服的人包围了他的家，走近看时，又不见了。主人心里对此非常厌恶，就请郭璞来卜卦。郭璞说："您家不宜再收留这个婢女，您可以在东南方二十里的地方卖掉她，一定不要讨价还价，这样一来就可以除掉这些妖怪了。"郭璞悄悄派人去他告诉主人的地方，便宜地买下了这个婢女，又在主人家井里投下一道符，那几千个红衣人就一个个自己跳到井里去了。主人十分高兴。郭璞就带着这个婢女离开了庐江。几十天以后，庐江就沦陷了。

十二　郭璞救死马

赵固[①]所乘马忽死，甚悲惜之。以问郭璞，璞曰："可遣数十人持竹竿，东行三十里，有山林陵树，便搅打之。当有一物出，急宜持归。"于是如言，果得一物，似猿。持归，入门，见死马，跳梁[②]走往死马头，嘘吸其鼻。顷之，马即能起，奋迅[③]嘶鸣，饮食如常。亦不复见向物[④]。固奇之，厚加资给。

注释

①赵固：十六国时期汉国君刘渊的部将。

②跳梁：即"跳踉"。跳动跃腾。

③奋迅：奋起迅速，指动作敏捷。

④向物：刚才的怪物。向，刚才。

译文

赵固所骑的马忽然死了，他十分悲痛惋惜。问郭璞有没有办法救活它，郭璞说："您派几十个人拿着竹竿，往东走三十里，遇到山丘树林，就反复敲打树枝，会有一个怪物出现，你们就赶快把它捉住带回家来。”于是赵固按照郭璞的话去做，果然得到一个怪物，样子看起来像猿猴。他们把这怪物捉回来，这怪物进门看见死马，就跳跃着跑到死马的头边，对着马的鼻子呼气吸气。一会儿，马就站起来了，动作敏捷，嘶叫不停，吃喝也同平常一样。只是刚才那个怪物却不见了。赵固赞赏郭璞的本事，给了他丰厚的报酬。

十三 郭璞筮病

扬州别驾[①]顾球姊，生十年，便病，至年五十余，令郭璞筮，得“大过”[②]之“升”[③]。其辞曰：“‘大过’卦者义不嘉，冢墓枯杨无英华。振动游魂见龙车，身被重累婴妖邪。法由斩祀杀灵蛇，非己之咎先人瑕[④]。案卦论之可奈何。”球乃迹访其家事。先世曾伐大树，得大蛇，杀之，女便病。病后，有群鸟数千，回翔屋上。人皆怪之，不知何故。有县农行过舍边，仰视，见龙牵车，五色晃烂[⑤]，其大非常，有顷遂灭。

注释

①别驾：官名，刺史的佐吏，负责总管重物，职权很大。

②“大过”：《易经》六十四卦的第二十八卦，巽下兑上。上卦为兑，兑为泽；下卦为巽，巽为风。上兑下巽，有泽水淹没木舟之象。是形容犯大错，有大的过失的一卦。

③“升”：《易经》六十四卦的第四十六卦，下巽上坤。坤为地、为顺；巽为木、为逊。大地生长树木，逐年地成长，日渐高大成材，此卦是讲事物变化上升的一卦。

④瑕：指人的过失。⑤晃烂：明亮有光彩。

译文

顾球是扬州刺史的佐吏，他的姐姐长到十岁时就开始生病，一直到五十多岁还没有病愈。顾球请郭璞占卜，占卜的结果是“大过”卦变“升”卦。那卜辞是这样说的：“‘大过’卦的含义不好，坟墓上的枯杨树没有开花。振动的游魂使龙车出现，身患重病又遇妖邪。灾祸的原因是断了祭祀杀死灵蛇，不是自己的错误而是先人的过失。我只能告诉你卦象是这样的，也没有其他办法。”于是顾球四处寻访先辈的事迹。原来先辈在砍伐一棵大树时，捉到一条大蛇并杀死了它，之后女儿就生病了。女儿生病以后，有几千只鸟儿组成的鸟群，在屋上环绕飞翔。人们都觉得奇怪，不知是什么原因。有一个当地的农民走过房屋旁边，抬头望去，看见一条龙拉着车，那车五光十色，闪烁耀眼，车子大得非同寻常，一会儿就消失了。

十四 费孝先为王旻言卦

西川费孝先[①]，善轨革[②]，世皆知名。有大若人[③]王旻，因货殖至成都，求为卦。孝先曰：“教住莫住，教洗莫洗。一石谷捣得三斗米[④]。遇明即活，遭暗即死。”再三戒之，令诵此言足矣。旻志之。及行，途中遇大雨，憩一屋下，路人盈塞，乃思曰：“教住莫住，得非此耶？”遂冒雨行。未几，屋遂颠覆，独得免焉。

之妻已私邻比[⑤]，欲媾[⑥]终身之好，俟旋归，将致毒谋。旻既至，妻约其私人曰：“今夕新沐者，乃夫也。”将晡[⑦]，呼旻洗沐，重易巾帻[⑧]。旻悟曰：“教洗莫洗，得非此耶？”坚不从。妻怒，不省，自沐。夜半反被害。既觉，惊呼，邻里共视，皆莫测其由。遂被囚系拷讯。狱就，不能自辨。郡守录状，旻泣言："死即死矣。但孝先所言，终无验耳。"左右以是语上达。郡守命未得行法，呼旻问曰："汝邻比何人也？"曰："康七。"遂遣人捕之，"杀汝妻者，必此人也。"已而果然。因谓僚佐曰："一石谷捣得三斗米，非康七乎？"由是辨雪⑨，诚"遇明即活"之效。

注释

①西川：地名，在今四川成都。

费孝先：四川省成都人，宋代著名易学家。

②轨革：宋代流行的一种用八卦卦象预言吉凶的一种占卜方术。

③若人：善人。若，善。

④石：古代计量单位，一石约合现在的一百二十斤。

斗：也是古代的计量单位，十斗等于一石。

⑤邻比：邻居。

⑥媾：结合，这里指结为夫妻。

⑦晡：傍晚。

⑧帓 jié：擦拭。

⑨雪：洗刷，洗除。

译文

西川人费孝先精通用图画来预测吉凶的占卜之术，当世的人都知道他的名字。有一个大善人王旻，因为做生意来到成都的时候，请费孝先为他卜了一卦。费孝先说："教你停你不要停，教你洗你不要洗，一石谷子舂出来三斗米，遇上明白人你就活，遇上糊涂人你就死。"他再三告诫王旻，让他把这几句话背熟就行了。王旻牢牢记下了这几句话。在他回来的路上，遇到了大雨，他就到一栋房子下面休息，进来躲雨的人挤满了房子。王旻想："'教你停不要停'，这话说的不就是这里吗？"于是王旻连忙冒雨上路。没过多久，那栋房子就倒塌了，只有王旻一个人幸免于难。

王旻的妻子跟邻居私通，他们想结为夫妇，就商量在王旻回来的时候，用毒计害死他。王旻回家后，他妻子对与她私通的人说："今天晚上去洗澡的，就是我丈夫。"天快黑的时候，王旻的妻子叫他洗澡，并给他准备了新的擦拭用的毛巾。王旻想："'教你洗不要洗'，说的岂不就是这里吗？"于是他坚持不洗。他的妻子很生气，也没考虑跟私通的人说过的话，就自己去洗澡了。在那天半夜，王旻的妻子就被杀了。王旻第二天看见妻子被杀，惊慌地大叫起来。乡邻一起赶来查看发生了什么事，谁都推测不出王旻的妻子被害的缘由。于是官府就把王旻当成嫌疑犯抓起来审问，并要以杀人给他定罪，而王旻却无法为自己申辩。郡守派人来录供词，王旻哭着说："死了也就死了吧。只是费孝先的预言，却没有办法应验了。"左右的人把王旻的话上报给郡守，郡守下令先不要执行死刑，然后派人把王旻叫来。郡守问王旻："你的邻居是谁？"王旻回答："康七。"郡守就派人去把康七抓来，对王旻说："杀你妻子的一定是这个人。"审讯以后，答案果真是这样。于是郡守对他的属下说："一石谷子舂出来三斗米，不就是剩下康(糠)七（斗）吗？"由此，这个案子的来龙去脉最终被弄清，也正是应验了"遇上明白人就活"这句话。

十五 隗炤藏金

隗炤，汝阴鸿寿亭民也[①]，善《易》。临终书板，授其妻曰："吾亡后，当大荒。虽尔[②]，而慎莫卖宅也。到后五年春，当有诏使[③]来顿此亭，姓龚。此人负[④]吾金，即以此板往责之。勿负言也。"亡后，果大困，欲卖宅者数矣，忆夫言，辄止。至期，有龚使者，果止亭中，妻遂赍[⑤]板责之。使者执板，不知所言，曰："我平生不负钱，此何缘尔邪？"妻曰："夫临亡手书板，见命如此，不敢妄也。"使者沉吟良久而悟，乃命取蓍，筮之。卦成，抵掌叹曰："妙哉隗生！含明隐迹而莫之闻，可谓镜穷达而洞吉凶者也。"于是告其妻曰："吾不负金，贤夫自有金。乃知亡后当暂穷，故藏金以待太平。所以不告儿妇者，恐金尽而困无已也。知吾善《易》，故书板以寄意耳。金五百斤，盛以青罂，覆以铜柈[⑥]，埋在堂屋东头，去地一丈[⑦]，入地九尺。"妻还掘之，果得金，皆如所卜。

注释

①汝阴：郡名，在今安徽阜阳。

亭：古代乡以下一级的行政单位，十亭为一乡。

②尔：如此，这样。

③诏使：皇帝派出的特使。

④负：欠债。

⑤赍：怀着，抱着。

⑥柈：同"盘"。

⑦去地一丈：《晋书·隗炤传》作"去壁一丈"。

译文

隗炤是汝阴郡鸿寿亭的百姓，他精通《周易》。他临死前在一块木板上写了些文字，并把木板交给妻子说："我死后这里会有大灾荒。即使那样，你们也不要卖掉住宅。五年后的春天，会有一个姓龚的奉皇命出行的使者停留在我们这里。这个人欠我的钱，你就拿这块木板去向他讨债，千万不要忘了我的话。"隗炤死了以后，真的发生了大灾害，他的妻子好几次想卖掉住宅，但是想起丈夫临终的话，就没有卖。到了隗炤说的那个时间，果然有个姓龚的使者来到鸿寿亭。隗炤的妻子就带着那块木板去向他讨债。使者拿着木板，不知道这个妇人的话是什么意思，他说："我这一生没有欠过债，您所说的是怎么一回事呢？"隗炤的妻子说："我丈夫临死前亲手在这木板上写下这些文字，我是听他的吩咐才这样做，是不会乱来的。"使者认真考虑了很久，才明白过来，就让人取蓍草来占卜。卜好卦，他拍手感叹说："隗先生真是妙极了！你不暴露自己的明智，隐藏起自己的本事，所以没有人能知道你，但是你实在可以说是一位明察穷困通达又洞悉吉利灾祸的奇人啊！"于是他告诉隗炤的妻子说："我不欠你丈夫的钱。是你丈夫自己有钱，他知道自己死后家里会暂时困难，所以把钱藏起来，等到太平的时候再给你们。他之所以不告诉你和儿子，是担心你们先取出来，在穷困日子还没到头时就先把黄金用完了。他知道我精通《周易》，就写了这木板来托付自己的意思。有五百斤金子，装在青色的罐子里，上面盖着一个铜盘，就埋在你们家堂屋东头，离墙壁一丈远、地下九尺深的地方。"隗炤的妻子回家去挖，果然得到金子，就跟卜卦中所说情形一样。

十六 韩友驱魅

韩友字景先，庐江舒人也。善占卜，亦行京房厌胜之术。刘世则女病魅积年，巫为攻祷，伐空冢故城间，得狸鼍①数十，病犹不差。友筮之，命作布囊，俟女发时，张囊着窗牖②间。友闭户作气，若有所驱。须臾间，见囊大胀如吹，因决败之。女仍大发。友乃更作皮囊二枚，沓张之，施张如前，囊复胀满，因急缚囊口，悬著树。二十许日，渐消。开视，有二斤狐毛。女病遂差。

注释

①鼍tuó：扬子鳄。

②牖yǒu：窗户。

译文

韩友字景先，是庐江郡舒县人。擅长占卜，也能施行京房的驱邪法术。刘世则的女儿被鬼魅所害，已经病了很多年。请了巫医给她治疗祷告，又到旧城荒冢里去讨伐，捕到狐狸、扬子鳄几十只，病还是没好。韩友占卜以后，让人做一只布袋，等女孩发病时，就把布袋在窗户上张开。韩友再关上门发气，像在驱赶什么东西，一会儿，就看见那布袋胀得很大，最后终于胀破了。但女孩的病还是发得很厉害。韩友就重新做了两只皮袋，重叠张开，还像之前那样发气驱赶，口袋又胀满了。他迅速捆紧袋口，并把袋子挂在了树上。差不多二十天左右，那袋子渐渐消了下去。打开一看，里面有两斤狐狸毛。于是刘世则女儿的病就好了。

十七 严卿禳害

会稽[1]严卿，善卜筮。乡人魏序欲东行，荒年多抄盗[2]，令卿筮之。卿曰："君慎不可东行，必遭暴害[3]，而非劫也。"序不信。卿曰："既必不停，宜有以禳之[4]。可索西郭外独母家白雄狗，系着船前。"求索，止得驳狗[5]，无白者。卿曰："驳者亦足。然犹恨其色不纯，当余小毒，止及六畜[6]辈耳。无所复忧。"序行半路，狗忽然作声，甚急，有如人打之者。比视[7]，已死，吐黑血斗余。其夕，序墅上白鹅数头，无故自死。序家无恙。

注释

①会稽：古地名，在今浙江绍兴。

②抄盗：劫掠财物的盗贼。

③暴害：大的灾难。暴，强大而突然的。

④禳ráng：去除灾祸。

⑤驳狗：毛色不纯的狗。驳，毛色不纯。

⑥六畜：六种家畜的合称，即马、牛、羊、猪、狗、鸡。

⑦比视：靠近看。比，靠近、挨着。

译文

会稽人严卿，擅长占卜。他的同乡魏序准备往东方去，因为当时正是灾荒年，常有人抢劫，就请严卿为他占卜下吉凶。严卿说："你要小心，不能往东方走，往那边去一定会遇到大灾害，但不是抢劫。"魏序不相信这话。严卿说："既然一定要去，那就想办法消除灾祸。你可以到西城门外孤老太婆家里要一条白色的公狗，拴在你们船的前头。"魏序去要狗，但是只要来一条杂色的狗，而没有白色的。严卿说："杂色的也可以了，只是它的毛色不纯，会有一点余害，不过只会让家畜之类的受到伤害，你不必再担忧了。"魏序走到半路的时候，那条狗忽然发出很急促的叫声，像被人打了一样。走近看时，那狗已经死掉，还吐了一斗多黑血。那天晚上，魏序田庄里的几只白鹅，也无缘无故地死去了。不过魏序一家人倒是平安无事。

十八 华佗治疮

沛国华佗[①]字元化，一名旉。琅邪刘勋[②]，为河内太守[③]，有女，年几[④]二十。苦脚左膝里有疮，痒而不痛，疮愈数十日复发，如此七八年。迎佗使视，佗曰："是易治之。当得稻糠黄色犬一头，好马二匹。"以绳系犬颈，使走马牵犬，马极辄易[⑤]。计马走三十余里，犬不能行，复令步人拖曳，计向五十里。乃以药饮女，女即安卧不知人。因取大刀，断犬腹近后脚之前，以所断之处向疮口，令二三寸停之。须臾，有若蛇者从疮中出，便以铁椎横贯蛇头，蛇在皮中动摇良久，须臾不动，乃牵出，长三尺许，纯是蛇，但有眼处而无瞳子[⑥]，又逆麟耳。以膏散著疮中，七日愈。

注释

①沛国：汉时开始设立的诸侯国，其治所在相县，位置约在今安徽淮北市相山区。

华佗：沛国谯（今安徽省亳州市谯城区）人，是东汉末年至三国时期著名医学家。

②琅邪：即“琅玡”。下同。

刘勋：字子台，琅玡（今山东临沂）人，东汉末年武将。

③河内：郡名，在今河南武陟县。

④几：几乎，差不多。

⑤易：交换。

⑥瞳子：眼睛中央的圆孔，即瞳孔。

译文

沛国人华佗字元化，又名旉。琅玡郡人刘勋，是河内郡太守，他有个女儿，差不多二十岁了。她常受左腿膝关节生疮的折磨，这疮痒而不痛，结疤几十天就又复发，像这样已经有七八年了。刘勋接华佗帮女儿诊视，华佗说：“这疮容易治疗。需要准备稻糠色黄毛的狗一条，好马两匹。”华佗用绳索套住狗的脖子，让马拉着狗跑，马疲惫了就换另一匹。两匹马加起来跑了三十多里路后，狗跑不动了，华佗又叫人步行拖着狗走，一共走了大约五十里。华佗拿药水让刘勋的女儿喝下，喝完她就安静地躺下不省人事了。于是华佗拿来一把大刀，在靠近狗的后脚前面的地方剖开了狗的肚子，然后把砍开的地方对着刘勋女儿的疮口，在距离疮口二三寸的地方停下来。一会儿，就看见有一条像蛇一样的东西从疮里出来，华佗马上用铁锥横穿蛇头，那个像蛇的东西在皮肉里扭动了很久，终于不动了。华佗把它从疮口拉了出来，那个东西有三尺来长，看起来就是蛇，只是有眼窝却没有眼珠，鳞片还是逆着生的。之后华佗把膏药粉敷在刘勋女儿的疮上，七天后疮就好了。

卷四

一 风伯雨师

风伯、雨师，星也。风伯者，箕星[1]也。雨师者，毕星[2]也。郑玄[3]谓："司中、司命，文昌[4]第四、第五星也。雨师一曰屏翳，一曰号屏[5]，一曰玄冥。"

注释

①箕星：也称南箕，二十八星宿之一，属人马座。

②毕星：二十八星宿之一，属金牛座。

③郑玄：东汉末年的经学大师，他遍注儒家经典，是汉代经学的集大成者。

④文昌：星座名，共六星，在斗魁之前，形成半月形状。

⑤号屏：这里应是"屏号"。

译文

风伯、雨师，都是天上的星宿。风伯是箕星，雨师是毕星。郑玄说："司中、司命是文昌宫的第四、第五星。雨师又叫屏翳、屏号或玄冥。"

二 张宽说女宿

蜀郡张宽字叔文，汉武帝时为侍中[1]。从祀甘泉[2]，至渭桥[3]，有女子浴于渭水，乳长七尺。上怪其异，遣问之。女曰："帝后第七车者，知我所来。"时宽在第七车，对曰："天星，主祭祀者。斋戒不洁，则女人见[4]。"

注释

①侍中：古代职官名，是少府属下官群中直接供皇帝指派的散职。

②甘泉：在陕西甘泉县西南，向东流入洛河。

③渭桥：长安附近渭水上的桥梁，有东、中、西三座，这里指中渭桥。

④女人：指女宿，也称须女、婺女，二十八宿之一，北方玄武七星之第三宿，有四星，属宝瓶座。

译文

蜀郡人张宽字叔文，汉武帝时任侍中。一次，他随武帝到甘泉祭祀，走到渭桥的时候，看见有一个女子在渭河洗澡，乳房有七尺长。武帝对她的样子感到奇怪，就派人去询问她是什么人。那女子回答说："皇帝后面第七辆车上坐的人，知道我从哪里来。"当时坐在第七辆车上的正是张宽，张宽回答说："她是天上掌管祭祀的星宿。斋戒不洁，女宿星就会显形。"

三 泰山女言太公望

文王以太公望为灌坛令[①]。期年[②]，风不鸣条[③]。文王梦一妇人，甚丽，当道而哭。问其故。曰："吾泰山之女，嫁为东海妇[④]。欲归，今为灌坛令当道有德，废我行。我行，必有大风疾雨，大风疾雨，是毁其德也。"文王觉，召太公问之。是日果有疾雨暴风，从太公邑外而过。文王乃拜太公为大司马[⑤]。

注释

①灌坛：古地名，其地已不可考。

②期年：一周年，一整年。

③风不鸣条：和风轻拂，树枝不发出声响。比喻社会安定。

④东海妇：《太平广记》引《博物志》作“西海妇”。

⑤大司马：周代负责日常的军事行政事务的官职。

译文

周文王任命太公望做了灌坛这个地方的长官。太公望任职的一周年里，风调雨顺，社会和谐。一天，文王梦见一个女人，长得很美丽，在路中间啼哭。文王问她为什么哭，她说：“我是泰山神的女儿，嫁给东海神做妻子。现在想要回家，可是当政的灌坛长官有德政，使我无法过去。因为我走动必定有疾风骤雨，这疾风骤雨是会损坏他的德政的。”文王梦醒后，立刻召太公望来询问这件事，那天果然有疾风骤雨从太公望任职的灌坛城外经过。文王于是拜太公望做大司马。

四 胡母班传书

胡母班[①]字季友，泰山人也。曾至泰山之侧，忽于树间逢一绛衣驺[②]，呼班云：“泰山府君[③]召。”班惊愕，逡巡未答[④]。复有一驺出，呼之。遂随行数十步，驺请班暂瞑[⑤]，少顷，便见宫室，威仪甚严。班乃入阁拜谒。主为设食，语班曰：“欲见君，无他，欲附书与女婿耳。”班问：“女郎何在？”曰：“女为河伯妇。”班曰：“辄当奉书，不知缘何得达？”答曰：“今适河中流，便扣舟呼‘青衣’，当自有取书者。”班乃辞出。昔驺复令闭目，有顷，忽如故道。遂西行，如神言而呼“青衣”。须臾，果有一女仆出，取书而没。少顷，复出，云：“河伯欲暂见[⑥]君。”婢亦请瞑目。遂拜谒河伯，河伯乃大设酒食，词旨殷勤。临去，谓班曰：“感君远为致书，无物相奉。”于是命左右：“取吾青丝履来！”以贻班。班出，瞑然忽得还舟。遂于长安，经年而还。至泰山侧，不敢潜过[⑦]，遂扣树，自称姓名：“从长安还欲启消息。”须臾，昔驺出，引班如向法而进。因致书焉。府君请曰：“当别再报。”班语讫，如厕，忽见其父着械徒作[⑧]，此辈数百人。班进拜流涕问：“大人何因及此？”父云：“吾死不幸，见遣三年，今已二年矣。困苦不可处。知汝今为明府[⑨]所识，可为吾陈之。乞免此役，便欲得社公[⑩]耳。”班乃依教，叩头陈乞。府君曰：“生死异路，不可相近，身无所惜。”班苦请，方许之。于是辞出，还家。岁余，儿子死亡略尽。班惶惧，复诣泰山，扣树求见。昔驺遂迎之而见。班乃自说：“昔辞旷拙，及还家，儿死亡至尽。今恐祸故未已，辄来启白，幸蒙哀救。”府君拊掌大笑曰：“昔语君：‘死生异路，不可相近’故也。”即敕外召班父。须臾至，庭中问之：“昔求还里社，当为门户作福，而孙息死亡至尽，何也？”答云：“久别乡里，自忻[⑪]得还，又遇酒食充足，实念诸孙，召之。”于是代之。父涕泣而出。班遂还。后有儿皆无恙。

注释

①胡母班：字季友，泰山（今山东泰安东北）人。东汉末年大臣，官至执金吾。

②绛衣驺：穿大红衣服的侍从。绛，大红色。驺，骑士、侍从。

③泰山府君：又称太山府君，传说中的泰山大神。魏晋年间，主管地府、治理鬼魂的神也称作泰山府君。

④逡巡：因为有所顾虑而徘徊不前。

⑤瞑：闭上眼睛。⑥暂见：短时间的会面。

⑦潜过：秘密路过。⑧徒：徒刑，因判刑而服劳役。

⑨明府：这里是对泰山府君的敬称。

⑩社公：土地神。⑪忻：欣喜，喜悦。

译文

胡母班字季友，是泰山人。一次他经过泰山边上时，忽然在树林里遇到一个穿大红衣服的侍从，那人招呼他说："泰山府君要召见您。"胡母班感到很吃惊而迟疑没有回答。又出来一个侍从呼唤他。他就随着他们走了几十步路，侍从请胡母班暂时闭上眼睛。一会儿，他睁开眼时，就有一座宫殿出现在眼前，仪仗十分威严。胡母班进去拜见主人。主人为他摆上宴席，对他说："我见您，没有别的意思，只是想让您捎封信给我女婿罢了。"胡母班问："您女儿在哪里？"泰山府君说："我女儿是河伯的妻子。"胡母班说："我马上就带信去，但是不知怎样才能送到？"泰山府君说："今天您乘船到黄河中央的时候，就敲船呼唤'青衣'这个名字，自然会有人来取信。"胡母班告辞出来，先前的侍从又叫他闭上眼睛，一会儿他就回到原来的路上。胡母班继续往西走，在乘船到黄河的中央时，就按照泰山神的话呼唤"青衣"。一会儿，果然有一个女仆从水中出来，取了信就回到水中去了。一会儿她又出来，说："河伯想见一见您。"于是女仆也请胡母班闭上眼睛。胡母班去拜见了河伯，河伯大设酒席款待他，说话十分客气。临别时，河伯对胡母班说："感谢您远道来给我送信，我没有什么东西赠送您。"又对左右的人命令说："取我的青丝鞋来。"就把这鞋送给了胡母班。胡母班走出来，闭上眼睛，忽然就回到了船上。胡母班去了长安，一年后才回家。他经过泰山边上时，不敢悄悄地走过，就敲着树干，自报姓名说："我从长安回来，想禀报情况。"不一会儿，先前那个侍从出来，引着胡母班按原来的方法进入宫殿。胡母班叙述了送信的经过。泰山府君道谢说："我会另外再报答您。"胡母班说完话，去上厕所，忽然看见他父亲戴着刑具在服劳役，这样的人有几百个。胡母班流着泪，上前拜见父亲，问："您老人家为什么到这里来了？"他父亲说："我不幸死亡，被罚罪三年，现在已经两年了，这里的困苦实在难以忍受。我知道你与泰山府君认识，可以替我向他陈述，免掉这个劳役。我还想回乡里去做土地神。"胡母班就依照父亲的吩咐，叩头向泰山府君陈述自己的请求。府君说："生死不同路，不能互相接近，我不能可怜他。"胡母班又苦苦哀求，府君没办法就答应了。胡母班告辞出来回到家，一年多以后，自己的儿子一个一个都死了。胡母班对此非常惊慌害怕，就又去到泰山，敲树干求见泰山府君。还是原先的侍从来迎接他去见了泰山府君。胡母班说："过去我言辞太粗疏，回家以后儿子都死光了，现在担心灾祸还没有完结，就前来禀报，希望得到您的怜悯和拯救。"府君拍手大笑说："这就是我先前我告诉你'生死不同路，不能互相接近'的原因。"说完他立即传令外边的人召胡母班的父亲来。不一会儿，胡母班的父亲就来到殿中。府君问他："过去你请求回家乡当土地神，就应当为家里造福，但是你的孙子都死亡了，是为什么？"胡母班的父亲回答说："我久别故乡，很高兴能够回去，又遇到酒食充足，实在想念孙子们，就把他们召去了。"泰山府君就派了别人去代替他。胡母班的父亲哭着出去了。胡母班回了家。后来他再有了儿子，都平安无事。

五 河伯招婿

吴余杭[①]县南有上湖，湖中央作塘。有一人乘马看戏，将三四人至岑村饮酒，小醉，暮还。时炎热，因下马入水中枕石眠。马断走归，从人悉追马，至暮不返。眠觉，日已向晡，不见人马。见一妇来，年可十六七，云："女郎再拜，日既向暮，此间大可畏，君作何计？"因问："女郎何姓？那得忽相闻？"复有一少年，年十三四，甚了了[②]，乘新车，车后二十人。至，呼上车，云："大人暂欲相见。"因回车而去。道中绎络把火，见城郭邑居。既入城，进厅事，上有信幡[③]，题云"河伯信"。俄见一人，年三十许，颜色如画，侍卫繁多。相对欣然，敕行酒炙[④]，笑云："仆有小女，颇聪明，欲以给君箕帚。"此人知神，不敢拒逆。便敕备办，会就郎中婚[⑤]。承白："已办。"遂以丝布单衣及纱袷、绢裙、纱衫裈、履屐，皆精好。又给十小吏，青衣数十人。妇年可十八九，姿容婉媚，便成。三日，经大会客，拜阁。四日，云："礼既有限，发遣去。"妇以金瓯[⑥]、麝香囊与婿别，涕泣而分。又与钱十万，药方三卷，云："可以施功布德。"复云："十年当相迎。"

此人归家，遂不肯别婚，辞亲出家作道人。所得三卷方：一卷脉经，一卷汤方，一卷丸方。周行救疗，皆致神验。后母老，兄丧，因还婚宦[7]。

注释

①余杭：古县名，即今天的杭州。塘：堤岸。

②了了：聪慧，通晓事理。

③信幡：古代题表官号、作为符信的旗帜。

④酒炙：酒和肉，泛指菜肴。⑤会：将要。

⑥金瓯ōu：金制的盆、盂之类的器具。

⑦婚宦：结婚与做官。

译文

吴郡余杭县南边有个上湖，湖的中央筑了堤坝。有一个人骑着马去看戏，后来又带了三四个人到岑村去喝酒，喝得稍微有点醉了，太阳快下山的时候，才带着随从一起回家。当时天气十分炎热，在经过上湖时，他就下马跳进湖里，头枕在石头上睡着了。他的马在他睡着以后，扯断缰绳跑回家去了，随从们都去追马，到天黑也没回来。他醒来的时候，天已经黑了，发现自己的仆人和马都不见了。这时只见一个女子向他走来，大约有十六七岁的年纪，这女子对他说："小女子给您行礼了，现在天已黑，这里看起来很可怕，您有什么打算？"他便问到："姑娘您姓什么？我们怎么如此突然地见面了？"这时又出现了一个少年，十三四岁的年纪，生得聪明伶俐，坐了一辆新车，车后跟着二十个人。来到他跟前便招呼他上车，并对他说："我家大人想见见您。"这少年就载着他掉转车头往回走。一路上只见火把接连不断，一会儿便望见城墙房屋。进城以后，他来到官府公堂，看见有一面旗，旗子上面写着“河伯信”。一会儿又看见一个人，年纪在三十岁左右，容貌就跟画上画的一样，身后跟着很多侍从。河伯对他的来临感到很高兴，就让侍从给他斟酒端肉，并对他说：“我有个女儿，很聪明，我想把她嫁给您。”这个人知道河伯是神，所以不敢拒绝。河伯就命令部下去准备，让女儿与他结婚。承办的小吏汇报说：“已经准备完毕。”于是河伯就把丝绸单衣以及纱夹衣、绸缎裙子、纱短衫裤、鞋子等东西送给了他，这些东西都很精美；还给了他十个小吏，几十个婢女。河伯的女儿大约十八九岁，身材苗条，容貌妩媚。于是他们成了婚。婚后三天，举行了盛大的宴会，宾客云集，女婿拜门。婚后第四天，河伯说：“既然有婚礼的规矩，现在就该让他回去了。”这个人的妻子在送别的时候，拿了黄金酒器、麝香袋送给他，分别的时候痛哭流涕，十分不舍。另外，还给了他十万铜钱、三卷药方，并对他说：“这些东西可以用来为百姓做好事，布施恩德。”又说：“再过十年，你要来接我。”这个人回家后，不肯再结婚，就辞别了父母亲，出家做了道士。他得到的那三卷药方分别是：脉经一卷，汤剂单方一卷，丸药单方一卷。他到处治病救人，这些药方都很灵验。后来他母亲年老，哥哥去世，就还俗回家娶妻并做了官。

六 华山使者

秦始皇三十六年，使者[①]郑容从关东来，将入函关[②]。西至华阴[③]，望见素车白马[④]，从华山上下。疑其非人，道住止而待之。遂至，问郑容曰：“安之[⑤]？”答曰：“之咸阳。”车上人曰：“吾华山使也。愿托一牍书[⑥]，致镐池[7]君所。子之咸阳，道过镐池，见一大梓，下有文石[8]，取款梓[9]，当有应者。即以书与之。”容如其言，以石款梓树，果有人来取书。明年，祖龙[10]死。

注释

①使者：奉命出使的人。

②函关：即函谷关。最早由战国时期的秦国所设置，在今河南灵宝市。

③华阴：这里指华山之北。阴，山之北，水之南。

④素车白马：古代凶、丧之事所用的白车白马。

⑤安之：去哪里。安，疑问词，哪里。之，去，到。

⑥牍书：官署文书。

⑦镐池：古池名。在今陕西省西安市。

⑧文石：即纹石，有花纹的石头。文，同“纹”。

⑨款：敲打。⑩祖龙：指秦始皇。

译文

秦始皇三十六年，使者郑容从关东来，将要进入函谷关。他西行到华山北面的时候，远远望见有白车白马从华山上驶下来。郑容怀疑那不是人乘的车，就在路上停下来，站着等待。那白车白马来到跟前，车上有人问郑容说：“你往哪儿去？”郑容回答说：“到咸阳去。”车上的人说：“我是华山使者。想托付给你一封信，送到镐池君那里。你往咸阳去的时候，路过镐池，会看见一棵大梓树，下面有带花纹的石头，你拿起石头敲打梓树，就会有人回应你，你把信交给他就行了。”郑容照他的话，到镐池的时用石头敲打梓树，果然有人来取信。第二年，秦始皇死了。

七 张璞投女

张璞字公直，不知何许人也。为吴郡太守[①]。征还，道由庐山。子女观于祠室[②]，婢使指像人以戏曰：“以此配汝。”其夜，璞妻梦庐君[③]致聘曰：“鄙男不肖，感垂采择，用致微意。”妻觉怪之。婢言其情，于是妻惧，催璞速发。中流[④]，舟不为行。阖船震恐。乃皆投物于水，船犹不行。或曰：“投女。”则船为进。皆曰:“神意已可知也。以一女而灭一门，奈何？”璞曰：“吾不忍见之。”乃上飞庐[⑤]卧，使妻沈[⑥]女于水。妻因以璞亡兄孤女代之。置席水中，女坐其上，船乃得去。璞见女之在也，怒曰：“吾何面目于当世也。”乃复投己女。及得渡，遥见二女在下。有吏立于岸侧，曰:“吾庐君主簿[⑦]也。庐君谢君。知鬼神非匹，又敬君之义，故悉还二女。”后问女，言：“但见好屋、吏卒，不觉在水中也。”

注释

①吴郡：郡名。东汉永建四年置，在今苏州。

②祠室：即祠堂。

③庐君：即庐山山神。

④中流：水流的中央，渡程中间。

⑤飞庐：船上的小楼。

⑥沈：同“沉”。

⑦主簿：官名，汉代中央及郡县官署多置之，其职责为主管文书，办理事务；至魏晋时渐为将帅重臣的主要僚属，参与机要，总领府事。

译文

张璞字公直，不知道是什么地方的人，在吴郡任太守。一次，在应朝廷征召回京城的时候，路过庐山。他的女儿到庐山神庙游览，婢女指着一个神像开玩笑说："拿这个做你的丈夫。"那天夜里，张璞的妻子梦见庐山神送来订婚的聘礼，说："我的儿子不成器，感谢你们选择他做女婿，送上这点聘礼表示微薄的心意。"张璞的妻子醒来以后，觉得这件事很奇怪。婢女把当时的情况告诉她以后，她感到很害怕，就催促张璞赶快出发。他们乘船到河中央时，船走不动了，全船的人都感到震惊害怕，就往水里投东西，但是船还是不动。有人说："把你的女儿投进水里吧。"船就动了。于是众人都说："神的意思我们已经可以知道了，为一个女儿害死一家人，是要这样吗？"张璞说："我不忍心看见女儿被扔下水。"他就爬到船舱上的小楼里躺下，让妻子把女儿投进水里。他妻子用他已死哥哥的女儿代替自己的女儿。他们在水面上放上一张席子，让那女孩坐在席子上。船这才能够开动。张璞起来看见自己的女儿还在，大怒说："我有什么脸面活在这个世上！"于是把自己的女儿也扔进了水里。等船快到下一个渡口时，他们远远望见两个女孩站在渡口下面，有一个官吏模样的人站在岸边，那人说："我是庐山神的主簿。庐山神向您道歉，他知道鬼神不能和人婚配，又敬佩您的仁义，因此送还两个女孩子。"后来人们询问两个女孩，她们说："只看见漂亮的房子和官吏士卒，没觉得是在水里面。"

八 估客宫亭湖见二女

宫亭湖①孤石庙，尝有估客②至都，经其庙下，见二女子，云："可为买两量③丝履，自相厚报。"估客至都，市好丝履，并箱盛之，自市书刀④，亦内箱中。既还，以箱及香置庙中而去，忘取书刀。至河中流，忽有鲤鱼跳入船内，破鱼腹，得书刀焉。

注释

①宫亭湖：古鄱阳湖的别称。因湖旁有官亭庙而得名。

②估客：即行商。

③量：双。

④书刀：在竹木简上刻字或削改的刀。

译文

宫亭湖有座孤石庙，一次有位商人到都城去，经过那座庙下边，看见两个女子，她们对他说："请为我们买两双丝鞋来，自然会重重地报答你。"商人到了都城，买了漂亮的丝鞋，并用箱子装起来。他自己买了一把书刀，也装进了箱子里。商人回到宫亭湖，把箱子和香火放在庙里，就离开了，忘了取出书刀。他乘船走到河中间，忽然有一条鲤鱼跳进船里。破开鱼腹，找到了那把书刀。

九 宫亭庙神借簪

南州人有遣吏献犀簪于孙权者，舟过宫亭庙而乞灵焉。神忽下教曰："须汝犀簪。"吏惶遽不敢应。俄而犀簪已前列矣。神复下教曰："俟汝至石头城[①]，返汝簪。"吏不得已，遂行，自分[②]失簪，且得死罪。比达[③]石头，忽有大鲤鱼，长三尺，跃入舟。剖之，得簪。

注释

①石头城：这里指南京石头城，在江苏南京清凉山。

②自分：自料，自以为。

③比：及，等到。

译文

南州人派一个官吏去给孙权进献犀簪，船经过宫亭庙的时候，他去里面向神灵祈祷。神灵忽然传话说："我需要你的犀簪。"官吏惊慌，不敢回答。一会儿，那犀簪已经摆在供桌前面了。神灵又传话说："等你到了石头城，就把犀簪还给你。"官吏没有办法，只好走了。但他心里明白，自己丢了犀簪肯定会被判死罪。在他快要抵达石头城时，忽然有一条长三尺的大鲤鱼跳进船里。他剖开鱼，找到了那只犀簪。

十　驴鼠过宣城

郭璞过江，宣城[①]太守殷佑引为参军。时有一物，大如水牛，灰色，卑脚，脚类象，胸前尾上皆白，大力而迟钝，来到城下。众咸怪焉，佑使人伏而取之。令璞作卦，遇“遁”[②]之“蛊”，名曰“驴鼠。”卜适了，伏者以戟刺，深尺余。郡纪纲上祠请杀之，巫云：“庙神不悦。此是宫亭庐山君使[③]。至荆山，暂来过我，不须触之。”遂去，不复见。

注释

①宣城：郡名，在今安徽宣城。

②遁：卦名，下艮上乾，卦义是讲隐遁、退避的道理。

蛊：也是卦名，巽下艮上，卦义阐释振疲起衰的原则。

③庐山君使：这里指的是庐山君的使者。

译文

郭璞渡过江去，宣城太守殷祐推荐他做了参军。当时有一个怪物，像水牛那么大，灰色，矮脚，脚的样子很像大象的，胸前和尾巴上都是白色，力气大却迟钝，来到宣城下面。众人都感到奇怪，殷祐就派人去埋伏捉住了它。又让郭璞卜卦，遇到“遁”卦变“蛊”卦，卦象显示这怪物名叫“驴鼠”。卦刚卜完，埋伏在那里的人就用戟刺这个怪物，刺进去一尺多深。宣城郡的主簿到祠庙去请求把这个驴鼠杀死，神巫说：“庙神对你们的做法很生气。这个驴鼠是宫亭湖庐山君的使者。它要到荆山去，只是临时经过我们这里，不应该打扰它。”于是就放这个怪物离开了，它以后也没有出现。

十一 欧明得如愿

庐陵[①]欧明，从贾客。道经彭泽湖，每以舟中所有，多少投湖中，云："以为礼。"积数年，后复过，忽见湖中有大道，上多风尘[②]，有数吏乘车马来候明，云："是青洪君[③]使要[④]。"须臾达，见有府舍，门下吏卒。明甚怖，吏曰："无可怖！青洪君感君前后有礼，故要君，必有重遗君者。君勿取，独求'如愿'耳。"明既见青洪君，乃求"如愿"，使逐明去。如愿者，青洪君婢也。明将归，所愿辄得，数年，大富。

注释

①庐陵：郡名，在今江西吉水北。

②风尘：世俗之事。

③青洪君：这里指彭泽湖之神。

④要：通"邀"。邀请。

译文

庐陵人欧明，跟着商人做生意。每次经过彭泽湖的时候，他都从船上拿些东西，往湖里扔，说："这是礼物。"他这样做了好几年。之后他又一次经过彭泽湖的时候，忽然在湖中间出现了一条大路，路上有许多人世间的事物。有几个官吏样子的人乘着车等候欧明，对他说："我们是青洪君派来邀请你的。"一会儿，车就到达了目的地，欧明看到那里有座官府样的房子，门口有官员役卒。欧明很害怕。一个官吏对他说："没有什么可怕的。青洪君感激你这几年赠送的礼品，所以邀请你，而且一定会有厚礼赠送你。你不要拿那些礼物，只要'如愿'

就行了。”欧明见了青洪君，就只向他要“如愿”，青洪君就让如愿随欧明一起去。如愿，是青洪君的婢女。欧明带她回来，他的愿望总是能实现，几年以后，他就很富有了。

十二 黄公神祠

益州之西，云南之东[①]，有神祠。克[②]山石为室，下有神，奉祠之，自称黄公。因言此神，张良[③]所受黄石公之灵也。清净[④]不宰杀。诸祈祷者，持一百钱，一双笔，一丸墨，置石室中，前请乞，先闻石室中有声，须臾，问:“来人何欲？”既言，便具语吉凶，不见其形。至今如此。

注释

①益州：州名，辖境在今四川，是当时最大的三个州之一。云南：州名，在今云南祥云东南的云南驿。

②克：通“刻”。雕刻。

③张良：字子房，汉初政治家、军事家，西汉开国元勋，是史称“汉初三杰”之一。黄石公：本为秦汉时人，传说黄石公三试张良后，授予《太公兵法》，后得道成仙，因而被道教纳入神谱。④清净：清洁纯净。

译文

益州的西边，云南的东边，有一座神祠。在山上开凿山洞作为供奉神明的庙殿，庙里有神像，百姓都供奉它，洞中神灵自称是黄公，因此人们认为这个洞中的神灵就是指点张良的黄石公。神祠清正无垢，不杀生。凡是祈祷的人，拿一百钱、两支笔，一块墨放在庙房里，就可以上前去祈求。开始先听到石房里有响声，一会儿，就有神灵问：“来人有什么祈求？”祈求的人说了以后，神灵就详细说明吉凶，但没有人见过神灵的形体。到现在还是这样。

十三 戴文谋疑神

沛国戴文谋，隐居阳城山中。曾于客堂食际，忽闻有神呼曰：“我天帝使者，欲下凭①君，可乎？”文闻甚惊。又曰：“君疑我也。”文乃跪曰：“居贫，恐不足降下耳。”既而洒扫设位，朝夕进食，甚谨。后于室内窃言之。妇曰：“此恐是妖魅凭依耳。”文曰：“我亦疑之。”及祠飨②之时，神乃言曰：“吾相从方欲相利，不意有疑心异议。”文辞谢之际，忽堂上如数十人呼声，出视之，见一大鸟五色，白鸠数十随之，东北入云而去，遂不见。

注释

①凭：依靠，仗恃。

②祠飨：祭献食物。

译文

沛国人戴文谋，在阳城山中隐居。有一次在客堂吃饭的时候，忽然听见有神呼唤说：“我是天帝的使者。想下凡来依靠你，可以吗？”戴文谋听了非常吃惊。神又说：“你怀疑我吗？”戴文谋跪下说：“我家境贫寒，只怕不值得您依靠啊。”随后就开始打扫屋子，设立神位，早晚祭献食品，十分小心。后来，他和妻子在内室悄悄讨论这件事。妻子说："真怕是妖怪来依附啊。"戴文谋说："我对此也有怀疑。"到了祭献食物的时候，神对他说："我来依靠你，正准备给你好处，没想到你们却有疑心。"戴文谋正在向他道歉的时候，忽然堂屋顶上像有几十个人的呼喊声。他出来一看，只见一只五彩羽毛的大鸟，后面跟随着几十只白鸠，往东北方飞去，一会儿钻进云里，就不见了。

十四 麋竺路遇天使

麋竺字子仲，东海朐人也[①]。祖世货殖，家赀巨万。常从洛归，未至家数十里，见路次有一好新妇[②]，从竺求寄载。行可二十余里，新妇谢去，谓竺曰："我天使也。当往烧东海麋竺家，感君见载，故以相语。"竺因私请之。妇曰："不可得不烧。如此，君可快去。我当缓行，日中必火发。"竺乃急行归，达家，便移出财物。日中而火大发。

注释

①麋竺：字子仲，今江苏连云港西南人。三国时期蜀汉官吏，与孙乾、简雍同为蜀汉最高待遇的老臣子。

朐：古县名，在今江苏省连云港市西南锦屏山侧。

②好：指女子貌美。

译文

麋竺字子仲，是东海郡朐县人。祖辈世代经商，家产以万计。有一次，他从洛阳回来，在离家还有几十里的时候，在路上遇见一个漂亮的新娘，请求搭他的车。走了大约二十多里路以后，那新娘向他道谢告辞，并对他说："我是天帝的使者，要去烧东海麋竺的家。感谢你让我搭车，所以把这个消息告诉你。"麋竺听后，向她求情。妇人说："不烧是不可能的。这样吧，你赶快点回去，我慢慢地走。但是火一定会在正午的时候烧起来。"麋竺就急忙赶回家，到家以后，立刻把财物都搬出来。正午一到，大火就猛然烧起来了。

十五 阴子方祀灶

汉宣帝时，南阳[①]阴子方者，性至孝。积恩，好施，喜祀灶。腊日[②]，晨炊而灶神形见，子方再拜受庆。家有黄羊，因以祀之。自是已后，暴至巨富，田七百余顷，舆马仆隶，比于邦君[③]。子方尝言："我子孙必将强大。"至识三世，而遂繁昌。家凡四侯，牧守[④]数十。故后子孙尝以腊日祀灶，而荐黄羊焉。

注释

①南阳：郡名。

②腊日：古时在农历十二月举行冬祭的日子，起初时，腊日并不固定在哪一天。到了汉代的时候才明确了冬至过后的第三个戌日为"腊日"。

③邦君：这里指地方长官。

④牧守：州郡的长官。州官称牧，郡官称守。

译文

汉宣帝时候，南阳郡有个叫阴子方的人，非常孝顺，他积聚恩德，乐善好施。他喜欢祭灶。某年腊日那天，他早上做饭的时候，灶神显形了，阴子方虔诚地向灶神拜了两次，请求得到灶神的庇佑。他家里有一只黄羊，于是拿来祭祀灶神。从此以后，他家很快变得非常富有，有田七百多顷，车马奴仆和地方长官一样多。阴子方曾说："我的子孙必定会兴旺发达。"到他的三代孙阴识时，他家果然就昌盛了，一家有四个人封侯，还有几十个人作了州郡长官。所以后来他的子孙经常在腊日那天祭灶，并用黄羊作为祭品。

十六 戴侯祠

豫章有戴氏女，久病不差。见一小石，形像偶人①，女谓曰："尔有人形，岂神？能差我宿疾者，吾将重②汝。"其夜，梦有人告之："吾将佑汝。"自后疾渐差。遂为立祠山下，戴氏为巫，故名戴侯祠。

注释

①偶人：一种制成人形的雕像或塑像。

②重：认为重要而认真对待，这里指作为神祭祀。

译文

豫章郡有一个姓戴的女子，病了很久没有痊愈。有一次，她看见一块小石头，形状像木偶人，她就对石头说："你有人的形状，难道是神？如果能治愈我的老毛病，我将会祭祀你。"那一天夜里，她梦见有人来告诉她说："我将会保佑你。"从此以后，她的病渐渐好了。于是，她就在山下为石像建立祠庙，自己做了女巫，所以这座祠庙取名为戴侯祠。

卷五

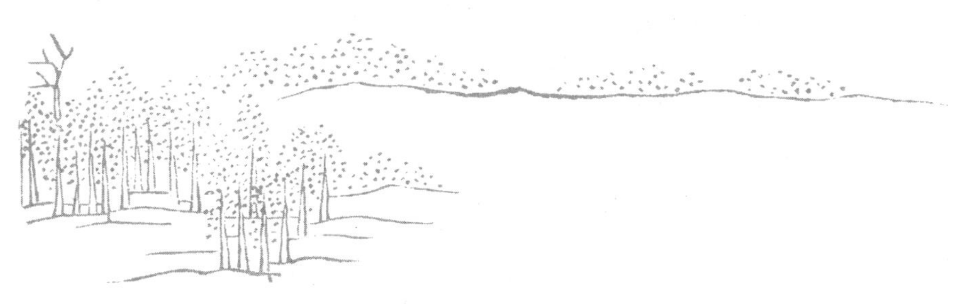

一 蒋子文成神

蒋子文者，广陵人也[①]。嗜酒好色，挑挞无度[②]。常自谓己骨清，死当为神。汉末，为秣陵尉[③]，逐贼至钟山下，贼击伤额，因解绶缚之，有顷遂死。及吴先主之初，其故吏见文于道，乘白马，执白羽，侍从如平生。见者惊走，文追之，谓曰："我当为此土地神，以福尔下民。尔可宣告百姓，为我立祠。不尔，将有大咎。"是岁夏，大疫，百姓窃相恐动，颇有窃祠之者矣。文又下巫祝[④]："吾将大启佑孙氏，宜为我立祠；不尔，将使虫入人耳为灾。"俄而小虫如尘虻[⑤]，入耳皆死，医不能治。百姓愈恐，孙主未之信也。又下巫祝："若不祀我，将又以大火为灾。"是岁，火灾大发，一日数十处。火及公宫。议者以为鬼有所归，乃不为厉，宜有以抚之。于是使使者封子文为中都侯，次弟子绪为长水校尉，皆加印绶。为立庙堂。转号钟山为蒋山，今建康东北蒋山是也。自是灾厉止息，百姓遂大事之[⑥]。

注释

①广陵：郡名，在今江苏扬州。

②挑挞：轻薄放纵的样子。无度：无节制，没有限度。

③秣陵尉：秣陵县的军事长官。秣陵，县名，在今江苏南京。

④巫祝：古代掌管占卜祭祀的人。

事鬼神者为巫，祭主赞词者为祝。

⑤尘虻：体积微小的虻虫。

⑥大事：大力从事，大规模从事。

译文

蒋子文是广陵郡人。好喝酒，喜欢女色，轻薄放纵，没有节制。他常常说自己骨像清秀，死后要成神仙。汉朝末年，他出仕秣陵县尉。一次他追强盗来到了钟山下，那强盗打伤了他的前额，接着解下绶带绑住他，没过多久，他就死了。到三国的吴国国主孙权继位的时候，蒋子文原来的下属在路上看见了他。他乘着白马，拿着白羽扇子，有随从跟着，和活着的时候一样。看见他的人吓得跑起来，蒋子文追上这个人说："我要做这里的土地神，来为你管辖下的百姓造福，你可以告诉百姓，让他们为我建祠庙。不然的话，将会有大灾祸。"这一年夏天，这里就发生了大瘟疫，老百姓私下都感到很恐慌，有些人开始悄悄地奉祀他。蒋子文又传言给巫祝说："我将要大大地保佑孙氏发达，他应该为我建祠庙。不然的话，我将让虫子钻入人的耳朵，造成灾祸。"不久，有像虻虫一样的小虫出现，那小虫钻进人的耳朵，人就会死亡，医生也不会治疗。老百姓更加恐慌了。但是，孙权仍然不相信这件事。蒋子文又传话给巫祝："如果不祭祀我，我要再引起大火，造成灾害。"这一年，火灾经常发生，一天就有几十个地方，火势还蔓延到王宫。议论这件事的人认为鬼魂有了归宿，才不会为害，应该给予它抚慰。孙权于是派使者封蒋子文为中都侯，封他二弟蒋子绪为长水校尉，都加赐印章绶带，又给他建了祠庙。并改钟山为蒋山，就是现在建康东北的蒋山。从那以后，灾害就消失了，老百姓也开始隆重地祭祀蒋子文。

二 蒋侯招婿

咸宁[①]中，太常[②]卿韩伯子某，会稽内史王蕴子某，光禄大夫刘耽子某，同游蒋山庙。庙有数妇人像，甚端正。某等醉，各指像以戏，自相配匹[③]。即以其夕，三人同梦蒋侯遣传教相闻，曰："家子女并丑陋，而猥垂荣顾[④]。辄刻某日，悉相奉迎。"某等以其梦指适异常[⑤]，试往相问，而果各得此梦，符协如一[⑥]。于是大惧，备三牲[⑦]，诣庙谢罪乞哀。又俱梦蒋侯亲来降己曰："君等既已顾之，实贪会对，克期垂及[⑧]，岂容方更中悔？"经少时，并亡。

注释

①咸宁：西晋魏武帝的年号，时间约在275年到280年。

②太常：官名，掌管宗庙礼仪兼选试博士。

内史：官名，掌管民政。光禄大夫：官名，掌管顾问应对。

③配匹：婚配。

④猥垂荣顾：承蒙看得起而眷顾。猥，谦辞，辱没。

⑤指适：指归，主旨、意向的意思。

⑥符协：符合，相同。

⑦三牲：指猪、牛、羊。

⑧克期：限期。垂：即将，将要。

译文

咸宁年间，太常卿韩伯的儿子韩某、会稽内史王蕴的儿子王某、光禄大夫刘耽的儿子刘某，一同去蒋山庙游玩。庙里有几座女神像，样子十分端正。当时他们三人喝醉了，就各自指着一座女神像开玩笑说要与自己结为夫妻。就在那天晚上，三人都梦见蒋侯派人来传达旨意，告诉他们说："我家的女儿都长得丑陋，承蒙你们看得起来眷顾。我就定在某一天，来迎接你们。"他们三人因为自己的梦不同平常，试着去互相询问，果然每人都做了相同的梦。他们非常害怕，于是准备了牛、羊、猪等祭品，去蒋山庙道歉，并祈求饶恕。那天晚上，他们又都梦见蒋侯亲自来到自己家里，说："既然你们已经眷念我的女儿，我也期盼着你们早日结合，现在约定的日期就要到了，又怎能容许你们更改，中途反悔呢？"过了不久，这三个年轻人就都死了。

三 蒋侯见吴望子

会稽鄮县[①]东野有女子，姓吴，字望子，年十六，姿容可爱。其乡里有解鼓舞神者，要之[②]，便往。缘塘行，半路忽见一贵人，端正非常。贵人乘船，挺力[③]十余，皆整顿[④]。令人问望子："欲何之？"具以事对。贵人云："今正欲往彼，便可入船共去。"望子辞不敢，忽然不见。望子既拜神座，见向船中贵人，俨然端坐，即蒋侯像也。问望子："来何迟？"因掷两橘与之。数数形见，遂隆情好[⑤]。心有所欲，辄空中下之。尝思啖鲤，一双鲜鲤随心而至。望子芳香，流闻数里，颇有神验。一邑共事奉。经三年，望子忽生外意，神便绝往来。

注释

①鄮mào县：古县名，治所在今宁波市鄞州区。

②要：通“邀”。邀请。

③挺力：《法苑朱林》作“手力”，也称“人力”。此处指随行划船的仆人。

④整顿：整齐，端庄。

⑤隆：指程度深。情好：交好，交谊。

译文

会稽郡鄮县东郊，有一个女子，姓吴，字望子，她十六岁了，体态容貌非常漂亮可爱。她有个同乡要去庙里为神击鼓跳舞，邀她同去，她就跟着一起去了。他们沿着堤岸走，在半路上忽然遇到一个看上去很贵气的人，那人相貌非常英俊。他乘的船上，有十多个仆人在划船，这些仆人都穿戴得整齐端正。这个人让仆人问望子：“你要到哪里去？”望子一一回答了他。那人便说：“我现在正要去那里，你可以上船和我一起去。”望子推辞说不敢，那船忽然就不见了。望子来到庙里，拜过神像，抬头却看见刚才在船上的贵人端正地坐在庙里，那正是蒋侯神像所在的位置。蒋侯问望子：“你怎么来得这么晚？”说着就扔了两个橘子给她。之后蒋侯多次出现和望子见面，和望子感情日益增长，十分相爱。望子心里想要什么，就会有什么东西从天而降。她曾经想吃鲤鱼，一对鲜鲤鱼就随她心愿出现了。望子神异的名声在附近地方到处流传，非常灵验，因此全县的人都来供奉她。过了三年，望子忽然起了二心，蒋侯神就断绝了和她的往来。

四 蒋侯助杀虎

陈郡[①]谢玉为琅邪内史，在京城[②]。所在虎暴，杀人甚众。有一人，以小船载年少妇，以大刀插著船，挟暮来至逻所[③]。将出语云："此间顷来甚多草秽[④]，君载细小，作此轻行，大为不易。可止逻宿也。"相问讯既毕，逻将适还去。其妇上岸，便为虎将去。其夫拔刀大唤，欲逐之。先奉事蒋侯，乃唤求助。如此当行十里，忽如有一黑衣为之导，其人随之，当复二十里，见大树。既至一穴，虎子闻行声，谓其母至，皆走出。其人即其所杀之，便拔刀隐树侧。住良久，虎方至。便下妇着地，倒牵入穴。其人以刀当腰斫断之。虎既死，其妇故活。向晓能语[⑤]，问之，云："虎初取，便负着背上，临至而后下之。四体无他，止为草木伤耳。"扶归还船。明夜，梦一人语之曰："蒋侯使助，汝知否？"至家，杀猪祠焉。

注释

①陈郡：古郡名。其辖境包括今豫东、豫南及安徽等地三十多个县市。

②京城：这里指琅琊国都开阳，在今山东临沂县北。

③逻所：指巡逻哨所。

④草秽：草莽中的秽物，这里指老虎。

⑤向晓：拂晓，天快亮的时候。

译文

陈郡人谢玉任琅玡内史，有一次他逗留在京城。那一带地方有老虎横行，咬死了许多人。有一个人用小船载着他年轻的妻子，把大刀插在船上，在天快黑时来到巡逻哨所。巡逻的将士出来告诉他说："最近这一带常有老虎，你载着家小，如此轻率地行动，非常不安全，还是到巡逻哨所去留宿一晚吧。"他们互相了解了一些信息以后，巡逻的将士就离去了。这个人的妻子上岸来找他，刚一上岸就被老虎抓走了。她的丈夫拿起刀，大声呼喊，要去追赶老虎。他以前供奉过蒋侯神，就呼唤蒋侯神来帮助他。他这样一边喊一边追，大约走了十里路，忽然看见一个黑衣人来给他带路。他跟随着黑衣人，又走了大约二十里，就看见一棵大树。然后到了一个洞口外，里面的虎崽听到外面有响声，以为是它们的母亲来了，就都跑出洞来。这个人就在洞口把虎崽都杀死了，然后他提着刀，隐藏在大树旁边。他等了很久，那头大老虎才出现。老虎把妇人放在地上，倒退着把她往虎穴里面拖。这个男人就用刀把老虎拦腰砍断。老虎死了，他的妻子还活着。快天亮的时候，他的妻子能说话了，他便向她询问情况，她说："老虎一抓到我，就把我背在背上，来到这里以后才放下来。我四肢没有什么损伤，只是被草木擦伤了一点。"这个人扶着妻子回到船上。第二天晚上，梦见一个人对他说："是蒋侯让我来帮助你的，你知不知道？"这个人回到家里，就杀猪来祭祀蒋侯。

五 丁姑渡河

淮南全椒[①]县有丁新妇者，本丹阳[②]丁氏女。年十六，适全椒谢家。其姑严酷[③]，使役有程，不如限者，仍便笞捶[④]。不可堪，九月九日，乃自经死。遂有灵向，闻于民间。发言于巫祝曰："念人家妇女，作息不倦，使避九月九日，勿用作事。"见形，着缥衣，戴青盖，从一婢，至牛渚津[⑤]，求渡。有两男子共乘船捕鱼，仍呼求载。两男子笑共调弄之，言："听我为妇，当相渡也。"丁妪曰："谓汝是佳人[⑥]，而无所知。汝是人，当使汝入泥死；是鬼，使汝入水。"便却入草中。须臾，有一老翁乘船载苇。妪从索渡，翁曰："船上无装[⑦]，岂可露渡？恐不中载耳。"妪言无苦[⑧]。翁因出苇半许，安处着船中，徐渡之。至南岸，临去，语翁曰："吾是鬼神，非人也，自能得过。然宜使民间粗[⑨]相闻知。翁之厚意，出苇相渡，深有惭感，当有以相谢者。若翁速还去，必有所见，亦当有所得也。"翁曰："愧燥湿不至[⑩]，何敢蒙谢。"翁还西岸，见两男子覆水中。进前数里，有鱼千数跳跃水边，风吹至岸上。翁遂弃苇，载鱼以归。于是丁妪遂还丹阳。江南人皆呼为丁姑。九月九日，不用作事，咸以为息日也。今所在祠之。

注释

①全椒：古县名，在今安徽滁州。

②丹阳：古县名，在今安徽省马鞍山市当涂县。

③姑：古时妻子对丈夫的母亲的称呼。

④严酷：严厉，严格。

⑤仍便：同义连用，便，就的意思。

箠捶：以竹木之类的棍条抽打。

⑥牛渚津：古代著名渡口之一，在今安徽马鞍山市采石镇。

⑦佳人：品行美好的人，指君子贤人。

⑧无装：没有装饰。

⑨无苦：没关系。

⑩燥湿不至：这里指是寒是热没有照顾周全。

译文

淮南郡全椒县有一个姓丁的妇人，她本来是丹阳县丁家的女儿。十六岁时，嫁到全椒县谢家。她的婆婆严厉凶狠，在她劳作的时候，还规定数额；做不到限额，就会用鞭子抽打她。她实在不能忍受，就在九月九日那天，上吊自杀了。于是不久就有了种种神灵应验的传说，在老百姓当中流传开来。据说丁妇曾借巫祝的嘴来发话说："我想着做人家媳妇的人，每天劳作得不到休息，就让她们在九月九日这一天免掉劳作，不用做事。"这个姓丁的女人还曾经显形出现过。那次她穿着淡青色衣服，戴着黑色头巾，还带着一个婢女。她们来到牛渚渡口找船渡江。有两个男人驾着一条船在捕鱼，丁妇就喊他们，请他们载自己和婢女过江。两个男人一起嬉笑着调戏丁姓女人，说："给我做老婆，我就渡你过江。"丁妇说："我以为你们是好人，谁知道竟然一点道理也不懂。你们如果是人，应该让你们陷进污泥而死；你们如果是鬼，就让你们葬身水中。"说完就退到草丛中去了。一会儿，有一个老头驾着满载芦苇的船过来了，丁姓妇人又上前请求这个老人帮她渡江。老头说："我的船上没有篷盖，怎么能让您露天渡江呢？就这样载您过河，恐怕不合适啊。"丁妇说不要紧。于是老头就从船上卸下了一些芦苇，把她们安置在船中，慢慢把她们渡到了南岸。在临别时，丁姓妇人对老翁说："我是鬼神，不是凡人，自己能够渡江。我这样做，只不过是让老百姓稍微听说我的事情罢了。老人家深情厚谊，卸下芦苇来渡我过江，我十分感激，我当然要拿些东西来向您表达谢意。如果您现在回去，一定能看到什么，但也会得到什么。"老头说："我很惭愧对您的冷暖都没照顾好，又怎么敢接受您的感谢呢？"老翁把船驶回西岸，看到两个男人淹死在水里。又往前行船几里，看见成千条鱼在水边跳跃，风把它们吹到岸上。老翁就扔掉芦苇，装上鱼回家去了。于是丁妇就这样回到了丹阳。江南的人都称她为丁姑。每年九月九日，妇人们不用干活，把这天作为休息日。至今她出生的地方仍然在祭祀她。

六 赵公明府参佐救王祐

散骑侍郎[①]王祐，疾困。与母辞诀，既而闻有通宾者，曰："某郡某里某人，尝为别驾[②]。"佑亦雅闻[③]其姓字，有顷，奄然来至，曰："与卿士类，有自然之分，又州里，情便款然。今年国家有大事，出三将军，分布征发。吾等十余人为赵公明府参佐[④]。至此仓卒，见卿有高门大屋，故来投，与卿相得，大不可言。"祐知其鬼神，曰："不幸疾笃[⑤]，死在旦夕。遭卿，以性命相乞。"答曰："人生有死，此必然之事。死者不系生时贵贱。吾今见领兵三千，须卿，得度簿相付。如此地难得，不宜辞之。"祐曰："老母年高，兄弟无有，一旦死亡，前无供养。"遂歔欷不能自胜[⑥]。

其人怆然曰："卿位为常伯⑦，而家无余财，向闻与尊夫人辞诀，言辞哀苦。然则卿国士⑧也，如何可令死。吾当相为。"因起去："明日更来。"其明日，又来。佑曰："卿许活吾，当卒恩否？"答曰："大老子业已许卿，当复相欺耶！"见其从者数百人，皆长二尺许，乌衣军服，赤油为志。祐家击鼓祷祀，诸鬼闻鼓声，皆应节起舞，振袖飒飒有声。祐将为设酒食。辞曰："不须。"因复起去，谓祐曰："病在人体中，如火。当以水解之。"因取一杯水，发被灌之。又曰："为卿留赤笔十余枝，在荐下，可与人，使簪之。出入辟恶灾，举事皆无恙。"因道曰："王甲、李乙，吾皆与之。"遂执佑手与辞。时佑得安眠，夜中忽觉，乃呼左右，令开被："神以水灌我，将大沾濡。"开被而信有水，在上被之下，下被之上，不浸，如露之在荷。量之，得三升七合。于是疾三分愈二，数日大除。凡其所道当取者，皆死亡。唯王文英半年后乃亡。所道与赤笔人，皆经疾病及兵乱，皆亦无恙。初，有妖书云："上帝以三将军赵公明、钟士季⑨各督数鬼下取人。"莫知所在。祐病差，见此书，与所道赵公明合焉。

注释

①散骑侍郎：官职名，是伴随皇帝乘马乘车的近臣，负责在皇帝左右规谏过失，以备顾问。疾困：指病势沉重。

②别驾：全称为别驾从事史，亦称别驾从事，是州刺史的佐吏，职权很大。

③雅：平日，向来。

④赵公明：本名朗，字公明，又称赵玄坛，传说中的武财

神。参佐：部下，僚属。

⑤疾笃：病势沉重。

⑥欷歔：抽咽声。自胜：自我控制。

⑦常伯：指王畿以内的地方官。

⑧国士：一国中才能最优秀、最出众的人。

⑨钟士季：即钟会，颍川长社（今河南长葛东）人。三国时期魏将，后死于部将兵变，传说死后为鬼将，《真仙通鉴》把他列为八部鬼帅之一。

译文

散骑侍郎王祐，病得很厉害。在他和母亲诀别的时候，有人通报有客人来访。来客说："我是某郡某里某某人，曾经任过您的别驾。"王祐以前也曾听说这个人的姓名。一会儿，这位客人忽然出现在眼前，说："我与您都是读书人，自然有缘分，又是同乡，感情就更为融洽了。今年国家有大事，现在派出三位将军分别到全国去征发人员。我们十多个人是赵公明府的参佐。现在匆匆忙忙来到这里，看见您有高门大屋，所以来投奔。能与您关系融洽，实在太好了。"王祐知道他是鬼神，说："我不幸病重，很快就会死去。现在遇到您，求您救命。"参佐回答说："人这一生最后都会死，这是必然的事。死了的人不能依靠活着时候的富贵。我现在率领士兵三千，需要您来管理，需要您来统帅，如果您答应，我就考虑把档案簿册之类的东西交给您。这样的事也是难得的，不应该推辞。"王祐说："我的老母亲年纪很大了，我又没有兄弟，一旦死去，母亲身边就无人奉养了。"说着就哭起来，哭得自己都难以控制了。那个参佐悲哀地说："您担任侍中这样的高官，家里却没有积余。先前听见您与母亲诀别，言语哀伤痛苦。

但您是国家才德出众的高人，怎么能让您死？我会给您想办法的。”于是他起身离去，说：“我明天再来。”第二天，他果然又来了，王祐说：“您许诺救活我，真的会给我这样的恩惠吗？”他回答说：“我已经许诺过您，难道还会欺骗您吗？”王祐看见他率领的随从几百人，都身高二尺左右，穿着黑色军服，用红色的油漆画了标志。王祐家敲鼓祷祀，那些鬼听见鼓声，都随着节拍跳起舞来，他们抖动衣袖，发出飒飒的响声。王祐准备给他们摆设酒食，参佐推辞说：“不必了。”于是他再起身，对王祐说：“您的毛病在身体中，热得像火一样，应该用水来化解它。”他就拿了一杯水，掀开被子灌了下去。又说：“我给您留下十多支红笔，就在卧席下面，您可以送给别人，让他们插戴，他们就能进出避免灾凶，做事也没有差错。”随后说：“王甲、李乙，我都给过他们。”于是就握着王祐的手和他告别。当时王祐睡得安稳，半夜忽然醒来，并呼唤左右的人，让他们打开被子，说：“神用水灌我，我的被子要湿透了。”打开被子一看，真的有水。在上层被子的下边、下层被子的上边都有水，但是水并没有浸入到被子里面，像露水在荷叶上一样（只挂在被褥的表层）。量一量那些水，共有三升七合。这时王祐的病已经好了三分之二，几天后病就全好了。凡是那名参佐说要捉拿的人，都死了，只有王文英半年后才死去。王祐按参佐的说法给过红笔的那些人，虽都经历疾病和兵乱，也都平安无事。起初曾有妖书说：“天帝派赵公明、钟士季等三位将军各自率领几万鬼，下来捉人。”但是没有人知道他们在哪里。王祐病愈后，看到这份妖书，内容和赵公明的参佐所说的事完全吻合。

七 周式之死

汉下邳[1]周式尝至东海，道逢一吏，持一卷书，求寄载。行十余里，谓式曰："吾暂有所过[2]，留书寄君船中，慎勿发之。"去后，式盗发视书，皆诸死人录，下条有式名。须臾，吏还，式犹视书。吏怒曰："故以相告，而忽视之。"式叩头流血，良久，吏曰："感卿远相载，此书不可除卿名。今日已去，还家，三年勿出门，可得度也。勿道见吾书。"式还，不出，已二年余，家皆怪之。邻人卒亡，父怒，使往吊之。式不得已，适出门，便见此吏。吏曰："吾令汝三年勿出，而今出门，知复奈何[3]？吾求不见，连累为鞭杖，今已见汝，无可奈何。后三日日中，当相取也。"式还，涕泣具道如此。父故不信，母昼夜与相守。至三日日中时，果见来取，便死。

注释

①下邳：古县名，在今江苏睢宁西北。

②过：拜访。

③奈何：怎么对付、处置的意思。

译文

汉代下邳县人周式，一次在去东海的途中遇到一个官吏，拿着一卷文书，请求顺便搭乘他的船。船行走了十多里，官吏对周式说："我要去拜访一个人，这卷书就寄放在你的船上，千万不要打开它。"他走了以后，周式就偷偷打开文书来看，只见上面都是一个个要死的人的姓名，下面有一条就是周式的名字。一会儿，那官吏回来，周式还在偷看文书。官吏生气地说："我特别交代过你，而你却把我的话视同儿戏。"周式赶忙叩头，磕得血都流出来了。过了很久，官吏说："感谢你让我搭载了那么远。但这文书里还是不能除掉你的名字。你现在回家去，三年内不要出门，就可以免于一死。不要对别人说见过我的文书。"周式回家后，就不敢再出门，这样过了两年多，家里人都觉得很奇怪。有一天，邻居家里突然死了人，他父亲发怒，叫他去吊唁。周式迫不得已，只好出去，刚刚出门，就遇到了那个官吏。那官吏说："我跟你说三年内不要出门，今天你却出了门，现在又能怎么办呢？我找不到你，被连累挨了鞭子。现在既然见到你，我也没有什么办法。三天以后的中午，我会来取你的命。"周式回到家，哭着说出了这件事的全部经过。他父亲还是不相信，母亲日夜守护着他。到了三天后的中午，果然看见那个官吏来取他的命，他就这样死了。

八 张助斫李

南顿[①]张助，于田中种禾，见李核，欲持去。顾见空桑，中有土，因植种，以余浆溉灌。后人见桑中反复生李，转相告语，有病目痛者，息阴下，言："李君令我目愈，谢以一豚。"目痛小疾，亦行自愈。众犬吠声[②]，盲者得视，远近翕赫[③]，其下车骑常数千百，酒肉滂沱[④]。间一岁余，张助远出来还，见之，惊云："此有何神？乃我所种耳。"因就斫[⑤]之。

注释

①南顿：古代的地名，在今河南项城市。

②众犬吠声：即“一犬吠形，众犬吠声”。比喻随声附和。

③翕xī赩：盛大的样子。

④滂沱：形容丰盛。

⑤斫：用刀、斧等砍。

译文

南顿县人张助，在田里种庄稼的时候，看见一颗李子核，想带走。一回头看见一株桑树的树洞里面有泥土，就把李核种在了那里，并拿自己喝剩下的水浇灌它。后来有人看见桑树中又长出李树，就互相转告这件怪事。有一个人患眼痛病，在这株李树下休息，说：“李树神如果使我的眼病痊愈，我就用一头猪来谢你。”眼睛痛这点小病，不医治自己也就慢慢好了。但人们道听途说，传来传去，最后竟将眼痛痊愈传成了瞎子恢复了视力，声势浩大。这株李树下常有成百上千的车马来祭祀，酒肉很多。隔了一年多，张助出远门回来，看见这种情景，吃惊地说：“这儿哪有什么神呀？不过是我种的李树罢了。”于是他就把这株李树砍倒了。

九 临淄亭中新井

王莽居摄，刘京上言：“齐郡临淄县亭长辛当，数梦人谓曰：‘吾，天使也。摄皇帝，当为真。即不信我，此亭中当有新井出。’亭长起视亭中，因有新井。入地百尺。”

译文

王莽摄政，刘京上朝进言说："齐郡临淄县亭长辛当，多次梦见有一个人来说：'我是上天的使者。摄政的假皇帝应该成为真皇帝。若不相信我，这个亭中会出现一口新井。'亭长起来查看，亭中果然有一口新井，那井有一百尺深。"

卷六

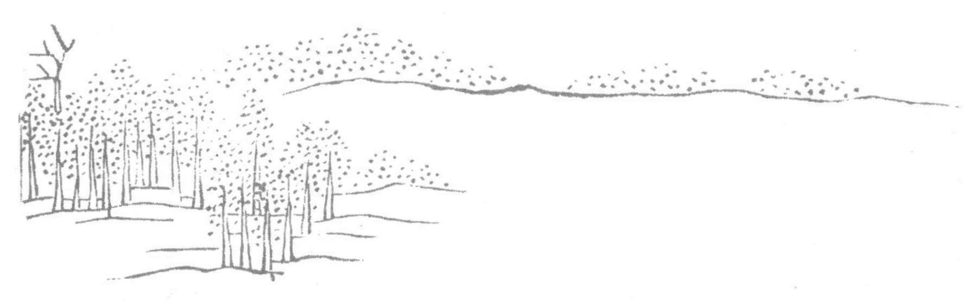

一 论妖怪

妖怪者，盖精气[①]之依物者也。气乱于中，物变于外。形神气质，表里之用也。本于五行[②]，通于五事[③]。虽消息升降[④]，化动万端，其于休咎之征[⑤]，皆可得域而论矣。

注释

①精气：形成万物的元气。

②五行：即金、木、水、火、土。

③五事：即貌、言、视、听、思。

④消息：指生灭、消长。升降：盛衰。

⑤休咎：吉凶，善恶。征：征兆。

译文

妖怪是天地万物的灵气依附于物体而形成的。精气充斥物体的内部，物体的外部就会发生变化。物体的形神气质，是物体内外因素作用在物体上的表现。它们以金、木、水、火、土五行为根本，与容貌、言谈、观察、聆听、思考等相联系。无论它们是消失、增长还是繁荣、衰败，变化万端，我们也可以发现它们在吉凶福祸方面的征兆，也都可以在一定范围内来论述。

二 论山徙

夏桀之时，厉山亡[①]。秦始皇之时，三山亡[②]。周显王三十二年，宋大丘社亡[③]。汉昭帝之末，陈留、昌邑社亡[④]。京房《易传》[⑤]曰：“山默然自移，天下兵乱，社稷亡也。”故会稽山阴琅邪中有怪山，世传本琅邪东武海中山也[⑥]。时天夜，风雨晦冥，旦而见武山在焉。百姓怪之，因名曰怪山。时东武县山，亦一夕自亡去。识其形者，乃知其移来。今怪山下见有东武里，盖记山所自来，以为名也。又交州、脆州山移至青州[⑦]。凡山徙，皆不极之异也。此二事未详其世。《尚书·金縢》曰：“山徙者，人君不用道士，贤者不兴[⑧]；或禄去公室，赏罚不由君，私门成群。不救，当为易世变号。”说曰：“善言天者，必质于人；善言人者，必本于天。故天有四时，日月相推，寒暑迭代。其转运也，和而为雨，怒而为风，散而为露，乱而为雾，凝而为霜雪，立而为蝃[⑨]，此天之常数也。人有四肢五脏，一觉一寐，呼吸吐纳，精气往来，流而为荣卫，彰而为气色，发而为声音，此亦人之常数也。若四时失运，寒暑乖违，则五纬盈缩[⑩]，星辰错行，日月薄蚀，彗孛流飞[⑪]，此天地之危诊也。寒暑不时，此天地之蒸否也。石立土踊，此天地之瘤赘也；山崩地陷，此天地之痈疽也[⑫]；冲风暴雨[⑬]，此天地之奔气也；雨泽不降，川渎涸竭，此天地之焦枯也。”

注释

①厉山：传说是炎帝神农的诞生地，坐落在今湖北省随县九龙山南麓。亡：通“无”。

②三山：这里指蓬莱、方丈、瀛洲三座仙山。

③大丘：古地名，亦作“太丘”“泰丘”。在今河南永城县西北。社：祭祀土地神的场所。

④陈留：县名，在今河南省开封市陈留镇。

昌邑：县名，在今山东巨野东南。

⑤京房《易传》：一般称《京氏易传》，是汉朝的京氏所著。此书统摄六十四卦，用世、应、飞、伏、游魂、归魄等解说爻、卦之间的关系，是术数之学。

⑥东武：古县名，在今山东诸城。

⑦交州：古郡名，辖境在今广东、广西大部。

青州：汉武帝所设十三刺史部之一，辖境在今山东德州等地。

脆州：应该是“郁州”的讹误。

⑧兴：使蓬勃发展。

⑨蚳chí：应是“蚳蝀”，即虹。

⑩五纬：即金、木、水、火、土五星。盈缩：伸屈、进退。

⑪彗孛：即彗星和孛星。孛星，指光芒四射的一种彗星。古时认为彗孛出现是灾祸或战争的预兆。

⑫痈疽yōngjū：毒疮。

⑬冲：猛烈。

译文

夏桀的时候，厉山消失了。秦始皇的时候，三座仙山消失了。周显王三十二年，宋国大丘的土地庙不见了。汉昭帝末年,陈留县、昌邑县的土地庙也消失了。京房《易传》说:“山悄悄地自行移动，天下将会大乱，国家会灭亡。”从前会稽山阴县琅玡山中有一座怪山，传说那座山本来是琅玡郡东武县海中的山。有一天，天突然变黑，并开始刮风下雨，一片昏暗，等天亮时，武山就出现在那里了。百姓觉得很奇怪，于是称它为“怪山”。东武县一座山也正是那天自行消失的。有人认识那座山的样子，才知道它移到这里来了。如今怪山脚下有一个东武里，可能就是为了记录这座山的由来，才把它作为地名的。另外，交州也有座山移到了青州。凡是山迁移，都是极不正常的怪异现象。这两件事，没有详细记载它们发生的年代。《尚书·金滕篇》说：“山迁移，是因为国君不任用有学问的人，贤人得不到举荐；或是禄位归于诸侯，国君已经失去赏罚的权能，权贵成群。这样的局面已经不可救药，就该是改朝换代，变更年号的时候了。”有人议论说：“善于讲天道的，必须以人事为根本；善于讲人事的，必须以天道为依据。所以天有春、夏、秋、冬四时的变化，有日月相互推移，寒暑相互更替。天道循环运行起来的时候，调和就成为雨，狂怒就成为风，分散成为露，混乱成为雾，凝聚成为霜雪，伸张成为虹霓。这都是天道的正常规律。人有四肢五脏，一醒一睡，呼吸吐纳，精气循环，流动成为血气，显现出来就是气色，发散出来就成为声音。这也是人的正常规律。如果天的四时不能正常运行，寒暑不正常交替，那么就会造成金、木、水、火、土五星的运行顺序混乱，星辰错乱移动，日食月食不断出现，彗星漫天乱飞，这是天地的危险征兆。寒暑不合时令，这是天地气息堵塞。山石耸立，泥土翻起，这是大自然所生的瘤子赘疣；山陵崩塌，土地下陷，这是大自然所生的毒疮；狂风暴雨，这是大自然元气在奔腾；雨露不降，河沟干涸，这是天地枯焦的征兆。”

三 龟毛兔角

商纣之时，大龟生毛，兔生角，兵甲[①]将兴之象也。

注释

①兵甲：这里指战争。

译文

商纣的时候，有大乌龟身上长毛，有兔子头上长角。这些都是将要发生战争的象征。

四 玉化为蜮

晋献公二年[①]，周惠王[②]居于郑。郑人入王府[③]，多脱化为蜮[④]，射人。

注释

①晋献公：春秋时代的晋国君主。晋献公二年，即前675年。

②周惠王：名姬阆，前676到前652年在位。

③王府：《太平广记》引《感应经》，认为这里应为“玉府”，是掌管金玉、兵器之类的官府名称。

④蜮yù：传说中一种在水里暗中害人的怪物，它们口含沙粒射人或射人的影子，被射中的就要生疮，被射中影子的也要生病。

译文

晋献公二年，周惠王在郑国居住。有个郑国人进入周惠王的玉府，拿了很多玉，这些玉多数变成了蜮，含沙射人。

五　地长地陷

周隐王二年四月①，齐地暴长，长丈余，高一尺五寸。京房《易妖》②曰："地四时暴长，占：春、夏多吉，秋、冬多凶。"历阳之郡③，一夕沦入地中而为水泽，今麻湖④是也，不知何时。《运斗枢》⑤曰："邑之沦，阴吞阳，下相屠焉。"

注释

①周隐王：即周赧王，亦称王赧，姬姓，名延。

②京房《易妖》：京房的易学著作之一，专讲世上妖异之象，但是已经失传。③历阳：古郡名，在今安徽和县。

④麻湖：又称"历湖"或"历阳湖"，在今安徽和县西，与含山县接界。

⑤《运斗枢》：书名，是一本解说《春秋》的纬书，已失传。

译文

周隐王二年四月，齐国一个地方的土地突然猛长，长了有一丈多长，一尺五寸高。京房《易妖》说："土地四季猛长，占卜的结果为：春夏二季多有吉利，秋冬二季多有凶险。"历阳的郡城，一个晚上陷入地下成为水泽，就是现在的麻湖，但是没人知道这是什么时候发生的事。《运斗枢》说："城沦陷地下，是阴吞阳，天下人将互相残杀。"

六 马生人

秦孝公二十一年[①]，有马生人。昭王二十年[②]，牡马[③]生子而死。刘向以为皆马祸也。京房《易传》曰："方伯[④]分威，厥妖牡马生子。上无天子，诸侯相伐，厥妖马生人。"

注释

①秦孝公：战国时秦国国君，嬴姓，名渠梁。秦孝公二十一年，即前341年。

②昭王：即秦昭王，战国时秦国国君，嬴姓，名则，一名稷。昭王二十年，即前287年。

③牡马：公马。④方伯：古代诸侯中的领袖之称。

译文

秦孝公二十一年，有一匹马生下一个人。秦昭王二十年，有一匹公马生马崽难产而死。刘向认为都是马的祸乱。京房《易传》说："诸侯侵犯天子的威严，妖兆就是公马生马崽。上面没有天子，诸侯互相攻伐，妖兆就是马生人。"

七 女子化为丈夫

魏襄王十三年[①]，有女子化为丈夫[②]。与妻生子。京房《易传》曰："女子化为丈夫，兹谓阴昌，贱人[③]为王。丈夫化为女子，兹谓阴胜阳，厥咎亡。"一曰："男化为女，宫刑[④]滥。女化为男，妇政行也。"

注释

①魏襄王：姬姓，名嗣，一名赫，魏国第四代国君。魏襄王十三年，即前306年。②丈夫：男子。

③贱人：古时对社会地位低下,不自由的人的称呼。

④宫刑：阉割男子生殖器、破坏女子生殖机能的一种肉刑。

译文

魏襄王十三年，有一个女人变为男人，娶了妻子，还生了孩子。京房《易传》说："女人变为男人，这叫做阴昌盛，下贱人称王。男人变成女人，这叫做阴胜阳，那预示着灭亡。"又说："男人变为女人，会有人滥施宫刑。女人变成男人，则是表示会有妇人当政。"

八 狗与彘交

汉景帝三年[①],邯郸有狗与彘交[②]。是时赵王悖乱[③]，遂与六国反[④]，外结匈奴以为援。《五行志》以为：犬，兵革失众之占；豕，北方匈奴之象。逆言失听，交于异类[⑤]，以生害也。京房《易传》曰："夫妇不严，厥妖狗与豕交。兹谓反德，国有兵革。"

注释

①汉景帝三年：即前154年。

②邯郸：古郡名，在今河北邯郸市。彘：猪。

③赵王：即刘随。悖乱：惑乱。

④六国：即与赵国一起参与叛乱的吴、楚、胶西、胶东、菑川、济南等六国。⑤异类：不同种类。

译文

汉景帝三年，邯郸有狗和猪交配的怪事。那年赵王祸乱天下，并联合吴、楚等六国一起造反，还对外勾结了匈奴作为后援。《五行志》的记载认为：狗是发生军事失去民心的征兆，猪是北方匈奴的象征。逆耳的话听不进去，和不同类的异族匈奴结交，并因而生出灾祸来。京房《易传》说："男女关系不谨慎，那就会发生狗和猪交配的怪异事情，这是违反道德的事情，预示着国家将有战争。"

九　白黑乌斗

景帝三年十一月，有白颈乌与黑乌群斗楚国吕县[1]。白颈不胜，堕泗水中死者数千。刘向以为近白黑祥[2]也。时楚王戊[3]暴逆无道，刑辱申公[4]，与吴谋反。乌群斗者，师战之象也。白颈者小，明小者败也；堕于水者，将死水地。王戊不悟，遂举兵应吴，与汉大战，兵败而走，至于丹徒[5]，为越人所斩。堕泗水之效也。京房《易传》曰："逆亲亲，厥妖白黑乌斗于国中。"燕王旦[6]之谋反也，又有一乌一鹊，斗于燕宫中池上，乌堕池死。《五行志》以为楚、燕皆骨肉藩臣，骄恣而谋不义，俱有乌鹊斗死之祥。行同而占合，此天人之明表也。燕阴谋未发，独王自杀于宫，故一乌而水色者死；楚炕阳[7]举兵，军师大败于野，故乌众而金色者死。天道精微之效也。京房《易传》曰："颛[8]征劫杀，厥妖乌鹊斗。"

注释

①楚国吕县：在今江苏铜山县北。

②白黑祥：即白祥、黑祥。白祥，白色灾异。旧时迷信认为罕见的白色禽兽等突然出现是不祥之兆。黑祥，五行之说由水而生的征兆，五行中水为黑色，故称黑祥。

③楚王戊：即刘戊，汉高祖刘邦的孙子，封楚王。后来参与谋反，兵败而死。

④申公：鲁人，名培，汉文帝时的博士。

⑤丹徒：古县名，在今江苏丹徒县东南。

⑥燕王旦：即刘旦，汉武帝的儿子，封燕王。后试图谋害汉昭帝，未成功而自杀。

⑦炕阳：干涸，枯涸。

⑧颛：通“专”。专门。

译文

汉景帝三年十一月，在楚国的吕县有白脖子的乌鸦和黑乌鸦成群地争斗。白脖子乌鸦被打败，掉进了泗水之中，死了有几千只。刘向认为这是有白黑不祥的事情将要发生的征兆。当时楚王刘戊暴虐，违逆天道，残忍地对他的老师申公培使用侮辱性的宫刑，还和吴王策划叛乱。乌鸦成群搏斗，正是有军队打仗的预兆。白脖子的乌鸦体形小，表明小的一方要失败；它们掉到水里去，表明楚王将死在水乡。可惜楚王刘戊领悟不到这一点，就起兵响应了吴王，与汉帝大战，最后兵败而逃，一直逃到丹徒县，被越国人杀死了，这正是验证了白脖子乌鸦掉进泗水去的效验啊。京房《易传》说：“背叛骨肉之亲，就会有白乌鸦与黑乌鸦在国内相斗这样怪异的事情发生。”燕王刘旦阴谋叛乱的时候，又有一只乌鸦与一只喜鹊，在燕国王宫内的水池上搏斗，结果乌鸦掉进水池里死了。《五行志》认为楚王、燕王都是跟皇帝有骨肉之亲的诸侯王，但却骄横放肆地策划不义之事，这便有了乌鸦与喜鹊相斗而死的征兆。行为相同而且与征兆相合，是天象和人事之间默契的表现。燕王的阴谋没有暴露，只是燕王一个人在王宫中自杀了，所以有一只黑色的乌鸦掉到水池中死去的现象；楚王对下民少有恩泽却公开起兵，军队在战场上大败，所以乌鸦众多而金色的死了。这是天道极其精细的验证。京房《易传》说："专擅征伐劫杀，它不祥的征兆就是乌鸦与喜鹊相斗。"

十 范延寿断讼

宣帝[①]之世，燕、岱之闲，有三男共取一妇，生四子，及至将分妻子而不可均，乃致争讼。廷尉[②]范延寿[③]断之曰："此非人类，当以禽兽从母不从父也。"请戮三男，以儿还母。宣帝嗟叹曰："事何必古，若此，则可谓当于理而厌人情也。"延寿盖见人事而知用刑矣，未知论人妖将来之验也。

注释

①宣帝：刘询，本名刘病已，字次卿，即位后改名询，西汉第十位皇帝。

②廷尉：官名，掌刑狱。秦汉至北齐主管司法的最高官吏。

③范延寿：字子路，安成人。

译文

汉宣帝的时候，在燕国与泰山之间的地方，有三个男人一起娶了一个老婆，生了四个孩子。等到他们想分老婆孩子的时候便不能平均了，于是就打起了官司。掌刑狱的廷尉范延寿断案说："这是不符合人类伦常的事，该用禽兽那样的孩子跟母亲而不跟父亲的办法来处理。"于是范延寿就奏请杀了这三个男的，把孩子还给母亲。汉宣帝感慨地说："断案的事情为什么一定要按照古代的方法呢？像范延寿这样，可以说他是符合了道理却抑制了人之常情。"范延寿大概是根据对人情世故的观察来判刑的，但是他还不知道根据人事上的反常现象判断将来的事情。

十一 天雨草

汉元帝永光二年[①]八月，天雨草，而叶相樛结[②]，大如弹丸。至平帝元始三年正月[③]，天雨草，状如永光时。京房《易传》曰："君吝于禄，信衰贤去，厥妖天雨草。"

注释

①汉元帝：刘奭，在位时间为前48年到前33年。汉元帝永光二年，即前42年。

②樛jiū：通"摎"。缠结。

③平帝：即汉平帝刘衎，在位时间为前1年到6年。平帝元始三年，即3年。

译文

汉元帝永光二年八月的时候，天上像下雨一样下起了草，而且那些草叶互相纠缠在一起，有弹丸那么大。到了汉平帝元始三年正月，天上又像下雨那样下起草来，情况同永光年间一样。京房《易传》说："国君吝啬俸禄，信誉很差，贤德的人纷纷离去，这就会出现天上像下雨一样下草的不祥征兆。"

十二 鼠巢树上

汉成帝建始四年①九月，长安城南有鼠衔黄稿、柏叶，上民冢柏及榆树上为巢，桐柏②为多。巢中无子，皆有干鼠矢③数升。时议臣以为恐有水灾。鼠，盗窃小虫，夜出，昼匿。今正昼去穴而登木，象贱人将居贵显之占。桐柏，卫思后④园所在也。其后赵后⑤自微贱登至尊，与卫后同类。赵后终无子而为害。明年，有鸢⑥焚巢杀子之象云。京房《易传》曰："臣私禄罔干⑦，厥妖鼠巢。"

注释

①汉成帝：刘骜，前33年到前7年在位。

汉成帝建始四年，即前29年。

②桐柏：地名，在长安城南。

③鼠矢：鼠的粪便。矢，通"屎"。

④卫思后：卫子夫，汉武帝的第二任皇后，原是汉武帝的姐姐平阳公主家的歌女，后被汉武帝招入宫中，生戾太子。戾太子被人以"巫蛊"之名陷害，为自保而起兵，最后失败自杀。卫子夫被废去后位，她不堪羞辱而自杀。

⑤赵后：即赵飞燕，是西汉汉成帝的皇后和汉哀帝时的皇太后。本是歌舞女，成帝时入宫，后被立为皇后。平帝即位后，赵飞燕被废为庶人，自杀而亡。

⑥鸢：老鹰。

⑦罔：不法。干：求，求取。

译文

汉成帝建始四年九月，长安城南有老鼠衔着稻麦秆和柏树叶，爬上百姓墓地的柏树及榆树上做窝，特别是桐柏那个地方最多。那些窝里没有小老鼠，只有几升的干老鼠屎。当时负责建言立议的大臣认为可能要发生水灾。老鼠是偷东西的小动物，晚上出来白天躲藏。当时是白天，老鼠却离开鼠穴爬到树上去，那是卑贱的人将要居于显贵地位的预兆。桐柏是卫皇后陵园所在地。在那个怪异现象发生以后，果然赵皇后从卑贱的地位登上了尊贵的后位，这与卫皇后的事情相似。赵皇后最终因没有子女而自杀。听说第二年，就有老鹰烧掉鸟巢而杀死小鹰的现象。京房《易传》说："臣下私自谋俸禄而不以正当的方式向朝廷求取，就会出现老鼠在树上做窝的现象。"

十三 木生人状

成帝永始元年二月[①]，河南街邮樗树生枝如人头[②]。眉目须皆具，亡发耳。至哀帝建平三年十月[③]，汝南西平遂阳乡[④]有材仆地，生枝如人形。身青黄色，面白，头有髭发，稍长大，凡长六寸一分。京房《易传》曰："王德衰，下人将起，则有木生为人状"。其后有王莽之篡。

注释

①成帝永始元年：前16年。

②河南：郡名，治所在今河南洛阳市东北。街邮：据《水经注》中记载："梓泽西有一原，即街邮也。"梓泽，晋代石崇的别墅"金谷园"的别称，故址在今河南省孟县境内。樗树：即臭椿。

③哀帝建平三年：即前4年。

④汝南：郡名，治所在今河南上蔡西南。

西平：县名，在今河南西平县。

译文

汉成帝永始元年二月，河南郡街邮有一棵樗树长出像人头一样的树枝，那树枝有眉毛、眼睛、胡须，只是没有头发。汉哀帝建平三年十月的时候，汝南郡西平县遂阳乡有一棵树倒在地上，长出的树枝也像人的形状，身上是青黄色，脸是白色，头上有胡须头发，后来渐渐长大，共有六寸一分长。京房《易传》说："君王德行衰落，地位卑贱的人兴起，就有树长成人的样子。"那以后就出现了王莽篡位的事情。

十四 儿啼腹中

哀帝建平四年四月，山阳方与[①]女子田无啬生子。未生二月前，儿啼腹中。及生，不举[②]，葬之陌上。后三日，有人过，闻儿啼声，母因掘收养之。

注释

①山阳，古郡名，治所在今山东金乡县西北。

方与：古县名，故城在山东鱼台县北。

②举：抚养。

译文

汉哀帝建平四年四月，山阳郡方与县的女子田无啬生了个小孩。这孩子在出生前两个月的时候，就在母亲的肚子里啼哭，等生下来后，田无啬不敢养他，就把他埋在了路边。三天之后，有个人经过那里，竟然听见那孩子的哭声，于是他的母亲就把土掘开，收养了这个孩子。

十五 西王母传书

哀帝建平四年夏，京师①郡国民聚会里巷阡陌②，设张博具③歌舞，祠西王母。又传书曰："母告百姓，佩此书者不死。不信我言，视门枢下④，当有白发。"至秋乃止。

注释

①京师：这里指京畿地区，即京都及其附近的地区。

②里巷：街巷、胡同。阡陌：田间小路。

③博具：古代的博戏用具。

④门枢：门扇的转轴。

译文

汉哀帝建平四年的夏天，京城以及郡国的老百姓在街巷和大小道路上聚会，设置博戏游戏，载歌载舞地祭祀西王母。又传递文书说："西王母告诉老百姓，佩带这文书的就不会死去。如果不相信我的话，看看门的转轴下，那里一定会有白头发。"这个活动到秋天才结束。

十六 男子化为女人

哀帝建平中，豫章[①]有男子化为女子，嫁为人妇，生一子。长安陈凤曰："阳变为阴，将亡继嗣，自相生之象"。一曰："嫁为人妇，生一子者，将复一世乃绝。"故后哀帝崩，平帝没[②]，而王莽篡焉。

注释

①豫章：郡名，治所在今江西南昌。

②没：同"殁"。死亡。

译文

汉哀帝建平年间，豫章郡有个男人变成了女人，还出嫁作了别人的妻子，并生了一个孩子。长安人陈凤说："男人变成女人，他家里就没有了传宗接代的继承人，这是自己保存自己的象征。"另一种说法是："嫁给别人当妻子，还生了一个孩子，这预示着再过一代才会断代。"所以后来在汉哀帝去世，汉平帝也死后，王莽就篡夺了帝位。

十七 人死复生

汉平帝元始元年[1]二月，朔方[2]广牧女子赵春病死。既棺殓，积七日，出在棺外。自言见夫[3]死父，曰："年二十七，汝不当死。"太守谭[4]以闻，说曰："至阴为阳，下人为上。厥妖人死复生。"其后王莽篡位。

注释

①汉平帝元始元年：即1年。

②朔方：郡名，治所在今内蒙古杭锦旗北。

广牧：县名，在朔方故城西。

③夫：指示代词，相当于"其"。

④谭：通"谈"。

译文

汉平帝元始元年二月，朔方郡广牧县的女子赵春病死了。已经入棺七天后，她却出现在了棺材外面。她说自己见到了死去的父亲，并对她说："你才二十七岁，还不应该死。"人们是在朔方太守谈论的时候知道这件事的。有人解说这个事情说："极盛的阴气转变为阳气，地位低下的人占据上位，那就会发生死而复生这样怪异的事情。"那以后就有王莽篡夺皇位的事发生。

十八 儿生两头

汉平帝元始元年六月，长安有女子生儿，两头两颈，面俱相向，四臂共胸，俱前向，尻[①]上有目，长二寸所[②]。京房《易传》曰："'睽孤，见豕负涂[③]。'厥妖人生两头。下相攘善[④]，妖亦同。人若六畜，首目在下，兹谓亡上，政将变更。厥妖之作，以谴失正，各象其类。两颈，下不一也；手多，所任邪也。足少，下不胜任，或不任下也。凡下体生于上，不敬也；上体生于下，媟渎[⑤]也。生非其类，淫乱也；人生而大，上速成也；生而能言，好虚也。群妖推此类。不改，乃成凶也。"

注释

①尻kāo：臀部。

②所：大约。

③睽孤：离家在外的孤儿。负涂：置身泥泞之中。

"睽孤，见豕负涂"是《周易》第三十八卦睽卦的爻辞。

④攘善：即掠人之美。

⑤媟渎xièdú：轻慢冒失，行为放荡。

译文

汉平帝元始元年六月，长安有个女人生了儿子。这孩子有两个头两个脖子，脸互相对着，四条手臂长在一个胸膛上，都面向前，臀部长着眼睛，眼睛有二寸左右长。京房《易传》说："'离家在外的孤儿，看见猪趴在泥土中。'这是发生一人长两个头这种怪事的征兆。臣子互相侵占功绩，也会出现与此相同的反常现象。人或马、牛、羊、鸡、狗、猪等六畜的头和眼睛长在下面，这代表国君将要死亡，预示着政权将会变动。那反常的现象出现，是为了谴责君主丧失了正道，这些反常现象分别象征君主相应的失误。两个脖子，象征臣子不齐心；手多，象征所任用的人很邪恶；脚少，象征臣子不能胜任官职，或君主没有好好任用臣子。凡是身体下面的器官长在上面，就象征不恭敬；上面的器官长在下面，象征轻慢冒失；生下与母体不同类的东西，象征淫乱；人生下来个体就很大，象征君主急于求成；人生下来就会说话，象征君主喜欢虚言。各种反常现象都可依此推论出会发生的事情。如果君主还不改正错误，就会酿成灾祸了。”

十九 赤厄三七

汉灵帝数游戏于西园中[①]，令后宫采女为客舍主人，身为估服[②]，行至舍，问采女下酒食，因共饮食，以为戏乐。是天子将欲失位，降在皂隶[③]之谣也。其后天下大乱。

古志有曰："赤厄三七[④]。"三七者经二百一十载，当有外戚之篡，丹眉之妖。篡盗短祚[⑤]，极于三六，当有飞龙之秀[⑥]，兴复祖宗。又历三七，当复有黄首之妖，天下大乱矣。自高祖建业，至于平帝之末，二百一十年而王莽篡，盖因母后之亲。十八年而山东贼樊子都等起[⑦]，实丹其眉，故天下号曰"赤眉。"于是光武以兴祚[⑧]，其名曰秀。至于灵帝中平元年而张角起[⑨]，置三十六方，徒众数十万，皆是黄巾，故天下号曰"黄巾贼"。至今道服，由此而兴。初起于邺，会于真定[10]，诳惑百姓曰："苍天已死，黄天立。岁名甲子年，天下大吉。"起于邺者，天下始业也，会于真定也，小民相向跪拜趋信。荆、扬尤甚。乃弃财产，流沉道路，死者无数。角等初以二月起兵，其冬十二月悉破。自光武中兴至黄巾之起，未盈二百一十年，而天下大乱，汉祚废绝，实应三七之运。

注释

①汉灵帝：刘宏，东汉皇帝，168年到189年在位。

西园：汉代上林苑的别名。

②采女：在汉代宫廷中，原指三等的宫女。

估服：商人穿的衣服。估，商贩。

③皂隶：古代贱役。

④赤厄三七：根据董仲舒的"五德终始说"，汉朝为火德，色为赤。所以汉朝的厄运称为"赤厄"。三七：这里的"三七"，指二百一十年。正好是"三七"之积的十倍。

⑤短祚：谓皇帝在位年限很短。

⑥飞龙之秀：指光武帝刘秀。

⑦樊子都：即樊崇、刁子都。新莽末年著名农民起义领袖，赤眉军首领。

⑧光武：光武帝刘秀。东汉开国皇帝，25到57年在位。

兴：使兴盛。祚：皇位。

⑨灵帝中平元年：即184年。张角：东汉末年钜鹿（今河北平乡）人。东汉末年农民起义军"黄巾军"的领袖，太平道的创始人。

⑩邺：古都邑名，在今河北临漳县西南邺镇东。

真定：古郡名，治所在今河北正定南。

译文

汉灵帝经常在西园里游戏，他叫后宫的三等宫女扮作旅馆的主人，自己穿上商人的衣服，来到这旅馆里，让这些宫女端出酒菜，并与她们一起吃喝，以此嬉戏取乐。这是天子快要失去皇位，下降到奴仆地位的流言。从那以后天下就大乱了。

古书上有记载说："汉朝的灾难在三七。"所谓三七，就是说经过二百一十年，会有外戚篡权，以及红眉毛的妖孽。篡权的乱臣贼子在位时间很短，最多维持十八年，就会有贤君刘秀，复兴祖宗的事业。又经过二百一十年，又会出现黄头的妖孽，天下就大乱了。从汉高祖建立帝业，到汉平帝末年，经历了二百一十年而有王莽篡权，他凭借的是皇后亲戚的身份。十八年后，山东有强盗樊崇、刁子都等人起兵，他们用红砂涂染他们的眉毛，所以天下都把他们叫做"赤眉"。在这个时候有光武帝起来复兴汉朝的国统，他的名字叫秀。到汉灵帝中平元年，张角起兵，他把军队分设为三十六方，有信徒几十万，都戴黄色的头巾，所以天下称为"黄巾贼"，传到今天的道教服装便是从那时兴起来的。张角等人开始在邺县起兵，后来到真定会师，欺骗迷惑百姓说："青天已经死去，黄天就要建立，甲子年那一年，天下将大吉。"从邺县起兵，象征天下的基业重新开始。到真定会师的时候，百姓都向他们下跪行礼，投奔他们，信奉他们的教义。荆州、扬州的老百姓特别厉害，竟抛弃了家产，奔波在路上，死了无数的人。张角等人开始在二月起兵，那年冬天十二月便全部被击溃了。从光武帝中兴，到黄巾军起兵，还不满二百一十年，而天下大乱，汉朝的国统废止，这确实是应验了"三七"的气数。

二十 夫妇相食

灵帝建宁三年春①，河内有妇食夫，河南有夫食妇②。夫妇，阴阳二仪有情之深者也。今反相食，阴阳相侵，岂特日月之眚③哉！灵帝既没，天下大乱，君有妄诛之暴，臣有劫弑之逆，兵革相残，骨肉为雔④，生民之祸极矣。故人妖为之先作。而恨不遭辛有、屠乘之论⑤，以测其情也。

注释

①灵帝建宁三年：即170年。

②河内：黄河以北。河南：黄河以南。

③眚shěng：灾异。④雔chóu：同“仇”。

⑤辛有：周朝的大夫。周平王迁都洛阳时，大夫辛有在伊水附近看到一个披发的人在野外祭祀。披发是戎族的风俗习惯，辛有据此预言这地方必将沦为戎人所有。屠乘：当是“屠黍”，春秋时期晋国的太史，见晋公骄无德义而归周。

译文

汉灵帝建宁三年春天，黄河以北发生了妻子吃丈夫的事，黄河以南发生了丈夫吃妻子的事。夫妻本是阴阳相配的事物中，具有深厚情谊的存在。现在夫妻之间反而互相吞食，这是阴阳双方在互相侵犯，这哪里只是日月的灾祸呢！汉灵帝死了，天下大乱，君主有乱杀臣民的暴虐行为，臣下有劫持杀害君主的叛逆行径，君臣起兵互相残杀，骨肉之亲成为仇人，人民的灾难到了极点，所以先发生了这样的人间怪事。遗憾的是没有碰上辛有、屠黍所发表的那种预言，用来推测那以后的情况。

二十一 虎贲寺东壁黄人

灵帝熹平二年六月[①]，洛阳民讹言：虎贲寺[②]东壁中有黄人，形容须眉良是[③]。观者数万，省[④]内悉出，道路断绝。到中平元年二月[⑤]，张角兄弟起兵冀州，自号“黄天”。三十六方，四面出和，将帅星布，吏士外属[⑥]。因其疲馁，牵而胜之。

注释

①灵帝熹平二年：即173年

②虎贲bēn寺：古寺名，在今洛阳。

③良是：确实，很清楚的样子。

④省：古代的王宫禁地。

⑤中平元年：即184年。

⑥外属：外家亲属，这里指一些官吏做张角的内应。

译文

汉灵帝熹平二年六月，洛阳的老百姓谣传说：“虎贲寺的东面墙壁中有黄人，容貌胡须眉毛都长得很端正。”有几万人去那里看，连宫中的人也都去看，道路都被堵塞了。到中平元年二月，张角兄弟在冀州起兵，自称“黄天”。他们分兵三十六方，各地都出来响应，将军元帅星罗棋布，也有官吏支持他们。后来是乘他们疲倦而又饥饿的时候，才牵制并打败了他们。

二十二 草作人状

光和七年[①]，陈留济阳、长垣，济阴，东郡，冤句、离狐界中[②]，路边生草，悉作人状，操持兵弩。牛马龙蛇鸟兽之形，白黑各如其色，羽毛、头、目、足、翅皆备，非但仿佛，像之尤纯。旧说曰：“近草妖也。”是岁有黄巾贼起，汉遂微弱。

注释

①光和七年：指汉灵帝光和七年，即184年。

②陈留：郡名，济阳、长垣是陈留的属地。济阳：治所在今河南兰考北。长垣：今河南长垣县。济阴：郡名，治所在今山东定陶县西北。东郡：郡名，治所在今河南濮阳西南。冤句：古县名，治所在今山东曹县西北。离狐：古县名，故城在今河北东明县东南。

译文

光和七年，陈留郡的济阳县、长垣县，济阴郡和东郡，冤句县、离狐县界内，路边生出的草，有的长成了人的形状，还拿着兵器弓箭。还有草长成牛马龙蛇鸟兽的形状，或白或黑都像它们应有的颜色，羽毛、头、眼睛、脚、翅膀都具备，不仅仅是相似，而是特别相像。过去有人说：“这是草在作怪。”这一年有黄巾军起义，汉朝从此就衰弱了。

二十三 怀陵万雀乱斗相杀

中平三年[1]八月中，怀陵[2]上有万余雀，先极悲鸣，已因乱斗相杀，皆断头，悬着树枝枳棘[3]。到六年，灵帝崩。夫陵者，高大之象也；雀者，爵也。天戒若曰："诸怀爵禄而尊厚者，还自相害，至灭亡也。"

注释

①中平三年：即186年。

②怀陵：汉冲帝的陵墓，在河南洛阳东北。

③枳棘：枳木和棘木，都是带刺的灌木或小乔木。

译文

中平三年八月中旬，怀陵上有一万多只麻雀，先是非常悲哀地鸣叫，接着便胡乱地搏斗，互相残杀，结果都断了头，悬挂在树枝与荆棘丛上。到中平六年，汉灵帝就去世了。陵，是高大的象征；雀，是爵位的意思。上天大概是要告诫人们说："那些享有爵位俸禄而且地位尊贵的人，很快会自相残害，直到灭亡。"

二十四 京师谣言

灵帝之末，京师谣言曰："侯非侯，王非王。千乘万骑上北邙[①]。"到中平六年，史侯登蹑至尊[②]，献帝未有爵号，为中常侍[③]段圭等所执。公卿百僚，皆随其后，到河上，乃得还。

注释

①北邙：即北邙山，汉代王侯贵族多葬在北邙山，此指不吉利的事。

②史侯：东汉少帝刘辩幼年的别称。因为小时候被寄养在道人史子助家，故号曰"史侯"。

登蹑：晋升职位。至尊：指天子之位。

③中常侍：官名，皇帝的近臣，服侍左右，职掌顾问应对。东汉时，专用宦官任此职位，权力极大。

译文

汉灵帝末年，京城流传的歌谣说："侯不是侯，王不是王，千乘万骑上北邙。"到中平六年，史侯刘辩登上了天子之位，汉献帝当时还没有封爵号，他们被中常侍段圭等劫持。公卿百官，只好都跟在他们后面，一直到黄河边上，两位皇帝才被追回。

卷七

一 开石文字

初，汉元、成之世，先识之士有言曰："魏年有和[①]，当有开石于西三千余里，系五马，文曰：'大讨曹。'"及魏之初兴也，张掖之柳谷[②]，有开石焉。始见于建安[③]，形成于黄初，文备于太和，周围七寻，中高一仞[④]。苍质素章[⑤]，龙、马、鳞、鹿、凤凰、仙人之象，粲然咸著[⑥]。此一事者，魏、晋代兴之符也。至晋泰始三年[⑦]，张掖太守焦胜上言："以留郡本国图校[⑧]今石文，文字多少不同，谨具图上。"案其文有五马象：其一，有人平上帻[⑨]，执戟而乘之；其一，有若马形而不成。其字有"金"，有"中"，有"大司马"，有"王"，有"大吉"，有"正"，有"开寿"；其一成行，曰："金当取之[⑩]。"

注释

①魏年有和：这里指魏明帝太和年号。

②张掖：古郡名，其治所在今张掖西北。
柳谷：在今民乐县南古乡柳谷村。

③建安：东汉末年汉献帝的年号，时间约在196年到220年。
黄初：三国时期魏文帝曹丕的年号，时间约在220年到226年。太和：魏明帝年号，时间约在227年到232年。

④周围：指石头的宽度。寻：古代的长度单位，八尺为一寻。仞：古代的长度单位，七尺或八尺为一仞。

⑤苍：深青色。素：本色，白色。章：花纹，文采。

⑥粲然：清楚、明白的样子。咸：全，都。

⑦晋泰始三年：即267年。泰始，晋武帝年号。

⑧留郡本国图：根据《三国志集解》引《隋书·经籍志》："张掖郡玄石图一卷，高堂隆撰。"这里指的是玄石图。

⑨平上帻zé：魏晋时武官所戴的头巾，因帻上平如屋顶而得名。

⑩金当取之：指金德的晋王朝将会取代魏王朝。

译文

当初，在汉元帝、汉成帝的时代，有能预言的人说过这样的话："魏朝的年号到太和时，在西边三千多里的地方会有裂开的石头，上面有五匹马的图案，还有'大讨曹'这几个字。"等到魏国刚兴起的时候，张掖郡的柳谷就出现了裂开的石头。这石头在建安年间开始出现，在黄初年间形成，在太和年间花纹图像就齐备了。它的周长有七寻，中间高一仞。青色的质地，白色的花纹，龙、马、麟、鹿、凤凰、仙人的图像，都清楚地附着在上面。这件事，就是魏朝被废替、晋朝兴起的符命。到晋朝泰始三年，张掖郡太守焦胜上奏说："用留在本郡的玄石图图谶校对现在石头上的花纹图形，文字多少有些不同。现在我谨把这些花纹都描摹在此，呈上给您察看。"审察那花纹图形，可以看到有五匹马的形象：其中一匹马，有一个人戴着头巾、手握着戟骑在马上；另外一匹，有点像马的形状，但又不完全像马。那图上的字有"金"，有"中"，有"大司马"，有"王"，有"大吉"，有"正"，有"开寿"；其中还有一些字排成一行，连起来就是："金当取之。"

二 翟器翟食

胡床，貊槃，翟之器也①。羌煮，貊炙，翟之食也②。自泰始以来，中国尚之③。贵人富室，必畜④其器，吉享嘉宾，皆以为先。戎翟⑤侵中国之前兆也。

注释

①胡床：亦称“交床”“交椅”“绳床”，是一种可以折叠的轻便坐具，并不是床，类似于现在的马扎。

貊槃：古代貊族装食物的盛器。貊，古代北方的少数民族。

翟：通“狄”。古代北方各族的泛称。

②羌煮：一种用羌族的烹饪方法煮制的食物。

羌，古代的少数民族。炙：烤肉。

③中国：指中原地区。尚：推崇。

④畜：通“蓄”。储藏。

⑤戎：古代西北各族的泛称。

译文

胡床、貊槃，是北狄的器具。羌煮、烤肉，是北狄的食物。从晋武帝泰始年间以来，中原地区开始推崇这些东西。贵族豪富之家，一定备有胡床、貊槃等器具，有喜事请客，都先把羌煮、烤肉等端出来。这是西戎、北狄入侵中原地区的先兆。

三 二龙见武库

太康五年[①]正月，二龙见武库井中。武库者，帝王威御之器所宝藏也。屋宇邃密[②]，非龙所处。是后七年，藩王相害。二十八年，果有二胡[③]，僭窃神器，皆字曰“龙”。

注释

①太康五年：即284年。

②邃密：幽深、深邃。

③二胡：即石勒、石虎。石勒字世龙，石虎字季龙。

译文

太康五年正月，有两条龙出现在武库的井里。武库，是帝王珍藏威慑防御器械的宝地。武库的房屋幽深隐蔽，不是龙应该待的地方。这事发生后七年，诸侯王互相残害。又过了二十八年，果然有两个胡人妄图窃取帝位，他们的名号都是“龙”。

四 两足虎

晋武帝太康六年，南阳获两足虎。虎者，阴精而居乎阳，金兽[①]也。南阳，火名也。金精入火而失其形，王室乱之妖也。其七年十一月景辰[②]，四角兽见于河间[③]。天戒若曰：“角，兵象也；四者，四方之象。当有兵革起于四方。”后河间王遂连四方之兵，作为乱阶[④]。

注释

①金兽：五行中的金，与之相对的为白虎，虎为金兽。

②景辰：丙辰。③河间王：即司马颙。

④乱阶：社会动荡，发生战争。

译文

晋武帝太康六年，南阳郡有人猎取到两只脚的老虎。老虎，是处于阳间的阴气之精，是金兽。南阳是火的名称。金的精气进入火而丧失了它原有的形状，这是晋王室发生叛乱的凶兆。太康七年十一月丙辰日，在河间国出现四只角的野兽。上天警示人民说："角，是用兵的象征；四，是四方的象征。所以一定会有战乱在四方发生。"后来河间王司马颙就联结四方的军队，引起了动乱。

五 武库现鲤

太康中，有鲤鱼二枚现武库屋上。武库，兵府；鱼有鳞甲，亦是兵之类也。鱼既极阴，屋上太阳[①]，鱼现屋上，象至阴以兵革之祸干[②]太阳也。及惠帝初，诛皇后父杨骏，矢交宫阙[③]。废后为庶人，死于幽宫[④]。元康[⑤]之末，而贾后[⑥]专制，谤杀太子，寻亦诛废。十年之间，母后之难再兴，是其应也。自是祸乱构矣。京房《易妖》曰："鱼去水，飞入道路，兵且作。"

注释

①太阳：极阳，至阳。

②干：冒犯，冲犯。

③惠帝：即晋惠帝司马衷，290至306年在位。

杨骏：字文长，晋武帝皇后的父亲。

④幽宫：深宫。⑤元康：晋惠帝的年号。

⑥贾后：惠帝的皇后，晋朝大臣贾充的女儿。

译文

太康年间，有两条鲤鱼出现在武库的屋上。武库是藏兵器的库房；鱼有鳞甲，也是兵器的象征。鱼是极盛的阴气，而房屋上是极盛的阳气，鱼出现在房屋上，是象征极阴的东西因为兵乱的灾祸而冲犯了极阳。到晋惠帝初年，诛杀晋武帝杨皇后父亲杨骏，当时宫中兵箭相交。杨皇后被废黜为平民，死在了被幽禁的宫室中。元康末年，贾后独揽大权，诽谤并杀害了太子，不久自己也被废黜诛杀。十年之间，皇后的灾难发生了两次，这正是鲤鱼出现在武库屋上的应验。从那个时候起，晋王朝的灾祸便已形成了。京房《易妖》说："鱼离开了水，飞到道路上，将会有兵乱发生。"

六 《晋世宁》舞

太康中，天下为《晋世宁》之舞。其舞，抑手以执杯盘而反复之[①]。歌曰："晋世宁，舞杯盘。"反复，至危也；杯盘，酒器也。而名曰"晋世宁"者，言时人苟且[②]饮食之间，而其智不可及远，如器在手也。

注释

①抑：向下压。反复：颠过来倒过去。

②苟且：只顾眼前，得过且过。

译文

太康年间，天下流行一种名为《晋世宁》的舞蹈。跳这种舞的时候，要向下压着手臂拿着杯盘，然后把杯盘翻来倒去地舞弄。有歌唱道："晋代安宁，舞弄杯盘。"颠来倒去，是极其危险的；杯盘，是饮酒用的器具。这种舞被叫做"晋世宁"，是说当时的人只图眼前的吃喝玩乐，得过且过，他们的智谋就像酒器握在手中那样，不能考虑到远大的事情。

七 妇人佩兵

晋惠帝元康中，妇人之饰有五佩兵①。又以金、银、象、角、玳瑁之属为斧、钺、戈、戟而载之，以当笄②。男女之别，国之大节故服食异等。今妇人而以兵器为饰，盖妖之甚者也。于是遂有贾后之事③。

注释

①佩兵：以兵器为配饰。

②玳瑁：亦作"瑇瑁"，是一种形似龟的爬行动物。这里的"玳瑁"指玳瑁的甲壳。

钺：古代的兵器，形似长柄的斧头。

戈：古代的一种兵器，横刃，用青铜或铁制成，装有长柄。

戟：也称"棘"，是将戈和矛结合在一起，具有勾和刺双重功能的格斗兵器，杀伤力比戈和矛都要强。

笄：古代用来插住挽起的头发的一种簪子。

③贾后之事：指惠帝的贾皇后专政十年的事情。

译文

晋惠帝元康年间，妇女的饰品中有仿照五种兵器形状而制成的配饰；又用金、银、象牙、兽角、玳瑁之类的材料做成斧、钺、戈、戟等样式，把它们当做簪子来佩带。男女有别，是国家的重大礼节，所以男女之间的衣食都不同。现在妇女把兵器作为饰品，这是极其反常的事。于是就发生了贾后的事情。

八 乌杖柱掖

元康中，天下始相效为乌杖以柱掖①。其后稍施其镦，住则植之②。及怀、愍之世③，王室多故，而中都丧败。元帝以藩臣树德东方，维持天下，柱掖之应也④。

注释

①乌杖：杖头做成乌形的拐杖。

柱：通“拄”。支撑。掖：胳肢窝，后作“腋”。

②镦duì：平底的金属套。植：竖立。

③怀、愍之世：即晋怀帝司马炽和晋愍帝司马邺统治的时候。

④柱掖之应：《晋书·五行志》对此解释说：“夫木，东方之行，金之臣也。杖者扶体之器，乌其头者，尤便用也。必旁柱掖者，旁救之象也。施其金，柱则植之，言木因于金，能孤立也。”

译文

元康年间，天下的人开始互相仿效制作乌头拐杖，用来支撑胳膊。后来又逐渐在这种拐杖的末端加上了一个平底的金属套，走路停下来的时候就用它支撑着。到怀帝、愍帝的时候，晋王朝多事变，京都也败落了。晋元帝以诸侯王的身份，在东方树立德行，维持晋王朝的统治，这是拐杖支撑胳肢窝的应验。

九 牛能言

太安中[①]，江夏功曹[②]张骋所乘牛忽言曰："天下方乱，吾甚极[③]为，乘我何之？"骋及从者数人皆惊怖。因绐之曰："令汝还，勿复言。"乃中道还。至家，未释驾[④]，又言曰："归何早也？"骋益忧惧，秘而不言。安陆县有善卜者，骋从之卜。卜者曰："大凶。非一家之祸，天下将有兵起。一郡之内，皆破亡乎！"骋还家，牛又人立而行，百姓聚观。其秋张昌[⑤]贼起，先略江夏，诳曜[⑥]百姓以汉祚复兴，有凤凰之瑞，圣人当世。从军者皆绛抹头，以彰火德之祥，百姓波荡，从乱如归。骋兄弟并为将军都尉。未几而败。于是一郡破残，死伤过半，而骋家族矣。京房《易妖》曰："牛能言，如其言。占吉凶。"

注释

①太安：晋惠帝的年号，约在302年到303年。

②江夏：古郡名，治所在今湖北云梦县。功曹：官名，也称功曹史。功曹是郡守、县令的佐吏，主管人员选用等。

③极：着急。④释驾：解下拉车的牲口。

⑤张昌：今河南新野人，西晋末年农民起义军首领。起义军失败后，在湖南沅陵东北被捕杀。

⑥诳曜：欺骗迷惑。

译文

太安年间，江夏郡功曹张骋拉车的牛忽然开口说话道："天下将要大乱，我很着急。你让我拉车去什么地方？"张骋和他的几个随从都感到很害怕，就骗它说："让你回去，你别再说话了。"于是半路上就转回去了。回到家以后，还没有卸下车驾，牛又说道："为什么要回来这么早呢？"张骋更加害怕了，便隐藏这件事不跟外人说。安陆县有个善于占卜的人，张骋就找他占卜。占卜的人说："这是大凶的征兆。这不是你一家一户的灾难，而是国家将有战乱发生，整个郡都要毁灭啊！"张骋回到家里，那牛又像人一样站起来行走，人们都来围观。那年秋天，张昌就起兵造反了，他先占据了江夏郡，又欺骗迷惑老百姓说是汉朝的国统又要兴盛了，有凤凰来临的吉兆，圣人将要当道。参加造反的人都用红颜色来涂抹额头，用来显示火德的吉兆。老百姓人心动荡，跟着他造反的人就像回家一样积极。张骋兄弟两人都任将军都尉的职务，不久就被打败了。由于这次叛乱江夏整个郡都被破坏损毁，死伤的人数超过了一半，而张骋整个家族都被毁灭。京房《易妖》说："牛能说话，就会发生跟它说的话一样的事情，它的话可以用来占卜吉凶。"

十 败屩聚道

元康、太安[①]之间，江、淮之域，有败屩[②]自聚于道，多者至四五十量[③]。人或散去之，投林草中，明日视之，悉复如故。或云："见狸[④]衔而聚之"。世之所说："屩者，人之贱服，而当劳辱，下民之象也。败者，疲弊之象也。道者，地里[⑤]，四方所以交通，王命所由往来也。

今败屩聚于道者，象下民疲病，将相聚为乱，绝四方而壅[6]王命也。”

注释

①元康、太安：晋惠帝的年号，约在291年到303年。

②败屩jué：破旧的草鞋。

败，破旧、腐烂。屩，古代一种草编的鞋。

③量：量词，双。

④狸：野猫。

⑤地里：《太平御览》作“地理”，即大地的纹理。

⑥壅：阻塞。

译文

元康、太安年间，长江、淮河流域，有破草鞋自己积聚在道路上，多的地方竟达四五十双。人们有时把它们分散开扔进树林草丛中。第二天再去看的时候，又全部都像原来一样聚集在了一起。有人说看见野猫衔草鞋，并把它们积聚在一起。但是社会上流传的说法是：“草鞋，在人的穿着中地位低贱，它（被踩在脚下）劳苦受辱，是平民百姓的象征。破，是穷乏破败的象征。道路，是大地的纹理，四方各地依靠它来交往连接，帝王的命令也靠它来传送。现在破草鞋积聚在道路上，象征着老百姓疲乏困苦，将互相聚集起来造反，断绝各地的交往，并阻断圣旨的传达。”

十一 无颜帢

昔魏武军中无故作白帢[①]，此缟素[②]凶丧之征也。初，横缝其前以别后，名之曰“颜帢”，传行之。至永嘉[③]之间，稍去其缝，名“无颜帢”。而妇人束发，其缓弥[④]甚，紒[⑤]之坚不能自立，发被于额，目出而已。无颜者，愧之言也。覆额者，惭之貌也。其缓弥甚者，言天下亡礼与义，放纵情性，及其终极，至于大耻也。其后二年，永嘉之乱[⑥]，四海分崩，下人悲难，无颜以生焉。

注释

①帢qià：古代戴的一种丝织的便帽，相传为曹操创制。

②缟素：白色丧服。

③永嘉：晋怀帝的年号，约在307年到313年。

④缓：松弛。弥：越来越。

⑤紒jì：束发为髻。

⑥永嘉之乱：指永嘉五年，匈奴攻陷洛阳，掳走晋怀帝的动乱。

⑥下人：百姓，人民。

译文

过去魏武帝的军队中，无缘无故地做起了白帽子，这是白色的丧服，是不吉利的征兆。一开始的时候，人们将这种白帽子的前面横向缝住，以与后面相区别，并把它称为“颜帢”，这种帽子一时就传播流行起来了。到永嘉年间，做这种帽子的时候渐渐地去掉了前面的缝，叫做“无颜帢”。妇女扎头发，扎得越来越松，发髻的硬度都不能使它竖立起来，头发披散在前额上，只有眼睛露出来而已。“无颜”，是惭愧之辞；盖住了前额，是惭愧的样子。那头发梳理得松弛，是说天下已没有了礼仪道德，放纵自己的性情到了极点，会造成奇耻大辱。从那以后，过了两年，就发生了永嘉之乱，国家分崩离析，老百姓悲苦遭殃，没有脸面再生活下去了。

十二 淳于伯冤死

晋元帝建武元年[①]六月，扬州大旱。十二月，河东地震。去年十二月，斩督运令史淳于伯[②]，血逆深上柱二丈三尺，旋复下流四尺五寸。是时，淳于伯冤死，遂频旱三年。刑罚妄加，群阴不附，则阳气胜之。罚，又冤气之应也。

注释

①晋元帝建武元年：即317年。

②斩督运令史淳于伯：淳于伯因为运输粮草超过规定时间而被司马睿下令斩首。

译文

晋元帝建武元年六月，扬州大旱。十二月，河东郡发生地震。上一年的十二月，督运令史淳于伯被斩杀，他的血倒流喷上柱子二丈三尺，接着又向下流淌了四尺五寸。当时淳于伯是冤屈而死，所以就连旱三年。刑罚滥用，阴气聚集无处归附，那么阳气就会大胜。连旱三年的惩罚，正是那冤气的感应。

十三 绛囊缚紒

太兴中[1]，兵士以绛囊缚紒。识者曰："紒在首为乾，君道也。囊者为坤，臣道也。今以朱囊缚紒，臣道侵君之象也。"为衣者，上带短，才至于掖；著帽者，又以带缚项。下逼上，上无地也[2]。为袴者，直幅为口，无杀，下大之象也。寻而王敦谋逆，再攻京师。

注释

①太兴：晋元帝的年号。太兴中，约在318年到321年。

②无地：无处容身。

③袴kù：同"裤"。

译文

太兴年间，士兵用红色袋子束发髻。有见识的人说："发髻在头上，属性为乾，是君道的象征。口袋属性为坤，是臣道的象征。现在用红色袋子束住发髻，是臣下侵犯君主的征兆。"当时做衣服，把上边的衣带做得很短，才到胳肢窝；戴帽子，又用帽带缚住脖子。这是下面逼迫上面，上面无处容身的象征。当时做裤子，直接用整幅宽的布做裤脚口，也不把裤脚收一下，这是下边壮大的象征。不久王敦就策划叛乱，并两次攻打京城。

十四 仪仗生花

太兴四年，王敦在武昌，铃下仪仗生花[①]，如莲花，五六日而萎落。说曰："《易》说：'枯杨生花，何可久也。'[②]今狂花[③]生枯木，又在铃阁[④]之间，言威仪之富，荣华之盛，皆如狂花之发，不可久也。"其后王敦终以逆命，加戮其尸。

注释

①仪仗：古代帝王、官员出行时护卫所持的旗、伞、扇、兵器等。

②枯杨生花，何可久也：这是《周易》大过卦的卦辞。

③狂花：不依照时节而开的花。

④铃阁：亦作"铃阁"，指翰林院以及将帅或州郡长官办事的地方。

译文

晋元帝太兴四年，王敦在武昌的时候，帅府的仪仗上开出花来，那花看起来像是莲花，五六天后就凋谢了。有人解说道："《易经》的象辞解释说'干枯的杨树开花，哪能长久呢'。现在狂花长在干枯的木头上，还是在帅府中，这是说威仪的富丽，荣华之盛，都像狂花的开放，不可能长久的。"后来王敦最终因为违抗君命而被杀，死后尸体还受了刑戮。

卷八

一 虞舜耕于历山

虞舜耕于历山[①]，得“玉历”于河际之岩[②]。舜知天命在己，体道不倦。舜龙颜大口[③]，手握褒。宋均[④]注曰：“握褒，手中有‘褒’字，喻从劳苦，受褒饬[⑤]，致大祚也。”

注释

①历山：地名，相传舜曾在这里耕种，但是具体在今天的什么地方，仍有争论，多认为在山东境内。

②玉历：相传由玉帝制定的记载着改朝换代日期的图谶。际：靠边的地方。

③龙颜：指眉骨圆起。

④宋均：魏时的博士，是东汉经学大师郑玄的弟子。

⑤饬chì：告诫，勉励。

译文

舜在历山耕种的时候，在黄河边的岩石上得到了“玉历”。舜知道天帝的意旨是把天下托付给自己，所以他就不知疲倦地努力行道。舜长得眉骨突起，嘴巴宽大，手握“褒”字。宋均注解说：“握褒，是手掌中握着‘褒’字。说明他出身劳苦，但后来受到褒扬和诫勉，以至得到帝位。”

二 商汤祈雨

汤[1]既克夏，人旱七年，洛川[2]竭。汤乃以身祷于桑林，剪其爪发，自以为牺牲[3]，祈福于上帝。于是大雨即至，洽[4]于四海。

注释

①汤：即商汤，起兵灭夏后建立商朝。

②洛川：即洛水，在今河南洛河。

③牺牲：古代祭祀用的家畜。

④洽：浸润，滋润。

译文

汤战胜了夏桀以后，天下大旱七年，洛水都干涸了。汤就在桑林用自己的身体向上天祷告，他剪掉了自己的指甲和头发，把自己当作祭祀用的牲畜，向上界天帝祈求降下福祉。于是马上就下起了大雨，湿润了天下的万物。

三 文王得太公望

吕望钓于渭阳[1]。文王出游猎，占曰："今日猎得一兽，非龙非螭[2]，非熊非罴[3]。合得帝王师。"果得太公于渭之阳，与语，大悦，同车载而还。

注释

①吕望：即"愿者上钩"的姜太公。渭阳：渭水的北面。

②螭chī：古代传说中一种没有角的龙。

③罴pí：熊的一种，也叫棕熊、马熊或人熊，毛棕褐色，能爬树游水。

译文

姜太公在渭河的北岸钓鱼。周文王要出去打猎，他在打猎前做的占卜说："今天将会猎获一只动物，既不是龙也不是螭，既不是熊也不是罴。应该会得到一个帝王的太师。"周文王果然在渭河的北岸发现了姜太公吕尚，周文王与他交谈，谈得十分高兴，就让他与自己乘坐同一辆车回去了。

四 武王伐纣

武王伐纣，至河上[①]。雨甚，疾[②]雷，晦冥[③]，扬波于河。众甚惧。武王曰："余在，天下谁敢干余者！"风波立济[④]。

注释

①河：这里指黄河。②疾：急剧而猛烈。

③晦冥：同"晦暝"。昏暗、阴沉。④济：停，止。

译文

周武王讨伐商纣王，来到黄河边上，雨下得很大，雷声猛烈，天昏地暗，黄河水波涛翻滚。大家都很害怕，周武王说："我在这里，天下有谁敢来冒犯我！"风浪马上停止了。

五 赤虹化黄玉

孔子修《春秋》，制《孝经》。既成，斋戒向北辰而拜[①]，告备于天。天乃洪郁[②]，起白雾摩地。赤虹自上而下，化为黄玉，长三尺，上有刻文。孔子跪受而读之，曰："宝文出，刘季[③]握。卯金刀，在轸[④]北。字禾子，天下服。"

注释

①斋戒：古人在祭祀前沐浴更衣、整洁身心，以示虔诚。

北辰：即北极星。

②洪郁：云气大量堆积。

③刘季：即汉高祖刘邦。

④轸zhěn：星名，二十八宿之一。

译文

孔子修订《春秋》，制作《孝经》。完成后，他斋戒，对着北极星的方向跪拜，向上天禀报他的成绩。于是天上开始集结起大雾，白色的大雾弥漫开来，一直碰到地面。有红色的虹从天上降下来，变成了黄色的玉，那玉有三尺长，上面雕刻着文字。孔子跪着接受了这块玉，又阅读那上面的文字，那上面写到："宝玉上的文字出世，天下要被刘季掌握。刘姓，位在轸星之北。刘姓而字季的人，天下的人都会归服他。"

六 陈宝祠

秦穆公时，陈仓①人掘地得物，若羊非羊，若猪非猪。牵以献穆公，道逢二童子，童子曰："此名为媪②，常在地食死人脑。若欲杀之，以柏插其首。"媪曰："彼二童子，名为陈宝。得雄者王，得雌者伯。"陈仓人舍媪逐二童子，童子化为雉，飞入平林。陈仓人告穆公，穆公发徒大猎，果得其雌。又化为石，置之汧、渭之间③。至文公时，为立祠，名陈宝。其雄者飞至南阳，今南阳雉县，是其地也，秦欲表其符④，故以名县。每陈仓祠时，有赤光长十余丈，从雉县来，入陈仓祠中，有声殷殷如雄雉。其后，光武起于南阳。

注释

①陈仓：县名，在今陕西宝鸡市东。

②媪ǎo：传说中的神兽。《晋太康地志》对其也有记载。

③汧qiān、渭之间：即汧水与渭水之间，在陈仓一带。

④符：古代指祥瑞的征兆。

译文

秦穆公的时候，陈仓县有人挖地时抓到一个怪物，像羊又不是羊，像猪又不是猪。这个人就牵着那东西想去献给秦穆公。在路上他碰到两个孩子，那孩子说："这东西叫媪，常常在地下吃死人的脑子。你如果想要杀掉它，就用柏树插进它的头。"媪说："那两个孩子名字叫陈宝。得到雄的就能称王天下，得到雌的就能称霸诸侯。”这个陈仓县人就舍弃了媪，去追赶那两个孩子。那两个孩子变成野鸡，飞进了平原上的树林。陈仓县的这人把这事告诉了穆公，穆公发动部下举行大规模的围猎，结果捕获了那只雌野鸡。但那雌野鸡又变成了石头，秦穆公就把它放置在汧水和渭水之间。到文公的时候，还为它建立了庙宇，庙名陈宝。那只雄野鸡飞到了南阳郡，现在的南阳郡雉县就是它降落的地方。秦国想表明自己受命于天的吉祥征兆，所以用它来命名那个县。每当陈仓县祭祀陈宝庙时，就有十多丈长的红光，从雉县那边过来，进入陈仓县的祠庙内，并发出雄野鸡的那种“殷殷殷”的声音。后来光武帝刘秀就是在南阳发迹的。

七 邢史子臣说天道

宋大夫邢史子臣明于天道①。周敬王之三十七年②，景公问曰：“天道其何祥？”对曰：“后五十年五月丁亥，臣将死。死后五年，五月丁卯，吴将亡。亡后五年，君将终。终后四百年，邾王天下。”俄而皆如其言所云。邾王天下者，谓魏之兴也。邾，曹姓，魏亦曹姓，皆邾之后。其年数则错。未知刑史失其数耶？将年代久远，注记者传而有谬也？

注释

①邢史子臣：人名，邢史是复姓。

②周敬王之三十七年：即前483年。

译文

宋国大夫邢史子臣懂得天象。周敬王三十七年，宋景公问他说："天象可有什么吉凶的征兆？"邢史子臣回答说："五十年后的五月丁亥日，我会死去。我死以后五年的五月丁卯日，吴国会灭亡。吴国灭亡后五年，您将会寿终。您逝世以后四百年，邾国将统治天下。"后来发生的事情大都像他说的那样。他所说的"邾国将统治天下"，是指曹魏的兴起。邾国是曹姓，魏国也是曹姓，魏国的曹氏都是邾国的后裔。不过，邢史子臣所说的年数却错了，不知道是把数字算错了呢？还是年代太久远，记录的人在传授过程中造成的错误？

八 荧惑星预言

吴以草创①之国，信不坚固，边屯守将，皆质②其妻子，名曰："保质。"童子少年以类相与娱游者，日有十数。孙休永安三年二月③，有一异儿，长四尺余，年可六七岁，衣青衣，忽来从群儿戏。诸儿莫之识也，皆问曰："尔谁家小儿，今日忽来？"答曰："见尔群戏乐，故来耳！"详而视之，眼有光芒，爚爚④外射。诸儿畏之，重问其故。儿乃答曰："尔恐我乎？我非人也，乃荧惑星⑤也，将有以告尔：三公归于司马。"诸儿大惊，或走告大人。大人驰往观之，儿曰："舍尔去乎！"耸身而跃，即以化矣。仰而视之，若曳一匹练⑥以登天。大人来者，犹及见焉。飘飘渐高，有顷而没。时吴政峻急，莫敢宣也。后四年而蜀亡，六年而魏废，二十一年而吴平，是"归于司马"也。

注释

①草创：开始兴办，创建。

②质：以……做人质。③永安三年：即260年。

④爚爚yuè：光彩耀日貌。

⑤荧惑星：即火星。⑥练：白绢。

译文

吴国因为是初次建立的国家，信用靠不住，所以边防上驻守的将领，都把他们的妻子儿女作为人质留在京城，这些人被叫做“保质”。这些留作保质的少年，因为都是做保质的，所以经常在一起玩耍，每天有十几个人一起玩。孙休永安三年三月，有一个高四尺多，年龄大约在六七岁，穿着青色的衣服的奇异小孩，忽然来跟孩子们玩耍。孩子们都不认识他，就问他：“你是谁家的小孩，为什么今天忽然来这里？”他回答说：“我看见你们成群结队地玩耍很快乐，所以我才来了。”孩子们仔细地打量他，只见他眼睛像火光一样，闪闪向外发光。孩子们都怕他，又反复问他的来历，那孩子才回答说：“你们怕我吗？我不是人，而是火星。我有件事要告诉你们：刘、曹、孙三公政权将会归属于司马。”孩子们大吃一惊，有的跑去告诉了自己的大人。大人便赶去看他。那孩子说：“我要离开你们走啦！”便纵身一跳，马上就消失了。抬头看他，只见他就像拖着一匹白色的熟绢一样飞上了天。跑过来的大人，赶上看见了他。只见那白绢越飘越高，一会儿就不见了。当时吴国的政局很紧张，所以没有人敢宣扬这件事。四年后，蜀国灭亡了；六年后，魏国被废除了；过了二十一年，吴国被平定。这就是那孩子所说的“刘、曹、孙三公政权归属于司马”啊。

九 戴洋梦神人

都水马武举戴洋为都水令史①，洋请急②还乡，将赴洛，梦神人谓之曰："洛中当败，人尽南渡。后五年，扬州必有天子③。"洋信之，遂不去。既而皆如其梦。

注释

①都水令史：即都水使者，职责是掌管灌溉、保守河渠。

②请急：请假。急，古代休假名。

③天子：指晋元帝司马睿。

译文

都水马武提拔戴洋任都水令史，戴洋请假回乡，准备去洛阳，睡梦中有仙人对他说："洛阳会陷落，人们都要渡江南下。再过五年，扬州一定会有天子。"戴洋相信这梦，就不去洛阳了。过了不久，就发生了像他的梦中一样的事情。

卷九

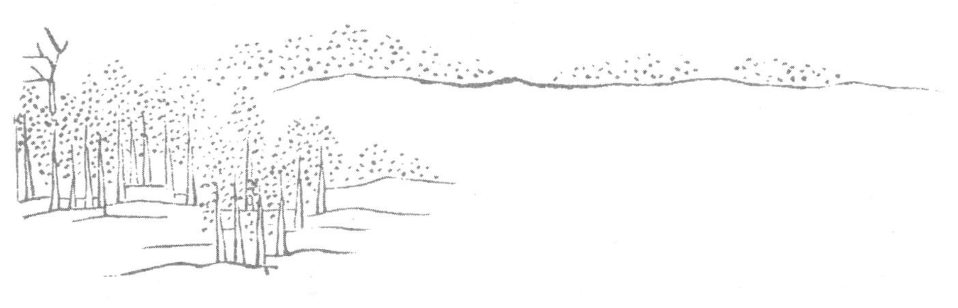

一 应妪见神光

后汉中兴[①]初，汝南有应妪[②]者，生四子而寡。昼见神光照社。妪见光，以问卜人。卜人曰："此天祥也。子孙其兴乎！"乃探得黄金。自是子孙宦学，并有才名。至场[③]，七世通显。

注释

①后汉中兴：即东汉"光武中兴"时期。

②妪：妇女。

③场：指应场，字德琏，东汉末文学家，建安七子之一。

译文

东汉中兴初年，汝南郡有一个应姓妇人，生了四个孩子以后便成了寡妇。有一天白天，一道神异的光出现，照进应家的祠堂里。应姓妇人看见了这光，便去问占卜的人。占卜的人说："这是上天降下的好兆头。你的子孙大概要兴旺发达了！"于是她在那神光照射的地方找到了黄金。从此以后，她的子孙做官治学，都很有才华和名声。到应场这一辈的时候，七代人都声名显赫。

二 冯绲绶笥有赤蛇

车骑将军巴郡冯绲[①]，字鸿卿，初为议郎，发绶笥[②]，有二赤蛇，可长二尺，分南北走，大用忧怖。许季山孙宪，字宁方，得其先人秘要。绲请使卜，云："此吉祥也。君后三岁，当为边将，东北四五千里，官以东为名。"后五年，从大将军南征。居无何，拜尚书郎、辽东太守、南征将军。

注释

①巴郡：郡名，治所在今重庆市北嘉陵江北。

②绶笥：装绶印的箱子。

译文

车骑将军巴郡人冯绲，字鸿卿。他起初任议郎的时候，有一次打开藏官印的箱子，看见箱内有两条赤色的蛇，大约长二尺，分别向南北两个方向爬走了。他非常担忧恐惧。许季山的孙子许宪，字宁方，得到祖上的奥义秘诀。冯绲求他替自己占卜。他占卜后说："这是吉祥的征兆。您三年后会当上边关守将，是在东北方四五千里地方，您的官名里将带有东字。"过了五年，冯绲跟随大将军南征。没过多久，他就官拜尚书郎、辽东太守、南征将军。

三 张氏传钩

京兆长安有张氏，独处一室，有鸠自外入，止于床。张氏祝曰："鸠来，为我祸也，飞上承尘①；为我福也，即入我怀。"鸠飞入怀。以手探之，则不知鸠之所在，而得一金钩。遂宝之。自是子孙渐富，资财万倍。蜀贾至长安，闻之，乃厚赂婢，婢窃钩与贾。张氏既失钩，渐渐衰耗。而蜀贾亦数罹穷厄②，不为己利。或告之曰："天命也，不可力求。"于是赍③钩以反张氏，张氏复昌。故关西④称"张氏传钩"云。

注释

①承尘：唐代以前没有天花板。房梁横木之上用遮布挡灰，称作"承尘"。

②罹：遭受不幸的事情。

③赍：予，给予。

④关西：古地名。指函谷关及潼关以西的地方。

译文

京兆长安县有个姓张的人，独自一人在房间里待着。有只鸠从外面飞进来，停在他的床上。张氏祈祷说："鸠过来，你如果是要给我带来灾祸，就飞到承尘上；如果是给我带来福气，就飞进我的怀里。"鸠就飞进了他的怀里。他用手去摸取，那鸠却不见了，只摸到了一只金钩。于是他就把金钩当作宝贝。从此以后，张氏的子孙渐渐富裕，财产增加了上万倍。蜀国有个商人到长安，听说这件事以后，就重金贿赂张家的婢女,那婢女就偷出金钩给了这个商人。张家失去了金钩以后,家业逐渐衰落。而蜀国的商人也屡次遭到穷困,那金钩对他并没有什么好处。有人告诉他说:“这是天命,是不可以强求的。”于是他就把金钩送还给了张家,张家又重新兴旺了。所以关西那地方有“张氏传金钩”的故事。

四 何比干得符策

汉征和三年三月[①],天大雨,何比干[②]在家,日中,梦贵客车骑满门。觉以语妻。语未已,而门有老妪,可八十余,头白,求寄避雨,雨甚而衣不沾渍。雨止,送至门,乃谓比干曰:“公有阴德[③],今天锡君策,以广公之子孙。”因出怀中符策,状如简,长九寸,凡九百九十枚,以授比干,曰:“子孙佩印绶者,当如此算[④]。”

注释

①汉征和三年:征和,汉武帝年号。汉征和三年即前90年。

②何比干:字少卿,今安徽阜阳人。

汉代法律学家,汉武帝时任廷尉正。

③阴德:暗中做的有德于人的事。

④算:通“筭”。长六寸,用来计数的竹签。这里指符策。

译文

汉征和三年三月,天上下着大雨。何比干待在家里,中午的时候,他梦见家中挤满了高贵的宾客车马。醒来后他把梦告诉给妻子听。话还没有说完,却看见门口站着个老婆婆，大概八十多岁，头发全白了，来何比干家请求躲雨。雨下得很大，但她的衣服却一点也没淋湿。雨停了以后，何比干送她到门口，她就对何比干说："您有阴德，所以上天赐给您一些符策，使您子孙的前途更发达。"说完她就拿出怀中的符策，形状像竹简，长九寸，一共有九百九十根，她把这些符策给了何比干，并对他说："您子孙佩带官印的，会像这符策上预言的一样。"

五 魏舒诣野王

魏舒字阳元，任城樊人也[①]。少孤，尝诣野王[②]。主人妻夜产，俄而闻车马之声，相问曰："男也？女也？"曰："男，书之，十五以兵死。"复问："寝者为谁？"曰："魏公舒。"后十五载，诣主人，问所生儿何在，曰："因条桑[③]为斧伤而死。"舒自知当为公[④]矣。

注释

①魏舒：西晋大臣，官至尚书郎。任城：古郡名，治所在今山东济南。樊：古县名，在今山东滋阳县西南。

②野王：古县名，在今河南沁阳市。

③条桑：用刀斧砍下桑枝以采桑叶。

④公：这里指三公。

译文

魏舒字阳元，任城郡樊县人。他小时候就成了孤儿，有一次他到野王县去。正赶上投宿主人家的妻子在那天夜里分娩，一会儿他听见车马的声音，并听到有人问："生的男孩还是女孩？”另一人回答说：“是男孩。记录下来，这孩子十五岁时会因兵器而死。”又问：“睡在床上的是谁？”回答说：“是魏公魏舒。”过了十五年，魏舒又到那家主人那里去，问当初生下的孩子在什么地方。主人回答说：“因为砍桑枝采桑叶的时候被斧头砍伤，死了。”魏舒便知道自己要官至三公了。

六 贾谊作《鹏鸟赋》

贾谊为长沙王太傅①，四月庚子日，有鹏鸟②飞入其舍，止于坐隅③，良久乃去。谊发书占之，曰：“野鸟入室，主人将去。”谊忌之，故作《鹏鸟赋》，齐④死生而等祸福，以致命定志焉。

注释

①贾谊：西汉初年著名的政论家、文学家。

太傅：为辅导太子的东宫官，多为虚衔，无实职。

②鹏fú鸟：一种猫头鹰一类的鸟。旧时被认为是不祥之鸟。

③坐隅：座位旁边。

④齐：达到，跟……一般程度。

译文

贾谊做长沙王太傅的时候，四月的庚子日这天，有鹏鸟飞进他的住房，停在座位旁边，很久才飞走。贾谊打开符书来占卜这件事的吉凶，书上说：“野鸟飞进房内，主人将会死去。”贾谊对此很忌讳，所以写了《鹏鸟赋》，把死和生、祸与福看成是相同的事，用这种观点来看待自己的生命、确定自己的志向。

七 诸葛恪被杀

吴诸葛恪[1]征淮南归，将朝会之夜，精爽扰动[2]，通夕不寐。严毕趋出[3]，犬衔引其衣。恪曰："犬不欲我行耶。"出仍入坐。少顷复起，犬又衔衣，恪令从者逐之。及入，果被杀。其妻在室，语使婢曰："尔何故血臭？"婢曰："不也。"有顷，愈剧。又问婢曰："汝眼目瞻视[4]，何以不常？"婢蹶然[5]起跃，头至于栋，攘臂切齿而言曰："诸葛公乃为孙峻所杀。"于是大小知恪死矣，而吏兵寻至。

注释

①诸葛恪：字元逊，是诸葛亮的侄子，东吴的重臣。孙亮继位后，诸葛恪掌握了吴国大权，后被孙峻联合孙亮设计杀害，被灭三族。②精爽：精神。扰动：精神不安定。③严：严装，穿戴好衣装。趋出：小步疾行退出，以示恭敬。④瞻视：观看，顾盼。⑤蹶guì然：忽然，突然。

译文

吴国的诸葛恪出征淮南回来，将要朝见君主前的那天晚上，精神感到很不安，整个晚上都没睡着。第二天，他穿戴整齐后小步快跑着出门，狗咬住他的衣服拉着不放，诸葛恪说："狗不想让我走啊。"出门后便又进屋里坐下。过了一会儿他又起身，狗还是咬住他的衣服，诸葛恪就命令随从把狗赶走了。等他进宫后，果然被杀害。他妻子在房间里，问她的丫鬟说："你为什么有血腥味儿？"丫鬟说："没有啊。"过了一会儿，血腥气更厉害了。她又问丫鬟说："你的眼睛四处张望，为什么跟平常不同啊？"这丫鬟突然跳起来，头一直撞到梁上，她挽起臂膀咬牙切齿地说："诸葛公竟被孙峻杀了。"于是一家老小都知道诸葛恪死了，而官兵不久就到了。

八 府公斥贾充

贾充伐吴时，常屯项城①，军中忽失充所在。充帐下都督周勤②，时昼寝，梦见百余人录③充，引入一径。勤惊觉，闻失充，乃出寻索。忽睹所梦之道，遂往求之。果见充。行至一府舍，侍卫甚盛，府公④南面坐，声色甚厉，谓充曰："将乱吾家事者，必尔与荀勖⑤。既惑吾子，又乱吾孙，间使任恺黜汝而不去，又使庾纯詈汝而不改⑥。今吴寇当平，汝方表斩张华⑦。汝之暗戆⑧，皆此类也。若不悛慎，当旦夕加诛。"充因叩头流血。府公曰："汝所以延日月而名器若此者，是卫府之勋⑨耳。终当使系嗣死于钟虡之间，大子毙于金酒之中，小子困于枯木之下⑩。荀勖亦宜同。然其先德小浓，故在汝后。数世之外，国嗣亦替。"言毕命去。充忽然得还营，颜色憔悴，性理昏错⑪，经日乃复。至后，谧死于钟下，贾后服金酒而死，贾午考竟⑫，用大杖终。皆如所言。

注释

①贾充：字公闾，西晋大臣，官至车骑将军、散骑常侍、尚书仆射，更封鲁郡公，追赠太宰。

项城：县名，在今河南沈丘。

②帐下都督：将帅的部下，为军中监督兵卒。

③录：逮捕。

④府公：旧时王府僚属称其主为府公，这里的府公应该是已经故去的司马昭。

⑤荀勖：字公曾，西晋大臣，封济北郡公，拜中书监，累迁至光禄大夫、守尚书令，又领秘书监事。

⑥任恺：西晋大臣，任侍中。

庾纯：西晋大臣，任中书令。詈lì：责骂。

⑦张华：字茂先，范阳方城人（今北京大兴区），西晋文学家、政治家。他力主伐吴统一天下。

⑧暗戆zhuàng：愚昧。

⑨卫府之勋：指曹髦围攻司马昭的相府时，贾充曾率众战于南阙，对护卫司马氏政权有功。

⑩系嗣：这里指韩谧，是贾充的外孙，因为贾后没有儿子，贾充曾与贾后合谋让韩谧取代太子司马遹，继承晋朝的皇位。大子：指贾充的大女儿，后为晋惠帝皇后。小子：即贾充的小女儿贾午，是韩谧的母亲。

⑪昏错：神志迷糊错乱。

⑫考竟：刑讯致死。

译文

贾充讨伐吴国的时候，曾经在项城驻扎，有一天军营中忽然找不到贾充了。贾充的部下都督周勤，当时在午睡，梦见一百多个人捉了贾充，把他带进一条小路。周勤被惊醒后，听说不见了贾充，就出去寻找，忽然看见他做梦时所见到的那条路，就沿着这条路去找他，果然看见了贾充。周勤来到一所府第，只见那里侍从警卫的人很多，府第的主人朝南坐着，说话的声音和容貌很严厉，他正呵斥贾充说：“将来会扰乱我家事情的，必定是你与荀勖。你们既迷惑了我的儿子，又搅昏了我的孙子。我暗中让任恺贬退你，你不离去，又让庾纯责备你，而你也不改。现在吴国的故寇要平息了，你却要上奏杀张华。你的糊涂愚昧，都是属于这一类的事。如果你还不知道恭敬谨慎，早晚会把你杀了。”于是贾充不停地磕头，直到头上都流出血来。府官又说：“你之所以能苟延生命，有这样的名望地位，只是因为你有护卫我相府的功劳罢了。但最终会让你的外孙韩谧死在钟柱之间，大女儿死在金酒之中，小女儿困死在干枯的木头之下。荀勖也会得到同样的下场，但他祖先的德行稍微深厚一点，所以对他的处罚排在你的后面。几代以后，他的封地和后嗣也要被废黜。”府官说完话就命令贾充回去了。贾充忽然回到了军营，面色憔悴，精神混乱，过了一天才恢复正常。到后来，韩谧死在钟下，贾后饮服金酒而死，贾午被囚禁拷问，最后被大棒打死于狱中。这些事都像府官所说的那样。

九 庾亮登厕见怪

庾亮[①]字文康，鄢陵人。镇荆州，登厕，忽见厕中一物，如方相[②]，两眼尽赤，身有光耀，渐渐从土中出。乃攘臂以拳击之，应手有声，缩入地。因而寝疾。术士戴洋[③]曰：“昔苏峻事[④]，公于白石祠中祈福，许赛其牛，从来未解[⑤]，故为此鬼所考，不可救也。”明年，亮果亡。

注释

①庾亮：字元规，颍川鄢陵（今河南鄢陵）人，东晋大臣，颇受司马睿器重。

②方相：在神话戏中为逐疫驱鬼之神，方相神的形象特征为头长双角，鼓目龇牙，满脸凶相。

③戴洋：字国流，吴兴长城人，善于占卜吉凶。

④苏峻：东晋将领。庾亮执政时，想解除他的兵权，他以讨庾亮为名，起兵反晋，攻入建康，大肆杀掠并专擅朝政。不久温峤、陶侃起兵讨伐，他战败被杀。

⑤赛：行祭礼以酬神。解：还愿。

译文

庾亮字文康，是鄢陵县人。他镇守荆州的时候，一次上厕所，忽然看见厕所中有一个怪物，形状像驱疫辟邪的方相，两眼通红，身上闪着光，正渐渐地从泥土中钻出来。庾亮就捋起袖子，伸出胳膊用拳头打它，随着手起拳落，还能听见击打的声音，那怪物便缩回泥土中去了。之后庾亮就卧病不起。方士戴洋对庾亮说，“过去苏峻起兵作乱的时候，您在白石祠中求福，答应用牛来酬神，但您却一直没有去还愿，所以被这鬼怪惩罚，已经无法解救您了。”第二年，庾亮果然死了。

卷十

一　邓皇后梦登梯扪天

汉和熹邓皇后①，尝梦登梯以扪②天，体荡荡正清滑，有若钟乳状。乃仰噏③饮之。以讯诸占梦。言："尧梦攀天而上，汤梦及天舐之，斯皆圣王之前占也。吉不可言。"

注释

①汉和熹邓皇后：即邓绥，东汉和帝的皇后，是中国历史上第一个垂帘听政的女皇后。

②扪：按，摸。

③噏xī：通"吸"。

译文

汉和熹邓皇后，曾经梦见自己登着梯子去摸天，那天体平坦宽广，非常清凉滑爽，有点像钟乳石的样子，她就仰头去吮吸。后来她向占梦的人询问这个梦的吉凶，占梦的人说："尧帝曾经梦见自己登着天梯向上爬，汤曾经梦见自己碰到了天并上去舔它，这都是当圣王的预兆。您这个梦的吉利是说不尽的。"

二 孙夫人梦月日入怀

孙坚[①]夫人吴氏，孕而梦月入怀，已而生策。及权在孕，又梦日入怀。以告坚曰："妾昔怀策，梦月入怀。今又梦日，何也？"坚曰："日月者，阴阳之精，极贵之象，吾子孙其兴[②]乎？"

注释

①孙坚：即吴武烈帝，字文台，今浙江杭州富阳人。东汉末期地方军阀，著名将领。

②兴：兴旺发达。

译文

孙坚的夫人吴氏，怀孕时梦见月亮进入她的怀里，后来生了孙策。后来怀着孙权的时候，她又梦见太阳进入她的怀里。她把这件事告诉孙坚说："我过去怀孙策，梦见月亮进入我的怀里。现在又梦见太阳进入我的怀里，这是怎么回事呢？"孙坚说："太阳和月亮，是阴阳二气的精华，是非常显贵的象征。我们的子孙大概要兴旺发达了吧！"

三 蔡茂梦取梁上穗

汉蔡茂字子礼，河内怀人也①。初在广汉，梦坐大殿，极上有禾三穗②。茂取之，得其中穗，辄复失之。以问主簿郭贺，贺曰："大殿者，官府之形象也。极而有禾，人臣之上禄也。取中穗，是中台③之象也。于字，'禾''失'为'秩'，虽曰失之，乃所以禄也。衮职有阙④，君其补之。"旬月而茂征焉。

注释

①蔡茂：西汉儒学名士，后拜议郎，迁侍中。怀：古县名，在今河南武陟县。②广汉：古郡名，治所在今四川广汉北。殿：这里指大屋子。极：屋梁。③中台：指司徒。

④衮职有阙：出自《诗经·大雅·烝民》："衮职有阙，维仲山补之。"意思是皇帝有未尽职的地方，大臣来弥补。阙，同"缺"。缺失。

译文

汉代的蔡茂字子礼，河内郡怀县人。当初他在广汉郡，梦见自己坐在大屋子里，那大屋的正梁上有三穗禾苗，蔡茂便去取它，他拿到了中间的一穗，却马上又丢掉了。他把这梦告诉了主簿郭贺，询问这梦的吉凶，郭贺说："大屋，是官府的象征；正梁上有禾苗，是表示臣子最高的俸禄。你拿到了中间的一穗，这是中台司徒的象征。从文字字形来看，'禾''失'合起来是'秩'字，因此，虽说是'失'掉了'禾'穗，但实际上是你有了'秩'，这是俸禄官职的象征。皇上的政务如果有失误，您要补救它啊。"一个月后，蔡茂就得到了任命。

四 周擥啧梦从天换钱

周擥啧者，贫而好道[1]。夫妇夜耕，困，息卧。梦天公过而哀之，敕外[2]有以给与。司命按录籍[3]，云：“此人相贫，限不过此。惟有张车子，应赐钱千万。车子未生，请以借之。”天公曰：“善。”曙觉言之。于是夫妇戮力[4]，昼夜治生，所为辄得，资至千万。先时，有张妪者，尝往周家佣赁[5]，野合有身。月满当孕，便遣出外，驻车屋下，产得儿。主人往视，哀其孤寒，作粥糜[6]食之。问：“当名汝儿作何？”妪曰：“今在车屋下而生，梦天告之，名为车子。”周乃悟曰：“吾昔梦从天换钱，外白以张车子钱贷我，必是子也。财当归之矣。”自是居日衰减，车子长大，富于周家。

注释

①周擥 lǎn 啧：一本“擥”作“犨”。好道：乐守圣贤之道。

②外：指天帝的属下。

③司命：即掌管人的生死或福禄的神祇。

录籍：记录人的生死富贵的册子。

④戮力：尽力，努力。

⑤佣赁：雇佣。野合：指夫妇二人的结合不合礼法。

⑥粥糜：即粥。

译文

周擥啧这个人，家境贫困，却安守圣贤之道。一次，他和妻子二人在夜间耕种，疲倦了便躺在田地里睡着了。他梦见天帝路过，看见了他们并很怜悯他们，就命令属下赐给他们一些钱财。司命查阅完录籍，说：“这人的面相贫穷，不能再超过现在的限度了。只有张车子应该受赐给千万的钱，现在张车子还没有出生，请把这钱先借给周擥啧吧。”天帝说：“好。”天亮时周擥啧醒来，便把这梦告诉了妻子。于是夫妻两人齐心合力，日夜经营家业，所做的事都有收益，财产积累到成千上万。先前有个姓张的妇人，曾经到周家做佣人，因为她和丈夫的结合不合礼法，并有了身孕，所以在孕期已满要分娩的时候，就被打发出去，住在车棚底下，生了个儿子。主人去看望她，可怜她孤苦寒冷，就煮了粥给她吃。又问她：“该给你的儿子起个名字，叫什么呢？”张姓妇人说：“今天在车棚底下生了他，我梦见天帝告诉我，这孩子的名字叫车子。”周擥啧便恍然大悟，说：“我过去梦见自己从天帝那里借钱，司命说拿张车子的钱借给我，这张车子一定是这个孩子了。是要将钱财归还给他了。”从此周家的家业逐渐衰败。张车子长大后，比周家更富裕。

五 张奂妻梦登楼

后汉张奂为武威[①]太守。其妻梦带奂印绶，登楼而歌。觉以告奂。奂令占之，曰：“夫人方生男，后临此郡，命终此楼。”后生子猛，建安中，果为武威太守。杀刺史邯郸商[②]，州兵围急，猛耻见擒，乃登楼自焚而死。

注释

①武威：郡名，治所在姑藏（今甘肃武威）。

②邯郸商：人名，邯郸在这里是复姓。

译文

东汉的张奂曾任武威太守。他的妻子梦见自己佩带着张奂的官印，登楼悲歌。醒来后她把梦告诉了张奂，张奂让人占卜，占卜的人说："您的夫人将要生个儿子，他以后会统治这个郡，也会死在这楼上。"后来，张奂的妻子生了儿子张猛。建安年间，张猛果然任武威太守，他杀了刺史邯郸商，被州里的军队围困在武威城，他觉得被俘虏太耻辱了，就登上这座楼自焚而死。

六 汉灵帝梦见桓帝

汉灵帝梦见桓帝[①]，怒曰："宋皇后[②]有何罪过？而听用邪孽，使绝其命！渤海王悝[③]，既已自贬，又受诛毙。今宋氏及悝，自诉于天，上帝震怒，罪在难救。"梦殊明察。帝既觉而恐，寻[④]亦崩。

注释

①汉灵帝：刘宏，在位时间为168年到189年。
桓帝：即汉桓帝刘杰，147年到168年在位。

②宋皇后：东汉灵帝皇后。因出身高贵而居后位，后因王甫等人以巫蛊之事陷害，被糊涂的灵帝废去了后位，在狱中被折磨至死。

③渤海王悝：即刘悝，是桓帝的弟弟，后被王甫等人诬陷图谋不轨而被灵帝收押，后因不堪刑辱而自杀。

④寻：不久。

译文

汉灵帝梦见汉桓帝，桓帝怒斥他说："宋皇后有什么罪过？你却听信奸佞小人的话，让她丧命！渤海王刘悝既然已经自己请求贬谪，却又被你杀死。现在宋皇后和刘悝，亲自向天帝申诉，天帝发怒了，你的罪责已经难以拯救了。"这梦特别清楚。汉灵帝醒来后感到很害怕，不久就死了。

七 吕石安梦死期

吴时，嘉兴徐伯始病，使道士吕石安神座①。石有弟子戴本、王思，二人居住海盐②，伯始迎之以助。石昼卧，梦上天，北斗门下，见外鞍马三匹，云："明日当以一迎石，一迎本，一迎思。"石梦觉，语本、思云："如此，死期至，可急还，与家别。"不卒事而去。伯始怪而留之。曰："惧不得见家也。"间一日，三人同时死。

注释

①神座：即神龛，是放置神佛塑像和祖宗灵牌的木柜或石室。

②海盐：古县名，在今浙江平湖县东南。

译文

吴国的时候，嘉兴县徐伯始生了病，让道士吕石来安放神座。吕石有两个徒弟戴本、王思，他们住在海盐县，徐伯始派人把他们接来帮助吕石。吕石白天躺着休息，梦见自己上天来到北斗门下，看见小吏给三匹马配好了鞍座，并说："明天要用一匹马来迎接吕石，一匹来迎接戴本，一匹来迎接王思。"吕石从梦中醒来，对戴本、王思说："如果真的是这样，那么我们的死期就要到了。你们可以赶快回家，和家里人告别。”于是他们没把神座安置好就离开了。徐伯始觉得奇怪，挽留他们。他们说：“再不走，就怕来不及见家里人了。”过了一天，三个人在同一时间去世了。

八 谢郭二人同梦

会稽谢奉与永嘉太守郭伯猷善[①]。谢忽梦郭与人于浙江上争樗蒲[②]钱，因为水神所责，堕水而死。已营理郭凶事[③]。及觉，即往郭许，共围棋。良久，谢云：“卿知吾来意否？”因说所梦。郭闻之，怅然云：“吾昨夜亦梦与人争钱，如卿所梦，何期太的的也[④]？”须臾如厕，便倒气绝。谢为凶具[⑤]，一如其梦。

注释

①谢奉：字弘道，西晋大将，官至安南将军、广州刺史、吏部尚书。永嘉：郡名，治所在今浙江温州市。

②樗chū蒲：古代博戏，博戏中用于掷采的投子最初是用樗木制成，故称樗蒲。

③凶事：即丧事。

④何期：没有想到，表示意料之外。的的：明明白白。

⑤凶具：棺木等丧葬用具。

译文

会稽郡的谢奉与永嘉郡太守郭伯猷交情很好。有一天，谢奉忽然梦见郭伯猷和别人在浙江上争夺赌博的钱，因而遭到水神的责罚，落进水里淹死了。谢奉就亲自为郭伯猷操办丧事。醒来后，谢奉就马上去郭伯猷那里，两人一起下围棋。过了很久，谢奉说："您知道我的来意吗？"接着便把自己梦见的事告诉了郭伯猷。郭伯猷听后十分惆怅地说："我昨天夜里也梦见和别人争钱，就像您所梦见的那样。为什么这梦会这样明明白白啊！"一会儿郭伯猷去上厕所，就倒在地上断了气。谢奉给他操办丧事的用具，就像自己所梦见的那样。

卷十一

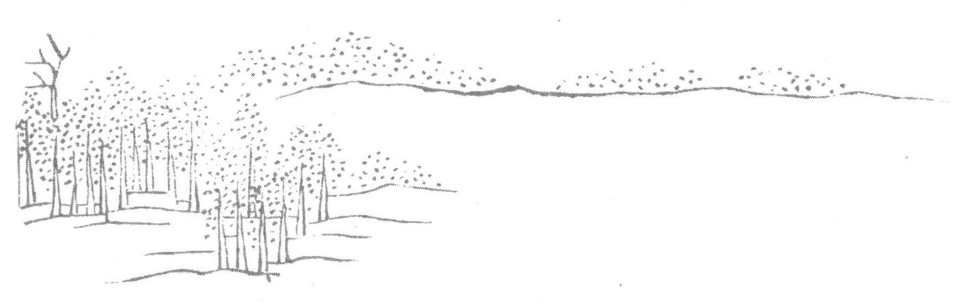

一 熊渠子射石

楚熊渠子[①]夜行，见寝石[②]，以为伏虎，弯弓射之，没金铩羽[③]。下视，知其石也。因复射之，矢摧[④]无迹。汉世复有李广，为右北平太守，射虎得石，亦如之[⑤]。刘向曰："诚之至也，而金石为之开，况于人乎！夫唱而不和，动而不随，中必有不全者也。夫不降席而匡天下者，求之己也。"

注释

①熊渠子：即春秋时期楚国国君熊渠，他善于骑射，是一位既有才干又极富开拓精神的国君。

②寝石：横躺着的石头。③金：这里指箭头。铩：摧残，伤残。

④摧：折断。

⑤李广：西汉名将，他骁勇善战，被匈奴称为"飞将军"。右北平：郡名，治所在今辽宁凌源西南。

译文

楚国的熊渠子夜间出行，看见横卧在地上的石头，以为是趴在地上的老虎，便拉弓射它，箭头没进了石头里边，箭上的羽毛都被损坏了。他下马仔细一看，才知道原来那是石头。于是又射这石头，箭碰断了也没有在石头上留下什么痕迹。汉代又有个李广，任右北平太守，他以为自己射的老虎，结果射到的却是石头，跟熊渠子的情况一样。刘向说："精诚所至，金石为开，更何况是人呢？你的倡议别人不响应，你的行动别人不追随，那么这中间肯定有不完善的地方。不离开坐席就能匡正天下，是要从以身作则开始啊。"

二 由基更嬴善射

楚王游于苑[①]，白猿在焉。王令善射者射之，矢数发，猿搏[②]矢而笑。乃命由基[③]，由基抚弓，猿即抱木而号。及六国时，更嬴[④]谓魏王曰："臣能为虚发[⑤]而下鸟。"魏王曰："然则射可至于此乎？"嬴曰："可。"有顷闻雁从东方来，更嬴虚发而鸟下焉。

注释

①楚王：指春秋时的楚共王，前590年到前560年在位。

②搏：夺取，抓取。

③由基：即养由基，楚国大夫，据说是能百步穿杨的神箭手。

④更嬴：战国时魏国人，著名的神箭手。

⑤虚发：即不用箭，空着弓弦。

译文

楚王在园林中游玩，在那里看到一只白猿。楚王命令擅长射箭的人射它。箭射出去许多支，只见那白猿抓住箭嬉笑。楚王就命令养由基来射。养由基刚拿起弓，那猿就抱着树号哭起来。到战国时，更嬴对魏王说："我能只拉弓弦不发箭就把鸟射下来。"魏王说："你的箭术能够达到这种地步吗？"更嬴说："能。"一会儿，听见大雁从东方飞来，更嬴拉响弓弦，大雁便从天上掉下来了。

三 古冶子杀鼋

齐景公渡于江、沅之河[1]，鼋衔左骖没之[2]，众皆惊惕[3]。古冶子于是拔剑从之，邪[4]行五里，逆行三里，至于砥柱之下，杀之，乃鼋也。左手持鼋头，右手拔左骖，燕跃鹄踊而出[5]。仰天大呼，水为逆流三百步，观者皆以为河伯也。

注释

①齐景公：春秋时期的齐国国君，前547到前490年在位。江、沅之河："江、沅"疑是衍文，因为据记载，齐景公从未到过江、沅。据考证，这事当发生在黄河。

②鼋yuán：大鳖。骖：驾车的边马。

③惊惕：惊惧。

④邪：通"斜"。

⑤鹄hú：天鹅。

译文

齐景公渡黄河的时候，有一只大鳖咬住他车前左边的马，潜入水中去了，大家都十分惊恐。这时古冶子却拔出剑去追赶它，他斜着追了五里，又逆水走了三里，来到砥柱山下，把它杀了，才知道原来是只大鳖。古冶子左手拿着鳖头，右手夹着那马，像燕子、天鹅一样从水中飞跃而出。他仰天大喊一声，河水因此而倒流了三百步，观看的人都以为他是河伯。

四 三王墓

楚干将、莫邪[①]为楚王作剑，三年乃成。王怒，欲杀之。剑有雌雄，其妻重身[②]当产，夫语妻曰："吾为王作剑,三年乃成。王怒,往必杀我。汝若生子是男，大，告之曰：'出户，望南山，松生石上，剑在其背。'"于是即将雌剑往见楚王。王大怒，使相[③]之："剑有二，一雄，一雌，雌来，雄不来。"王怒，即杀之。莫邪子名赤，比[④]后壮，乃问其母曰："吾父所在？"母曰："汝父为楚王作剑，三年乃成，王怒，杀之。去时嘱我：'语汝子，出户，望南山，松生石上，剑在其背。'"于是子出户南望，不见有山，但睹堂前松柱下石砥之上。即以斧破其背，得剑。日夜思欲报楚王。王梦见一儿，眉间广尺，言欲报仇。王即购之千金。儿闻之，亡去，入山行歌。客[⑤]有逢者。谓："子年少，何哭之甚悲耶？"曰："吾干将、莫邪子也。楚王杀吾父，吾欲报之。"客曰："闻王购子头千金，将子头与剑来，为子报之。"儿曰："幸甚！"即自刎，两手捧头及剑奉上，立僵[⑥]。客曰："不负子也。"于是尸乃仆。客持头往见楚王，王大喜。客曰："此乃勇士头也。当于汤镬[⑦]煮之。"王如其言。煮头三日三夕，不烂。头踔出汤中，踬目大怒[⑧]。客曰："此儿头不烂，愿王自往临视之，是必烂也。"王即临之。客以剑拟[⑨]王，王头随堕汤中。客亦自拟己头，头复堕汤中。三首俱烂，不可识别。乃分其汤肉葬之。故通名"三王墓"，今在汝南北宜春县[⑩]界。

注释

①干将：春秋时著名的铸剑师，莫邪是他的妻子。后人为表纪念，把这两把剑称作干将莫邪。②重身：妇人怀孕。

③相：察看。④比：等到。

⑤客：古代的游侠，剑客。⑥立僵：直立而死。

⑦汤镬huò：大锅，形似鼎。

⑧踔：跳，跳跃。踬zhì目：瞪大眼睛。⑨拟：比画。

⑩北宜春县：古县名，在今河南汝南县西南一带。

译文

楚国的干将、莫邪夫妇给楚王锻造宝剑，三年才铸成。楚王很生气，想杀死他们。宝剑有雌雄两把。干将的妻子怀孕要分娩了，丈夫便对妻子说："我们给楚王铸造宝剑，三年才造成。楚王很生气，我去进献宝剑时他一定会杀我。你如果生下的孩子是男孩，等他长大了，就告诉他说：'出门望南山，可以看见那长在石头上的松树，宝剑就在它的背面。'"于是他就带着雌剑去见楚王。楚王非常生气，叫人仔细察看那宝剑。看剑的人说："宝剑该有两把，一把雄一把雌。现在雌剑拿来了，雄剑没拿来。"楚王非常生气，就杀了干将。莫邪生下来的儿子名字叫赤，等到他长大后，就问他的母亲说："我的父亲在什么地方？"母亲说："你父亲给楚王造剑，三年才造成。楚王生气，把他杀了。他离家时嘱咐我：'告诉儿子，出门望南山，可以看见那长在石头上的松树，宝剑就在它的背面。'"于是赤便出门向南望去，没看见有山，只看见堂前的松木柱下，有个石墩顶着。他就用斧子劈开木柱的背面，得到了宝剑。他日日夜夜想要向楚王报仇。楚王梦见一个男孩，两眉之间有一尺宽，说要向他报仇。楚王就用千金的重赏来缉拿他。

赤听到这消息，就逃走了。他进山后一边走一边悲哀地唱着歌。有个侠客遇见了他，对他说："您年纪轻轻，为什么哭得如此悲伤呢？"赤说："我是干将、莫邪的儿子。楚王杀了我的父亲，我要找他报仇！"侠客说："听说楚王悬赏千金来要您的头，把您的头和剑拿来，我为您去报仇。"赤说："这太好了！"于是就自己割下了自己的头，两手捧着头和剑交给侠客，身子却直挺挺地站着。侠客说："我不会辜负您的。"于是尸体才倒下去。侠客拿着赤的头去见楚王，楚王非常高兴。侠客说："这可是勇士的头颅，应该放在汤锅里来煮。"楚王照他的话做了。这头煮了三天三夜，也没煮烂。头还从沸水中跳出来，瞪着眼睛，十分愤怒的样子。侠客说："这小孩的头煮不烂，请大王亲自到锅边看看它，这头就一定会烂了。"楚王便走到锅边看孩子的头。侠客就挥剑向楚王砍去，楚王的头随即落入沸水中。侠客自己也砍了自己的头，头也落进沸水中。三个头都煮烂了，无法辨认。于是大臣们只好把锅里的肉汤分开来埋葬，所以统称为"三王墓"。这墓在今天汝南郡北宜春县境内。

五 贾雍失头

汉武时，苍梧[①]贾雍为豫章太守，有神术。出界讨贼，为贼所杀，失头，上马回营。营中咸走来视雍。雍胸中语曰："战不利，为贼所伤。诸君视有头佳乎？无头佳乎？"吏涕泣曰："有头佳。"雍曰："不然。无头亦佳。"言毕，遂死。

注释

①苍梧：古郡名，治所在广信（今广西梧州市）。

译文

汉武帝时，苍梧郡人贾雍任豫章郡太守，他有神奇的法术。一次，他离开豫章郡去讨伐强盗，被强盗杀了，丢了脑袋，身子却上马回到营中。军营中的人都跑来看他。贾雍的胸膛中发出声音："战斗失利，我被强盗所杀。你们看我是有头好呢？还是没头好呢？"他的部下哭着说："有头好。"贾雍说："不是这样啊，没有头也好。"说完，他就死了。

六 东方朔以酒灌患

汉武帝东游，未出函谷关，有物当道。身长数丈，其状象牛，青眼而曜[①]睛，四足入土，动而不徙。百官惊骇。东方朔[②]乃请以酒灌之。灌之数十斛[③]而物消。帝问其故，答曰："此名为患，忧气之所生也。此必是秦之狱地，不然，则罪人徒作之所聚。夫酒忘忧，故能消之也。"帝曰："吁！博物之士，至于此乎！"

注释

①曜yào：明亮，闪耀。

②东方朔：西汉文学家，以博学多识而闻名。

③斛hú：容量单位，一斛本为十斗，后来改为五斗。

译文

汉武帝到东方去巡游，还没有出函谷关，就被一个怪物挡住了去路。那怪物身长几丈，形状像牛，眼睛呈青色，眼珠闪着光彩，它四只脚插入泥土中，脚虽在动却没有移动位置。官吏们感到吃惊害怕。东方朔于是出来请求用酒浇它。对它浇了几十斛酒后，那怪物就消失了。汉武帝问东方朔这是什么原因。东方朔回答说：“这怪物的名字叫患，是忧愁的冤气所产生出来的。这里一定是秦国的监狱所在地。如果不是监狱所在地，那么就一定是犯人服劳役所聚居的地方。酒能用来忘记忧愁，所以能把它消除。”汉武帝说：“啊！真是博学多才的人啊，竟达到了这种地步！”

七 谅辅以身祈雨

后汉谅辅字汉儒，广汉新都[1]人。少给佐吏，浆水不交[2]。为从事，大小毕举，郡县敛手[3]。时夏枯旱，太守自曝中庭，而雨不降。辅以五官掾[4]出祷山川，自誓曰：“辅为郡股肱[5]，不能进谏纳忠，荐贤退恶，和调百姓，至令天地否隔，万物枯焦，百姓喁喁[6]，无所控诉，咎尽在辅。今郡太守内省责己，自曝中庭，使辅谢罪，为民祈福，精诚恳到，未有感彻[7]，辅今敢自誓：若至日中无雨，请以身塞无状[8]。”乃积薪柴，将自焚焉。至日中时，山气转黑，起雷，雨大作，一郡沾润。世以此称其至诚。

注释

①新都：古县名，在今四川新都县东。

②浆水不交：即浆水不沾，指为官清廉，无取于民。浆水，指酒水之类的饮品。

③敛手：拱手，表示恭敬。

④五官掾：汉代郡太守自署属吏之一，是太守的左右手，地

位与功曹史差不多。

⑤股肱：大腿和上臂，比喻左右辅佐之臣。

⑥喁喁yóng：比喻众人仰望期待的样子。

喁，形容鱼嘴向上露出水面的样子。

⑦感彻：感通，有所感动而心灵相通。

⑧以身塞无状：用身体去弥补罪过。

塞，弥补。无状，指罪过。

译文

东汉时的谅辅字汉儒，是广汉郡新都县人。他年轻时任佐吏，廉洁得连酒水之类的都不接受。任从事史时，大大小小的事情都处置得当，因此郡县的人都对他十分敬重。一年夏天大旱，太守在院子中曝晒自己来求雨，但仍然没有下雨。谅辅以五官掾的身份出去向山川祈祷，他自己发誓说："我是广汉郡守的有力辅佐，不能规劝太守改正错误、进纳忠言，推荐贤能、贬退邪恶，协调老百姓之间的关系，以致天地闭塞不通，万物干枯，百姓仰头望雨，却没有地方申诉，这罪过全在我谅辅身上。现在郡太守反省，责备自己，在院中曝晒自己来求雨，还派我来向上天谢罪，为民众求福，太守的真诚恳切，还没有能感动上天。我谅辅现在大胆发誓：如果到中午还不下雨，就请用我的身体来补救那些不可言状的弥天大罪。"于是他堆起柴草，准备自焚。到中午的时候，山间的云气转黑，雷声响起，大雨倾盆而下，整个广汉郡都沾湿浸透了。当时的世人都因此称赞他极其诚挚。

八 蝗避徐栩

后汉徐栩字敬卿，吴由拳[1]人。少为狱吏，执法详平。为小黄[2]令时，属县大蝗，野无生草。过小黄界，飞逝不集。刺史行部[3]，责栩不治。栩弃官，蝗应声而至。刺史谢，令还寺舍[4]，蝗即飞去。

注释

①由拳：古县名，在今浙江嘉兴南。

②小黄：古县名，在今河南开封县东北。

③行部：汉时刺史巡行所属部域，考核政绩。

④寺舍：即官府。

译文

东汉时的徐栩字敬卿，吴郡由拳县人。他年轻时当管理监狱的小官。执行法律谨慎公平。后来他当陈留郡小黄县县令的时候，相邻各县发生了严重的蝗灾，田野里的青草都被吃光了。但蝗虫经过小黄县境时，却径直飞过去而不聚集在那里。刺史巡视部属来到小黄县，责备徐栩没有治理好当地。徐栩辞去了官职，当地便发生了蝗灾。于是刺史向徐栩道歉，叫他回到官府复职，蝗虫就又飞走了。

九 湘江白虎墓

王业字子香，汉和帝时，为荆州刺史。每出行部，沐浴斋素，以祈于天地："当启佐愚心，无使有枉百姓。"在州七年，惠风[①]大行，苛慝[②]不作，山无豺狼。卒于湘江，有二白虎，低头曳尾，宿卫其侧。及丧去，虎踰州境，忽然不见。民共为立碑，号曰"湘江白虎墓"。

注释

①惠风：柔和的风，比喻仁爱。

②苛慝tè：暴虐邪恶。

译文

王业字子香，汉和帝时任荆州刺史。他每次出去巡视部属，都沐浴斋戒吃素食，向天地祈求："请启发帮助我那愚笨的心，让我不要做出冤枉百姓的事情来。"他在荆州七年，恩惠百姓的仁爱风气盛行，没发生过残酷罪恶的事情，山中都没有了豺狼。后来他死在湘江，有两只白虎，低着头拖着尾巴，守卫在他的身边。等到他丧事完毕，那两只老虎越过荆州州界，便忽然不见了。人们一起给王业立了碑，称为"湘江白虎墓"。

十　曾子孝感万里

曾子从仲尼在楚而心动[①]，辞归问母。母曰：“思尔，啮指。”孔子曰：“曾参之孝，精感万里。”

注释

①曾子：即曾参，是孔子的弟子，以孝著称。仲尼：即孔子。

译文

曾参跟随孔子出游到楚国时心里有所感应，就辞别了孔子回家问候母亲。他的母亲说：“我思念你，就咬了自己的手指。”孔子说：“曾参的孝心，使他的精神感应到万里之外。”

十一　王祥剖冰求鲤

王祥[①]字休征，琅邪人。性至孝。早丧亲，继母朱氏不慈，数谮[②]之。由是失爱于父，每使扫除牛下[③]。父母有疾，衣不解带。母常欲生鱼，时天寒冰冻，祥解衣，将剖冰求之。冰忽自解，双鲤跃出，持之而归。母又思黄雀炙[④]，复有黄雀数十入其幕，复以供母。乡里惊叹，以为孝感所致。

注释

①王祥：晋时官员，官至太尉、太保，以孝著称。他“卧冰求鲤”的事迹，被列为二十四孝之一。

②谮zèn：说别人的坏话，诬陷。

③牛下：牛的排泄物。④黄雀炙：烤黄雀肉。

译文

王祥字休征，是琅玡郡人。他生来就极孝顺。他母亲去世得很早，继母朱氏不慈爱，多次说他坏话。因此他也失去了父亲的喜爱，父亲常让他去打扫牛粪。父母亲有病时，他却日夜服侍，都来不及脱衣去休息。有一次继母想吃鲜鱼，当时天寒地冻，王祥便脱了衣服，准备破冰下水去抓鱼。这时冰层忽然自己裂开，两条鲤鱼从水中跳出来，他就拿了这两条鱼回家了。继母又想吃烤黄雀，又有几十只黄雀飞进了他的帐子里，王祥便把它们烤了给继母吃。乡邻们都惊奇赞叹，认为这都是王祥的孝顺感动了神灵的结果。

十二 郭巨埋儿

郭巨，隆虑人也，一云河内温人[①]。兄弟三人，早丧父。礼[②]毕，二弟求分。以钱二千万，二弟各取千万。巨独与母居客舍，夫妇佣赁以给供养。居有顷，妻产男，巨念举[③]儿妨事亲，一也；老人得食，喜分儿孙，减馔[④]，二也。乃于野凿地，欲埋儿。得石盖，下有黄金一釜，中有丹书，曰："孝子郭巨，黄金一釜，以用赐汝。"于是名振天下。

注释

①隆虑：古县名，在今河南林县。河内温：即河内郡温县，在今河南温县东。

②礼：这里指为父亲守孝三年的礼仪。

③举：抚养。④馔zhuàn：食物。

译文

郭巨，是河内郡隆虑县人，一说是河内郡温县人。他兄弟共三人，早年死了父亲。他们为父亲守孝三年的礼仪刚刚结束，两个弟弟就要求分家。家里有钱两千万，两个弟弟就各自拿走了一千万。郭巨只好独自和母亲住在旅馆里，他和妻子两人去给人做雇佣工，用这种办法来侍奉母亲。过了一段时间，他妻子生了儿子。郭巨考虑抚养儿子会影响奉养母亲，这是其一；老人得到食物，总喜欢分给孙子，这就减少了母亲的食物，这是其二。于是他就去野外挖土坑，想把儿子埋掉。他挖到一块石板盖，盖子下面有一罐黄金，罐里面有朱砂写的文书，上面写着："孝子郭巨，这罐黄金，是赏赐给你的。"于是郭巨的名声传遍了天下。

十三 东海孝妇

汉时，东海孝妇，养姑[①]甚谨。姑曰："妇养我勤苦，我已老，何惜余年，久累年少。"遂自缢死。其女告官云："妇杀我母。"官收系之。拷掠[②]毒治，孝妇不堪苦楚，自诬服[③]之。时于公为狱吏，曰："此妇养姑十余年，以孝闻彻[④]，必不杀也。"太守不听。于公争不得理，抱其狱词[⑤]，哭于府而去。自后郡中枯旱，三年不雨。后太守至，于公曰："孝妇不当死，前太守枉杀之，咎当在此。"太守即时身祭孝妇冢，因表其墓。天立雨，岁大熟。长老传云："孝妇名周青，青将死，车载十丈竹竿，以悬五旛[⑥]。立誓于众曰：'青若有罪，愿杀，血当顺下；青若枉死，血当逆流。'既行刑已，其血青黄，缘旛竹而上标[⑦]，又缘旛而下云。"

注释

①姑：指婆婆。②拷掠：拷打。③诬服：无辜而服罪。

④闻彻：闻名四方。⑤狱词：决狱之辞。

⑥五旛fān：和五行相对应的青黄赤白黑五色旗帜。

旛，同“幡”。

⑦标：指竹竿顶端。

译文

汉时，东海郡有一个孝顺的媳妇，赡养婆婆非常恭敬谨慎。婆婆说：“媳妇赡养我很辛苦。我已经老了，何必吝惜自己剩下不多的岁月而长久地拖累年轻人呢！”于是便上吊死了。她的女儿到官府告状说：“这媳妇杀了我的母亲。”官府就把这媳妇抓了起来，用酷刑拷打审讯。这孝顺的媳妇受不了严刑的痛苦，便承认了自己被诬陷的罪名。当时于公当狱吏，他说：“这媳妇赡养婆婆十多年，孝顺的名声很响，一定不会杀害婆婆的。”太守不听他的意见。于公与太守争辩，但太守还是没理会他的意见，于是他就抱着定案的文书，在官府哭了一场，就离开了。从那以后，东海郡内大旱，三年不下雨。接任的太守到来时，于公说：“那孝顺的媳妇不应该死，前任太守冤杀了她，这应该就是造成大旱的原因。”太守立刻亲自去祭奠那孝妇的坟墓，接着还给她的坟墓立了碑，用以表彰她的孝顺。天上立刻下起雨来了，这一年获得了大丰收。年纪大的人传言说：“这孝顺的媳妇名字叫周青。周青临刑的时候，车子上插着十丈高的竹竿，用来悬挂五色的旗子。她对着众人发誓说：‘我周青如果有罪，甘心被杀，我的鲜血就会顺流而下；如果我周青死得冤枉，鲜血就会倒流向上。’行刑以后，她的血呈青黄色，沿着旗杆倒流上顶端，又顺着旗帜流下来。”

十四 相思树

宋康王[①]舍人韩凭娶妻何氏，美，康王夺之。凭怨，王囚之，论为城旦[②]。妻密遗凭书，缪[③]其辞曰：“其雨淫淫[④]，河大水深，日出当心。”既而王得其书，以示左右，左右莫解其意。臣苏贺对曰：“其雨淫淫，言愁且思也。河大水深，不得往来也。日出当心，心有死志也。”俄而凭乃自杀。其妻乃阴腐[⑤]其衣，王与之登台，妻遂自投台下，左右揽之，衣不中手而死。遗书于带曰：“王利其生，妾利其死，愿以尸骨赐凭合葬。”王怒，弗听，使里人埋之，冢相望也。王曰：“尔夫妇相爱不已，若能使冢合，则吾弗阻也。”宿昔之间，便有大梓木生于二冢之端，旬日而大盈抱，屈体相就，根交于下，枝错于上。又有鸳鸯，雌雄各一，恒栖树上，晨夕不去，交颈悲鸣，音声感人。宋人哀之，遂号其木曰“相思树”。“相思”之名，起于此也。南人谓此禽即韩凭夫妇之精魂。今睢阳有韩凭城，其歌谣至今犹存。

注释

①宋康王：战国时宋国第三十三任国君，前318年到前286年在位。

②城旦：秦汉时的一种刑罚名。服四年兵役，夜里筑长城，白天防敌寇。

③缪：通“谬”。隐讳。

④淫淫：雨水连绵不断的样子。

⑤阴：偷偷地。腐：使腐朽。

译文

宋康王的舍人韩凭娶了妻子何氏，长得很美，宋康王夺走了她。韩凭十分怨恨，宋康王就把他囚禁起来，判处他到边境服白天守备、夜间筑城的刑罚。他妻子秘密地寄给韩凭一封信，信中言词隐晦地说："其雨淫淫，河大水深，日出当心。"不久，康王得到了这封信，他拿给身边的侍从看，侍从们没人懂得这封信的含意。大臣苏贺解释说："'其雨淫淫'，是说她忧愁而且思念；'河大水深'，是说他们不能互相来往；'日出当心'，是说她心中已有死的打算。"不久韩凭自杀了。他的妻子就暗中把自己的衣服腐蚀了。一次，宋康王和她一起登上高台赏景，她就趁机从高台上跳下去，身旁的人去拉她，她的衣服经过腐朽之后经不起手拉，就摔死了。她在衣服里留了遗书说："大王希望我活着，我却愿意去死。希望您能把我的尸骨，赐给韩凭合葬。"宋康王十分恼怒，不肯成全，便派乡里的人把她埋了，让她的坟墓与韩凭的远远相对。宋康王说："你们夫妻俩相爱不绝断，如果你们能让两个坟墓合在一起，那么我就不再阻拦你们了。"一夜之间，在两个坟墓的顶上就长出两棵梓树，十来天这梓树就长大到一抱，两棵树干弯曲着互相靠近，树根在下面互相缠绕，树枝在上面互相交错。又有一对鸳鸯，一雌一雄，经常栖息在树上，从早到晚一直不离开，它们的脖子互相依偎着悲哀地鸣叫，声音让人感动。宋国的百姓同情韩凭夫妇，就把那梓树叫做"相思树"。"相思"这个名词，就是从这儿产生的。南方的人说这鸳鸯鸟就是韩凭夫妇的灵魂变的。现在睢阳县有韩凭城，那里至今还流传着称颂韩凭夫妇的歌谣。

卷十二

一 五气变化论

天有五气[①]，万物化成。木清则仁，火清则礼，金清则义，水清则智，土清则思。五气尽纯，圣德备也。木浊则弱，火浊则淫，金浊则暴，水浊则贪，土浊则顽：五气尽浊，民之下也。中土多圣人，和气所交也；绝域多怪物，异气所产也。[②]苟禀此气，必有此形；苟有此形，必生此性。故食谷者智慧而文，食草者多力而愚，食桑者有丝而蛾，食肉者勇憿而悍，食土者无心而不息，食气者神明而长寿，不食者不死而神。大腰无雄，细腰无雌[③]；无雄外接，无雌外育。三化之虫，先孕后交；兼爱之兽，自为牝牡[④]。寄生[⑤]因夫高木，女萝托乎茯苓，木株于土，萍植于水，鸟排虚而飞，兽跖实而走[⑥]，虫土闭而蛰，鱼渊潜而处。本乎天者亲上，本乎地者亲下，本乎时者亲旁：各从其类也。千岁之雉，入海为蜃；百年之雀，入海为蛤；千岁龟鼋，能与人语；千岁之狐，起为美女；千岁之蛇，断而复续；百年之鼠，而能相卜：数之至也。春分之日，鹰变为鸠；秋分之日，鸠变为鹰：时之化也。故腐草之为萤也，朽苇之为蛬也，稻之为蛪也，麦之为蝴蝶也，羽翼生焉，眼目成焉，心智在焉：此自无知化为有知而气易也[⑦]。鹤之为獐也，蛬之为虾也，不失其血气而形性变也。若此之类，不可胜论。应变而动，是为顺常；苟错其方，则为妖眚。故下体生于上，上体生于下，气之反者也。人生兽，兽生人，气之乱者也。男化为女，女化为男，气之贸者也。鲁牛哀得疾，七日化而为虎，形体变易，爪牙施张。其兄启户而入，搏而食之。方其为人，不知其将为虎也；方其为虎，不知其常为人也。故晋太康中，陈留阮士瑀，伤于虺[⑧]，不忍其痛，数嗅其疮，已而双虺成于鼻中。元康中，历阳[⑨]纪元载，客食道龟，已而成瘕，医以药攻之，下龟子数升，大如小钱，头足彀备，文甲皆具，惟中药已死。夫妻非化育之气，鼻非胎孕之所，享道非下物之具。从此观之，万物之生死也，与其变化也，非通神之思，虽求诸己，恶识所自来。然朽草之为萤，由乎腐也；麦之为蝴蝶，由乎湿也。尔则万物之变，皆有由也。农夫止麦之化者，沤之以灰；圣人理万物之化者，济之以道。其与不然乎？

注释

①五气：指五行之气，即金、木、水、火、土五种生成万物之元气。

②中土：指中原地区。绝域：指闭塞的边远地区。

③大腰：指龟类动物。细腰：指蜂类动物。

④三化之虫：指蚕。

兼爱之兽：根据《山海经》的记载指的是一种名为“类”的动物。

⑤寄生：指茑，是一种缠绕于枫、桑等树之间的小灌木。

⑥排虚：凌空。跖zhí：踏，踩。

⑦蛬gǒng：蟋蟀。蛪jiā：米中的小黑虫。

⑧虺huǐ：一种毒虫。

⑨历阳：古县名，在今安徽和县。

译文

天有水、木、金、火、土五行元气，世间万物都是这五种气变化而成的。木气纯净就生成仁爱，火气纯净就有礼制，金气纯净就有道义，水气纯净就有智慧，土气纯净就有思想，五气都纯净，那么圣人的德行就完备了。木气混浊就虚弱，火气混浊就淫乱，金气混浊就残暴，水气混浊就贪婪，土气混浊就顽固，五气都混浊，那么就是平民百姓中的下流之人了。中原多圣人，这是和顺之气互相交会的结果；边远闭塞的地方多怪物，这是怪异之气所造成的。如果禀受了一种气质，就一定有与之相应的一种形体；如果有了一种形体，就一定会产生与之相应的一种性情。所以吃五谷的聪明而文雅，吃草的力气大却愚蠢，吃桑叶的会吐丝而变成蛾，吃肉的勇猛而强悍，吃泥土的没有意识却忙个不停，吃元气的神通而且长寿，不吃什么东西的不死且成神灵。像龟、鼍之类的大腰动物没有雄性，像蜂、蚁之类的细腰动物没有雌性。没有雄的就和其他动物交配，没有雌的就靠其他的动物来生育。蜕化三次的蚕，先怀孕然后交配；“类”这种野兽，雌雄同体。寄生草依附于高大的树木，女萝寄寓在茯苓上。树木扎根在土中，浮萍根植在水里。鸟儿扑打着空气飞翔，禽兽脚踏在实地上奔跑。虫子潜伏在泥土里冬眠，鱼儿居住在深水潭中。来源于空中的亲附上天，来源于地上的亲附地下，来源于时令的亲附所依傍的事物：这是事物各自以同类相聚。上千岁的野鸡，到海里就变成了大蛤蜊；上百岁的麻雀，到海里就变成了小蛤蜊；上千岁的乌龟、老鳖能和人谈话；上千岁的狐狸，站起来会变成美女；上千岁的大蛇，被斩断了又能连起来；上百岁的老鼠，能看相占卜：这是寿命达到了一定年数而造成的。春分那一天，鹰变成鸠；秋分那一天，鸠变成鹰：这是时令造成的变化。所以，腐烂的草变成萤火虫，腐烂的芦苇变成蟋蟀，稻谷变成蛩虫，麦子变成蝴蝶，长出羽毛翅膀、长成眼睛，意识也就存在了：这是从没有知觉变成了有知觉而那元气也改变了。鹤变为獐，蟋蟀变为虾，没有丧失它们的血气但形状本性变了。像这样的例子，不胜枚举。适应着变化而变动，这是顺应常规。如果违背了变化的规律而变动，就会成为妖怪和祸害。所以，下身的器官长在上身，上身的器官长在下身，这是元气逆反而造成的；人生下禽兽，禽兽生出人，这是元气混乱而造成的；男人变为女人，女人变为男人，这是元气互换而造成的。鲁国的牛哀得了病，七天后便变成了老虎，形状改变了，便张牙舞爪起来，他哥哥开门进去，他就把哥哥抓住吃了。当牛哀是人的时候，他并不知道自己将要变成老虎；当他成为老虎的时候，也不知道自己曾经是人。所以，晋朝太康年间，陈留郡的阮士瑀被毒虫咬伤了，他不能忍受疼痛，常常去闻那伤口，不久就在鼻子中长出两条毒虫。元康年间，历阳县的纪元载，在外地吃了路上的乌龟，不久腹中就结了硬块，医生用药来治它，他便排泄出几升小乌龟，大小像小铜钱，头和脚都长全了，龟纹和硬壳也都具备，只是中了药毒已经死去。夫妇不是化育万物的元气，鼻腔不是怀胎的地方，肠道不是生产幼体的器官。这样看来，各种事物的生死及其变化，如果没有通达神灵的思考，即使从自己的身上仔细体会推究，也不能知道是从什么地方来的。但是，腐烂的草变成萤火虫，是由于腐烂的缘故；麦子变成蝴蝶，是由于潮湿的缘故。这样一来，世间万物的变化，都是有原因的。农民要阻止麦子生虫的变化，就用灰来浸泡；圣人治理各种事物的变化，用道来接济。难道不是这样吗？

二 穿井获羊

季桓子穿井，获如土缶，其中有羊焉[①]。使问之仲尼曰:“吾穿井其获狗，何耶？”仲尼曰:“以丘所闻，羊也。丘闻之:木石之怪,‘夔’‘魍魉’[②]。水中之怪,龙、‘罔象’[③]。土中之怪,曰‘贲羊’[④]。”《夏鼎志》[⑤]曰:“罔象如三岁儿，赤目，黑色，大耳，长臂，赤爪。索缚则可得食。”王子曰 :“木精为游光，金精为清明也。”

注释

①季桓子：即季孙斯，春秋时鲁国卿大夫。

缶：一种小口大肚子的瓦器。

②夔kuí：指龙形的一条腿的怪物。

③罔象：亦作“罔像”或“魍象”，指水怪。

④贲羊：指土中怪兽。

⑤《夏鼎志》：说明夏鼎所铸怪异物图的书籍。

译文

季桓子挖井，挖到一个像土缶样子的东西，里面有只羊。他就派人去问孔子，说:“我挖井挖到一只狗，这是怎么回事呢？”孔子说:“依我所听说过的事,那应该是羊。我听说:树木、石头中的精怪，是夔、魍魉；水中的精怪，是龙、罔象，泥土中的精怪,叫做贲羊。”《夏鼎志》记载说:“罔象,像三岁的小孩，红眼睛，黑颜色，大耳朵，长臂膀，红色的脚爪，用绳子把它捆住就可以吃了。”王子说:“木精是游光，金精是清明。”

三 山精傒囊

吴诸葛恪为丹阳太守，尝出猎，两山之间有物如小儿，伸手欲引人。恪令伸之，乃引去故地[①]。去故地即死。既而参佐问其故，以为神明。恪曰："此事在《白泽图》[②]内。曰：'两山之间，其精如小儿，见人，则伸手欲引人，名曰"傒囊"，引去故地则死。'无谓神明而异之。诸君偶未见耳。"

注释

①故地：旧地。原来所在的地方。

②《白泽图》：传说是《河图洛书》中河图的一部分，是记载中国中古时期鬼怪地精的图谱。

译文

三国东吴人诸葛恪任丹阳太守，有一次他出去打猎，在两座山之间，看见有个像小孩一样的东西，伸出手来想拉人。诸葛恪就伸手给它，然后就拉着它的手把它拉离开了原来的地方。那东西一离开原来的地方就死了。事情过后，部下问诸葛恪这是什么缘故，认为那是神明。诸葛恪说："这事在《白泽图》内有记载。《白泽图》说：'两座山之间，有像小孩的精怪，看见人就想伸出手来拉人，它的名字叫做"傒囊"。拉着它离开原来的地方它就会死去。'你们不要认为那是神明而感到奇怪，只是各位偶然没有见到这记载罢了。"

四 池阳小人景

王莽建国四年，池阳有小人景[1]，长一尺余，或乘车，或步行，操持万物，大小各自相称，三日乃止。莽甚恶之。自后盗贼[2]日甚，莽竟被杀。《管子》[3]曰："涸泽数百岁，谷之不徙，水之不绝者，生'庆忌。''庆忌'者，其状若人，其长四寸，衣黄衣，冠黄冠，戴黄盖，乘小马，好疾驰。以其名呼之，可使千里外一日反报。"然池阳之景者，或"庆忌"也乎。又曰："涸小水精，生'蚳'[4]。'蚳'者，一头而两身，其状若蛇，长八尺，以其名呼之，可使取鱼鳖。"

注释

①池阳：古县名，在今陕西泾阳西北。景：同"影"。

②盗贼：这里应该指的农民起义军，因为作者是站在统治阶级立场，故称他们为"盗贼"。

③《管子》：中国春秋时期齐国政治家、思想家管仲及管仲学派的著述总集。

④蚳chí：状似蛇的怪物。

译文

王莽建国四年，池阳县有小人的影子出现，长一尺多，有的乘车，有的步行，手里拿着各种东西，东西的大小也都与小人相配，这些小人影子，三天才消失。王莽十分厌恶这件事。那以后盗贼一天比一天厉害，王莽最后竟被他们杀死了。《管子》说："干枯的湖泽经过几百年，山谷不移位、水源没有断绝的，就会出现水怪'庆忌'。'庆忌'这种怪物，形状像人，身长四寸，穿着黄色的衣服，戴着黄色的帽子，打着黄色的华盖，乘坐着小马拉的车，喜欢飞快地奔驰。呼唤他的名字，可以让他在千里以外当天就回来报告消息。”这样说来，那池阳县的小人影子，或许就是庆忌吗？《管子》又说：“干枯的水泽有小水怪，生成蚳。蚳，长着一个头两个身子，它的形状像蛇，身长八尺。用它的名字呼唤它，可以让它抓鱼鳖。”

五 落头民

秦时，南方有落头民，其头能飞。其种人部有祭祀，号曰“虫落”，故因取名焉。吴时，将军朱桓[①]得一婢，每夜卧后，头辄飞去。或从狗窦，或从天窗中出入，以耳为翼。将晓复还，数数如此，傍人怪之，夜中照视，唯有身无头，其体微冷，气息裁属[②]。乃蒙之以被。至晓头还，碍被不得安，两三度堕地，噫咤[③]甚愁，体气甚急，状若将死。乃去被，头复起，傅[④]颈。有顷和平。桓以为大怪，畏不敢畜，乃放遣之。既而详之，乃知天性也。时南征大将，亦往往得之。又尝有覆以铜盘者，头不得进，遂死。

注释

①朱桓：字休穆，今江苏苏州人。三国时期吴国将领，官至前将军、青州牧，封为嘉兴侯。

②气息裁属：呼吸勉强接上，形容气息极其微弱。裁，通“才”。

③噫咤yìzhà：叹息。

④傅：通“附”。

译文

秦朝时，南方有一种落头人，他们的头能飞。这种人的部落内有一种祭祀，叫做“虫落”，所以由此得名。三国孙吴时，将军朱桓得到一个婢女，每天夜里睡觉后，头就飞走了。她的头或者从狗洞中进出，或者从天窗中进出，用她的耳朵当作翅膀。天快亮的时候，她的头再飞回来。总是发生这样的事情，周围的人便感到很奇怪，就在夜里点了灯去看那婢女，见她只有身体没有头，她的身体稍微冷一些，呼吸仅勉强能接得上，人们就用被子把她的身体盖住了。到天亮时，婢女的头回来了，因为被子遮住了身体，头就不能安上去了，两三次掉在地上，那头叹息着、十分愁苦；而身体的呼吸变得很急促，好像快要死了的样子。人们这才拿掉被子，头又飞起来，安在脖子上，过了一会儿气息也平缓了。朱桓觉得这婢女是大妖怪，感到害怕，不敢再收留她，便打发她走了。过后详细地去了解她的情况，才知道这是她的天性。当时南征的大将，也常常得到这种人。也曾经有人用铜盘盖住那飞走了头的身体，头不能接到身体上，就死了。

六 猳国取女

蜀中西南高山之上，有物与猴相类，长七尺，能作人行。善走逐人，名曰“猳国”，一名“马化”，或曰“玃猿”[①]。伺道行妇女有美者，辄盗取将去，人不得知。若有行人经过其旁，皆以长绳相引，犹故不免。此物能别男女气臭[②]，故取女，男不取也。若取得人女，则为家室。其无子者，终身不得还。十年之后，形皆类之，意亦迷惑，不复思归。若有子者，辄抱送还其家，产子皆如人形。有不养者，其母辄死，故惧怕之，无敢不养。及长，与人不异，皆以“杨”为姓。故今蜀中西南多诸杨，率皆是“猳国”“马化”之子孙也。

注释

①猳jiā：古书中记载的一种猴类动物。

玃jué：大母猴，此处泛指猴类。

②臭：同“嗅”。气味。

译文

蜀地内西南的高山上，有一种怪物，和猴子相似，身长七尺，能像人一样站起来走路，它们善于奔跑追人，名叫“猳国”，又叫“马化”，或“玃猿”。它们经常窥视路过的妇女，看有漂亮的，就偷取带走，人们不知道它们把这些美女带到什么地方去了。即使过路人经过它们旁边时，用长绳子互相牵着走，还是不能避免被它们抢去。这种怪物能辨别男女的气味，所以它们只抢女的，不抢男的。如果抢到了女子，就把她当作妻子。那些不生孩子的，到死也不能回来。十年以后，这些被抢去的女人，形体就会和它们类似，意识也模糊，不再想回家了。如果生了孩子的，它们就送她抱着孩子回家。生下的孩子都跟人一样，如果回家后不抚养孩子，那么这孩子的母亲就会死去，所以她们很害怕，没有人敢不抚养孩子。等到这些小孩长大，和人没有什么不同，都以“杨”为姓。所以现在蜀国内西南部有很多姓杨的人家，大概都是“猳国”“马化”的子孙。

七 越地冶鸟

越地深山中有鸟，大如鸠，青色，名曰“冶鸟”[①]。穿大树作巢，如五六升器，户口径数寸，周饰以土垭[②]，赤白相分，状如射侯。伐木者见此树，即避之去。或夜冥不见鸟，鸟亦知人不见，便鸣唤曰：“咄咄[③]，上去！”明日便宜急上；“咄咄，下去！”明日便宜急下；若不使去，但言笑而不已者，人可止伐也。若有秽恶[④]及其所止者，则有虎通夕来守，人不去，便伤害人。此鸟白日见其形，是鸟也；夜听其鸣，亦鸟也；时有观乐者，便作人形，长三尺，至涧中取石蟹，就火炙之，人不可犯也。越人谓此鸟是“越祝[⑤]”之祖也。

注释

①越地：越国之地，疆域在今江苏、江西、浙江一带。
冶鸟：亦作“治鸟”。

②垭：通“垩”。白色的土。

③咄咄duō：语气词，表示感叹。

④秽恶：邪恶，污浊。

⑤越祝：越地的巫祝。巫祝，指掌管占卜祭祀的人。

译文

越国一带的深山中有一种鸟，大小像鸠，青色，名叫“冶鸟”。它们在大村上打洞做巢，那洞就像五六升大的容器，洞口的直径有几寸，洞口周围用白色土作为装饰，红白的泥土两色间隔，图案就像箭靶子。砍伐树木的人看见这种树，就避开它。有时候天黑了人看不见冶鸟，冶鸟也知道人看不见它，它们就叫唤说："咄，咄，上去。"第二天就应该赶快到上面去砍伐。如果冶鸟叫唤说："咄，咄，下去。"第二天就应该赶快到下面去砍伐。如果那冶鸟不让你离去，只是谈笑不停，就可以停下在那里砍伐。如果有污秽的东西弄脏了它栖息的地方，那么就有老虎来通宵守护，如果人不离开，老虎便会伤害他。这种鸟，白天看见它的形状，是鸟；夜里听见它的鸣叫，也是鸟；有时候它们出外观赏游乐，便变成人的模样，身长三尺，到山涧中去抓石蟹，放在火上烤来吃，这时人们不可以去骚扰它们。越国的人说这种鸟是越国巫祝的始祖。

八 南海鲛人

南海之外，有鲛人[①]，水居如鱼，不废织绩[②]。其眼泣则能出珠。

注释

①南海之外：指南海郡以外的海域。

鲛人：我国神话传说中鱼尾人身的怪人。传说他们织成的鲛绡，入水不湿。和西方神话中的人鱼类似。

②织绩：纺织和搓麻。

译文

南海郡外的大海中，有一种鲛人，像鱼一样生活在水中，他们不停地纺布搓麻。他们的眼睛在哭泣时就会流出珍珠。

九 蜮含沙射人

汉光武中平中[1]，有物处于江水，其名曰“蜮”，一曰“短狐”，能含沙射人。所中者，则身体筋急，头痛发热，剧者至死。江人以术方抑之，则得沙石于肉中。《诗》所谓“为鬼为蜮，则不可测”[2]也。今俗谓之“溪毒”。先儒以为男女同川而浴，淫女为主，乱气所生也。

注释

①汉光武中平：此处当有讹误，因光武没有中平年号，中平是灵帝的年号。这里或者是“中平”当为“中元”，或“光武”为“灵帝”之误，或“光武”二字衍文。

②为鬼为蜮，则不可测：出自《诗经·小雅·何人斯》篇。

译文

汉灵帝中平年间，有一种怪物生活在长江之中，它的名字叫“蜮”，又叫“短狐”，能含沙射人。被它射中的人，会全身抽筋、头痛发热，严重的甚至死亡。长江边上的人用方术治它，在肉中找到了沙石。这就是《诗经》所说的“为鬼为蜮，则不可测。”如今民间把它称为“溪毒”。古代的儒者认为男女在同一条河里洗澡，淫乱的女子为主宰，那淫乱的元气就会生成这种怪物。

十　张小小

余外妇姊夫[①]蒋士，有佣客，得疾下血。医以中蛊[②]，乃密以蘘荷[③]根布席下，不使知。乃狂言[④]曰："食我蛊者，乃张小小也。"乃呼小，小亡去。今世攻蛊，多用蘘荷根，往往验。蘘荷或谓嘉草。

注释

①外妇姊夫：妻子的姐夫。

②蛊gǔ：传说中的一种人工培养的毒物，专门用来害人。

③蘘ráng荷：一种草本植物，根状茎可入药。

④狂言：语无伦次。

译文

我妻子的姐夫蒋士，家里有个佣人，得了一种便血的病。大夫认为他中了蛊毒，就悄悄地把蘘荷的根放在他的席子下面，不让病人知道。病人语无伦次地说："让我中蛊毒的，就是张小小。"于是呼唤张小小，张小小就因此逃走了。现在治疗蛊毒，大多用蘘荷根，往往很灵验。蘘荷又叫做嘉草。

十一　赵寿犬蛊

鄱阳赵寿有犬蛊。时陈岑诣寿，忽有大黄犬六七群，出吠岑。后余相伯归与寿妇食，吐血几死，乃屑桔梗[①]以饮之而愈。蛊有怪物，若鬼，其妖形变化杂类殊种，或为狗豕，或为虫蛇，其人不自知其形状。行之于百姓，所中皆死。

注释

①屑：研成粉末。桔梗：草本植物，根可入药。

译文

鄱阳郡的赵寿养了一种狗蛊。一次陈岑去拜访赵寿，忽然有六七条大黄狗组成的狗群，跑出来咬陈岑。后来余相伯回家和赵寿的妻子吃饭，吐血吐得差点死去，把桔梗研成粉末喝下去才痊愈了。蛊是一种怪物，像鬼，它妖形的变化种类混杂而又各不相同，有的成为狗、猪，有的成为虫、蛇，那些养蛊的人自己也不知道自己养的蛊是什么形状。他们把这些蛊放到一般人身上，中了蛊毒的人便会死去。

卷十三

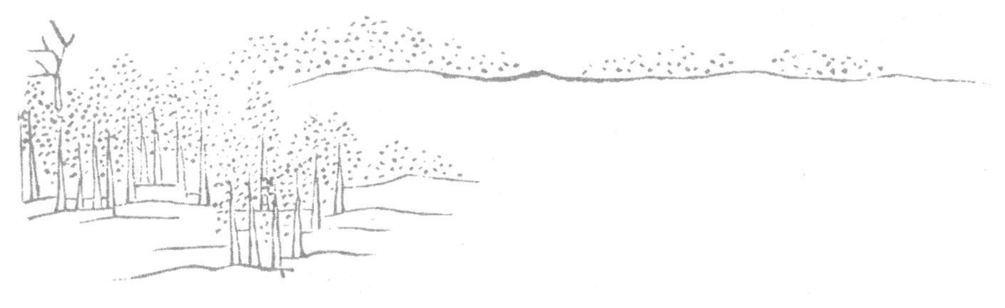

一 泰山澧泉

泰山之东，有澧泉[①]，其形如井，本体是石也。欲取饮者，皆洗心志[②]，跪而挹之，则泉出如飞，多少足用。若或污漫[③]，则泉止焉。盖神明之尝志者也。

注释

①澧泉：甘美的泉水。

②洗心志：洗涤心灵，使其纯净。

③污漫：污秽。

译文

泰山的东边有澧泉，它的形状像口井，它的本体是石头。想要取这泉水饮用的人，都必须纯净思想，跪着去舀水，那么这泉水就会飞也似的喷出来，无论你用多少都足够了。如果心灵污秽，那么这泉水就停止流淌。这大概是神灵在试探人心。

二 河神劈华山

二华之山[①]，本一山也。当河，河水过之而曲行。河神巨灵，以手擘[②]开其上，以足蹈离其下，中分为两，以利河流。今观手迹于华岳上，指掌之形具在。脚迹在首阳山[③]下，至今犹存。故张衡[④]作《西京赋》，所称“巨灵赑屃[⑤]，高掌远迹，以流河曲”是也。

注释

①二华之山：即太华山和少华山，在今陕西华阴县。太华山就是现在的西岳华山，少华山在它的西边。

②擘bò：砍，劈。

③首阳山：山名，一称雷首山，又名首山，在今山西省永济市南。

④张衡：字平子，今河南南阳石桥镇人，是东汉时期的天文学家、数学家、发明家、地理学家、制图学家、诗人。

⑤赑屃bìxì：形容壮猛有力的样子。

译文

太华山和少华山，本来是一座山。它正对着黄河，黄河水经过它时要绕道而流。黄河之神巨灵，用手劈开山顶，用脚蹬开山麓，使这座山平分成两座，便利了黄河的流动。现在到华山上去观看河神的手印，手指、手掌的形状都还在。巨灵的脚印在首阳山下，到现在也仍然保存着。过去张衡写了篇《西京赋》，赋里所说的“巨灵赑屃，高掌远跖，以流河曲”，就是指的这件事。

三 霍山四镬

汉武徙南岳之祭于庐江灊县霍山之上①，无水。庙有四镬，可受四十斛。至祭时，水辄自满，用之足了，事毕即空。尘土树叶，莫之污也。积五十岁，岁作四祭。后但作三祭，一镬自败。

注释

①南岳：即衡山。灊qián县：在今安徽霍山县东北。

霍山：又名天柱山，在今霍山县内。

译文

汉武帝把南岳衡山的祭祀迁到庐江郡灊县的霍山上，那山上没有水。庙里有四只大鼎，可以装水四十斛。到祭祀的时候，鼎里的水总会自己装满，这些水足够祭祀所用，祭祀结束后，鼎就空了。尘土树叶，都不能把它弄脏。一共祭祀了五十年，每年祭祀四次。后来改成只祭祀三次，有一只鼎就自己损坏了。

四 龟化城

秦惠王二十七年[①]，使张仪[②]筑成都城，屡颓[③]。忽有大龟浮于江，至东子城[④]东南隅而毙。仪以问巫，巫曰：“依龟筑之。”便就。故名“龟化城”。

注释

①秦惠王二十七年：即前311年。

②张仪：战国时期魏国人，著名政治家、外交家和谋略家。

③颓：倒塌。④子城：附着于大城的小城，即内城。

译文

秦惠王二十七年，派张仪修筑成都城，城墙几次筑起来又都倒塌了。忽然有只大乌龟浮在江面上，来到东边内城的东南角就死了。张仪去询问巫祝这件事，巫祝说：“依据乌龟的所行路线来筑城。”于是城墙就筑成了。所以这城被命名为“龟化城”。

五 城沦为湖

由拳县，秦时长水县也。始皇时，童谣曰：“城门有血，城当陷没为湖。”有妪闻之，朝朝往窥。门将欲缚之，妪言其故。后门将以犬血涂门，妪见血，便走去。忽有大水欲没县，主簿令干[①]入白令。令曰：“何忽作鱼？”干曰：“明府亦作鱼。”遂沦为湖。

注释

①干：干吏，州郡官府中的办事人员。

译文

由拳县，在秦时称长水县。秦始皇的时候，有童谣说：“城门有血，城会陷没成湖泊。”有个老妇女听见了这歌谣后，天天去城门察看。守门的将官要抓捕她，她就讲了她天天来探看的原因。后来这看门的将官把狗血涂在城门上，这妇女看见城门上有血，就跑着离开了。忽然就涨起大水要淹没县城，县里的主簿派主管的官吏去县衙内报告县令。县令说：“你怎么忽然变成了鱼的样子？”这个小吏说：“您也变成了鱼的样子。”这县城就这样沦陷成了湖泊。

六 马邑城

秦时，筑城于武周塞内以备胡[①]，城将成而崩者数焉。有马驰走，周旋反复。父老异之，因依马迹以筑城，城乃不崩。遂名“马邑”。其故城今在朔州[②]。

注释

①武周塞：古要塞名。又名五州塞，在今山西大同一带。

②朔州：古县名，也就是朔州，在今山西朔县。

译文

秦朝时，在武周塞内筑城，来防备匈奴的侵略，但是却多次发生在城快筑成了的时候又崩塌的情况。后来有匹马奔驰过来，并反复地绕着一个圈子打转。当地的父老觉得很奇怪，就按照马跑的脚印来筑城，筑好以后，城墙就不再崩塌了。于是把这城命名为“马邑”。它的故城在现在朔州。

七 天地劫余

汉武帝凿昆明池[①]，极深，悉是灰墨[②]，无复土。举朝不解，以问东方朔。朔曰：“臣愚，不足以知之。”曰：“试问西域人。”帝以朔不知，难以移问。至后汉明帝时，西域道人入[③]，来洛阳。时有忆方朔言者，乃试以武帝时灰墨问之。道人云：“经云：‘天地大劫将尽则劫烧。’此劫烧之余也。”[④]乃知朔言有旨。

注释

①昆明池：湖沼名，在长安城西南方向的郊外，是汉武帝时所凿，用以演习水战。

②灰墨：灰黑色的灰。

③道人：这里指佛教徒，晋以前，常称佛教徒为道人。

④经：指佛经。劫烧：佛经里面称天地从形成到毁灭是一劫。劫尽时，会有大火焚烧。

译文

汉武帝挖掘昆明池，挖到很深的地方时，挖出的全是灰墨，不再有泥土。整个朝廷的人都不知道是怎么回事，就去问东方朔。东方朔说："我愚笨的很，不知道是怎么回事。"又说："皇上可以去问问西域来的人。"汉武帝认为东方朔都不知道，也就很难从别人那里知道答案了。到东汉明帝的时候，西域的僧人进入中原，来到洛阳。当时有人想起东方朔的话，就试着问他汉武帝时出现灰墨的事。那僧人说："佛经上说：'天地在大劫将要结束的时候，就会有劫火燃烧。'这灰墨就是那大火烧完留下的灰烬。"人们这才知道东方朔的话是有一定含义的。

八 丹砂井

临沅县[①]有廖氏，世老寿[②]。后移居，子孙辄残折[③]。他人居其故宅，复累世寿。乃知是宅所为，不知何故。疑井水赤。乃掘井左右，得古人埋丹砂[④]数十斛。丹汁入井，是以饮水而得寿。

注释

①临汜：根据《抱朴子》记载，此处或作临沅。临沅，县名，在今湖南常德市西。

②老寿：高寿。

③残折：夭折。

④丹砂：也称朱砂，一种红色的矿物质。我国古代常用朱砂炼丹。

译文

临沅县有家姓廖的，代代人都长寿。后来搬到其他地方去住了，子孙却常夭折。别人住到他们原来的住宅中，又代代长寿。人们才知道长寿是因为这座住宅，但不知道具体是为什么。后来怀疑是因为那呈红色的井水的原因，于是就挖掘井的左右两边，得到古人埋在里面的朱砂几十斛。朱砂的汁流入了井里，所以喝了井水能够长寿。

九 江东余腹

江东名“余腹”[①]者，昔吴王阖闾[②]江行，食脍有余[③]，因弃中流，悉化为鱼。今鱼中有名“吴王脍余”者，长数寸，大者如箸，犹有脍形。

注释

①余腹：也就是现在的银鱼。

②阖闾：春秋时期吴国的国君，前514到前496年在位。

③脍：切成片的鱼。

译文

江东有种名叫“余腹”的鱼，传说是过去吴王阖闾在长江巡游的时候，吃鱼片没吃完，便把剩下的鱼片扔进江中，这些鱼片就变成了鱼。现在鱼类中有一种叫做“吴王脍余”的，几寸长，大的像筷子一样，还有鱼片的形状。

十 火浣布

昆仑之墟，地首①也。是惟帝之下都，故其外绝以弱水②之深，又环以炎火之山。山上有鸟兽草木，皆生育滋长于炎火之中，故有“火浣布”③。非此山草木之皮枲④，则其鸟兽之毛也。汉世，西域旧献此布，中间久绝。至魏初时，人疑其无有。文帝以为火性酷裂，无含生之气，著之《典论》⑤，明其不然之事，绝智者之听。及明帝立，诏三公曰：“先帝昔著《典论》，不朽之格言。其刊石于庙门之外及太学，与‘石经’⑥并，以永示来世。”至是，西域使人献火浣布袈裟，于是刊灭⑦此论，而天下笑之。

注释

①地首：大地的头。②弱水：由于水弱而不能载舟的河流。

③火浣布：能耐火的布。④枲xǐ：草木的纤维。

⑤文帝：即魏文帝曹丕。《典论》：三国时代曹丕的一部学术著作，写于曹丕做魏太子时期，原有二十二篇，后大都亡佚，只存《自序》《论文》《论方术》三篇。

⑥石经：指“熹平石经”，刻于东汉灵帝熹平年间，由当时著名的经学家蔡邕等二十四名经学家一同完成。是中国历史上刊刻最早的一部石经。⑦刊灭：泯灭，削除。

译文

昆仑山上的大丘，是大地的头。这是天帝设在下界的都城，所以它的外围用深深的弱水来隔绝，又用火焰山包围着。火焰山上有鸟兽草木，可以在火焰之中繁殖生长，所以那里出产一种“火浣布”。它不是用这火焰山上的草木表皮纤维织成，就是用山上鸟兽的毛织成的。汉朝的时候，西域曾经进献过这种布，但有很长一段时间绝迹了。所以到曹魏初年，人们怀疑没有这种布。魏文帝认为火的性质是猛烈破坏，不会含有生命的元气，便在《典论》中写这件事，认为这是不可能的事，来杜绝有见识的人的传闻。到魏明帝即位，下诏书给三公说：“先帝过去写的《典论》，都是不朽的格言。应该把它刻在太庙门外和太学里的石碑上，和‘石经’并列，用来永远昭示后代。”就在这时，西域派人献上了用火浣布做的袈裟，于是就只好刮掉了石碑中有关火浣布的论述，遭到天下人讥笑。

十一 阴阳燧

夫金之性一也。以五月丙午日中，铸为阳燧[①]；以十一月壬子夜半，铸为阴燧[②]（言丙午日铸为阳燧，可取火；壬子夜铸为阴燧，可取水也）。

注释

①阳燧：古代用日光取火的凹面铜镜。

②阴燧：古代在月夜用来承接露水的铜器。

译文

金属的性质是一定的。在五月丙午日的中午，用它铸造就成为阳燧；在十一月壬子日的半夜铸造，就成为阴燧（意思是说丙午日那一天白天铸成阳燧，可以取火；壬子那一天晚上铸成阴燧，可以取水）。

十二 焦尾琴

汉灵帝时，陈留蔡邕以数上书陈奏①，忤上旨意，又内宠恶之②，虑不免，乃亡命江海，远迹吴会③。至吴，吴人有烧桐以爨④者，邕闻火烈声，曰："此良材也。"因请之，削以为琴，果有美音。而其尾焦，因名"焦尾琴"。

注释

①陈留：郡名，在今河南杞县。

蔡邕：东汉末著名文学家，精通音律、书法。

②忤：违背。内宠：帝王宠爱的人，指有权宠的宦官。

③吴会：吴郡和会稽郡。

④爨cuàn：烧火做饭。

译文

汉灵帝时，陈留郡的蔡邕，因为多次上书陈述自己的政见，违背了皇帝的旨意，又被得宠的宦官憎恶，他担心自己难免被毒害，就流亡江湖，足迹远达吴郡、会稽郡。他来到吴郡时，见有个吴郡人烧桐木做饭，蔡邕听见火中桐木爆裂发出的声音，说：“这是块好木料啊！”便请求把那块桐木给他，并削减加工制成了琴，果然能弹出优美的声音。由于琴的尾部烧焦了，因而给它取名为“焦尾琴”。

十三 柯亭竹笛

蔡邕尝至柯亭[①]，以竹为椽[②]。邕仰眄之，曰：“良竹也。”取以为笛，发声辽亮[③]。一云邕告吴人曰：“吾昔尝经会稽高迁亭，见屋东间第十六竹椽可为笛。”取用，果有异声。

注释

①柯亭：在今浙江绍兴西南柯桥镇。

②椽chuán：放在梁上架着屋顶的木条或竹子。

③辽亮：即嘹亮。

译文

蔡邕曾来到过柯亭，那里的人用竹子做屋椽。蔡邕抬头打量，说：“好竹子啊！”便取下一段做成了笛子，这笛子吹奏起来声音嘹亮。一种说法是，蔡邕对吴郡的人说：“我过去曾经路过会稽郡高迁亭，看见亭子东面第十六根竹椽可以做笛子。”有人取下那根竹子做成笛子，果然能吹出格外美妙的声音。

卷十四

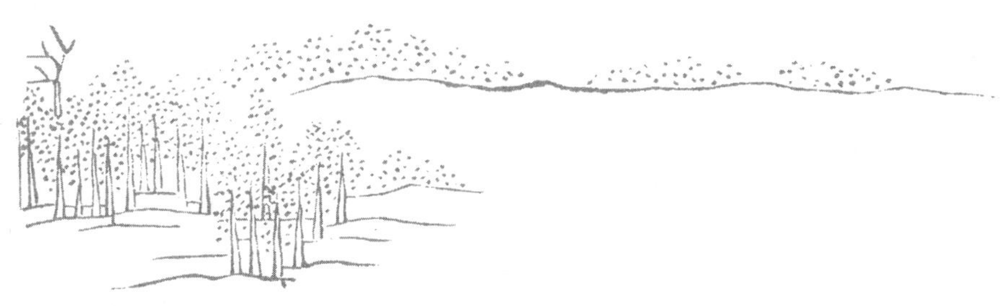

一　蒙双氏

昔高阳氏[①]，有同产而为夫妇，帝放之于崆峒[②]之野，相抱而死。神鸟以不死草覆之。七年，男女同体而生。二头，四手足，是为蒙双氏。

注释

①高阳氏：即颛顼，传说中的上古帝王。

②崆峒：山名，在今甘肃平凉市。

译文

从前高阳氏的时候，有两个一母同生下来的人结成了夫妻，颛顼帝把他们流放到崆峒山边的荒野，两人拥抱着死去。神鸟用不死之草覆盖了他们。七年后，这两人的身体长在一起，又活了。他们有两个头，四只手，四只脚，这就是蒙双氏。

二 盘瓠子孙

高辛氏[1]有老妇人居于王宫，得耳疾历时。医为挑治，出顶虫[2]，大如茧。妇人去后，置以瓠蓠[3]，覆之以盘。俄尔顶虫乃化为犬，其文五色，因名“盘瓠”，遂畜之。时戎吴强盛，数侵边境，遣将征讨，不能擒胜。乃募天下有能得戎吴将军首者，赠金千斤，封邑万户，又赐以少女。后盘瓠衔得一头，将造[4]王阙。王诊视之，即是戎吴。为之奈何？群臣皆曰：“盘瓠是畜，不可官秩，又不可妻。虽有功，无施也。”少女闻之，启王曰：“大王既以我许天下矣，盘瓠衔首而来，为国除害，此天命使然，岂狗之智力哉！王者重言，伯[5]者重信，不可以女子微躯，而负明约于天下，国之祸也。”王惧而从之，令少女从盘瓠。盘瓠将女上南山，草木茂盛，无人行迹。于是女解去衣裳，为仆竖之结，着独力之衣[6]，随盘瓠升山入谷，止于石室之中。王悲思之，遣往视觅，天辄风雨，岭震云晦，往者莫至。盖经三年，产六男六女。盘瓠死后，自相配偶，因为夫妇。织绩木皮，染以草实。好五色衣服，裁制皆有尾形。后母归，以语王，王遣使迎诸男女，天不复雨。衣服褊裢[7]，言语侏㒧[8]，饮食蹲踞，好山恶都。王顺其意，赐以名山广泽，号曰“蛮夷”。蛮夷者，外痴内黠，安土重旧。以其受异气于天命，故待以不常之律。田作贾贩，无关繻符传租税之赋[9]。有邑君长，皆赐印绶。冠用獭皮，取其游食于水。今即梁、汉、巴、蜀、武陵、长沙、庐江郡夷是也。用糁，杂鱼肉，叩槽而号，以祭盘瓠，其俗至今。故世称“赤髀横裙，盘瓠子孙。”[10]

注释

①高辛氏：即帝喾。传说中的上古帝王。

②顶虫：据《狗黄歌》，此处或作“金虫”。

③瓠蓠：用剖开的葫芦做的瓢类器物。

④造：到，去。⑤伯：通“霸”。

⑥仆竖：奴仆。独力之衣：指干活的衣服。

⑦褊裢biǎnlián：根据《后汉书》此处作“斑兰”，即斑斓，色彩错杂的样子。

⑧侏儒：语言怪异，难以理解。

⑨关繻：出入关隘的通行证。符传：朝廷下达命令的凭证。

⑩赤：裸露。髀bì：大腿。

译文

高辛氏的时候，有个老妇人住在王宫里，患耳病已有一段时间了。大夫为她挑治，挑出一只金虫，大小如同蚕茧。这老妇人离开后，大夫把金虫放在瓠瓢里，又用盘子盖在上面。不一会儿这虫就变成了一条狗，狗身上的花纹五彩斑斓，大夫便把它命名为“盘瓠”，并饲养它。当时戎吴部落十分强盛，屡次侵犯边境，高辛氏便派遣将领去讨伐，但总不能获胜。于是就向全国招募，如果有谁能取得戎吴将军的首级，就赏一千斤黄金，封给一万户城邑，还把小女儿赐嫁给他。后来盘瓠衔着一个人头，送到王宫。高辛氏仔细一看，正是戎吴将军的头。这样要怎么处理呢？大臣都说：“盘瓠是牲畜，不能封官供给俸禄，也不能娶妻。它虽然有功劳，也不能对它实施奖赏。”高辛氏的小女儿听说了这件事，禀告说：“大王您已经拿我给天下许诺了。现在盘瓠叼着首级来了，为国家除去了祸害，这是上天使它这样，哪能是狗的智慧和力量啊！称王的人看重诺言，称霸的人讲究信用，您不能因为我轻微的身躯，而在天下人面前违背诺言，那会是国家的灾祸啊。”高辛氏感到害怕了，就依从了小女儿，让她跟从盘瓠。盘瓠带着高辛氏的女儿登上南山，山上草木茂盛，没有人的行踪。于是高辛氏的女儿就脱去华贵的服装，像奴仆一样打扮，穿上便于用力干活的衣服，随着盘瓠登高山穿深谷，最后在石洞中居住了下来。高辛氏很悲伤地想念女儿，就派人前去看望寻找，但一去就遇到刮风下雨，山岭震动，云层密布，没有一个去的人能到达那里。大概过了三年，高辛氏的小女儿生了六个男孩和六个女孩。盘瓠死了以后，六对孩子自己互相结成夫妻。他们用树皮纺织成布，用草籽来染色，喜欢穿五彩斑斓的衣服，裁制的衣服都有尾巴的形状。后来他们的母亲回到王宫，把这些告诉高辛氏。高辛氏就派出使者去迎接那几对男女，这时天也不再下雨了。这些人穿的衣服色彩斑斓，说的话难以分辨，吃喝的时候总是蹲着，喜欢山野而厌恶城市。高辛氏就顺从他们的意愿，赐给他们名山大泽，称他们为“蛮夷”。蛮夷人，外表看上去呆傻，内心却很聪慧机敏，他们安于自己的乡土风俗，看重旧有的道德习惯。因为他们禀受了上天赋予的特别气质，所以用不同寻常的法律来对待他们。他们无论是种田还是经商，出入关隘都不需要出入凭证与符节，也不需要缴纳租税；凡是拥有城邑的首领，都赐给印信绶带；他们的帽子是用水獭皮做成的，取意于水獭在江河中生活。今天梁州、汉中郡、巴郡、蜀郡、武陵郡、长沙郡、庐江郡的蛮夷人就是这样。他们用米饭混合鱼肉，敲着木槽叫喊的方式来祭祀盘瓠，这种风俗一直流传到今天。所以现在的人说：“露着大腿、系着横裙的，是盘瓠的子孙。”

三 夫馀王东明

槀离[1]国王侍婢有娠，王欲杀之，婢曰："有气如鸡子，从天来下，故我有娠。"后生子，捐之猪圈中，猪以喙嘘之，徙至马枥中，马复以气嘘之，故得不死。王疑以为天子也，乃令其母收畜之，名曰"东明"。常令牧马。东明善射，王恐其夺己国也，欲杀之。东明走，南至掩施水[2]，以弓击水。鱼鳖浮为桥。东明得渡，鱼鳖解散，追兵不得渡。因都王夫馀[3]。

注释

①槀离：《后汉书》作"索离"，古时东北的小国。

②掩施水：今流经吉辽两省的浑江。

③夫馀：国名，又称"扶余""凫馀"，建国时国都在吉林市。

译文

索离国国王的随身婢女怀孕了，国王要杀死她，婢女说："有一团像鸡蛋一样的气从天上降到我身上，于是我有了身孕。"后来她生下孩子，将他扔到猪圈里，猪用嘴巴向孩子哈气；扔到马厩中，马又向孩子哈气，所以孩子没被冻死。国王怀疑这孩子是上天的儿子，于是叫他母亲收养他，并给他取了个名字叫"东明"。国王常叫东明去放马。东明善于射箭，国王担心他夺了自己的江山，就想杀掉他。东明就逃跑了，他向南逃到掩施水边，用弓拍打水面，鱼鳖便浮上水面架成桥，东明得以渡过。他过河后，鱼鳖散去，追兵就不能过河了。后来，东明就在夫馀建都称王。

四 窦奉妻生蛇

后汉定襄[①]太守窦奉妻，生子武，并生一蛇，奉送蛇于野中。及武长大，有海内俊名。母死将葬，未窆[②]，宾客聚集，有大蛇从林草中出，径来棺下，委地俯仰[③]。以头击棺，血涕并流，状若哀恸，有顷而去。时人知为窦氏之祥。

注释

①定襄：郡名，治所在今内蒙古和林格尔西北的土城子。

②窆biǎn：下葬。

③俯仰：低头抬头。

译文

东汉时定襄太守窦奉的妻子生下儿子窦武，同时生下了一条蛇，窦奉就把蛇放到田野中。等到窦武长大后，在国内有美名。他母亲死后将要下葬，还没有把棺材落葬时，宾客们都聚集在一起，忽然有条大蛇从树林的草丛中爬出来，径直来到棺材底下，盘在地上不停地低头抬头。它又用头碰棺材，血泪一起流出，样子看上去十分悲恸，过了一会儿才离去。当时的人知道这是窦家的吉兆。

五 金龙池

晋怀帝永嘉中，有韩媪者于野中见巨卵。持归育之,得婴儿,字曰“撅儿”。方四岁,刘渊筑平阳[1]城不就,募能城者。撅儿应募，因变为蛇，令媪遗灰志[2]其后。谓媪曰："凭灰筑城，城可立就。"竟如所言。渊怪之，遂投入山穴间。露尾数寸，使者斩之，忽有泉出穴中，汇为池，因名“金龙池”。

注释

①平阳：古邑名，在今山西临汾县西南。

②志：做标志。

译文

晋怀帝永嘉年间，有位姓韩的老太太在野外发现一个很大的蛋。她把蛋拿回家孵化，便得到一个婴儿，给他取了个名字叫“撅儿”。撅儿四岁的时候,刘渊修筑平阳城总是不成功,就招募能筑城的人。撅儿应征后，便变成了蛇；他在前面爬行,叫韩老太太跟在他的后面撒上灰作为标记。他对老太太说："在撒灰的地方筑城，城就可以马上筑成。”结果确实如他所说的那样。刘渊觉得这条蛇很奇怪,就派人把它丢进了山洞中,蛇的尾巴还露出洞口几寸，派去的人便把那尾巴斩断，忽然有股泉水从山洞中流出来，汇聚成一个水池，人们就把它命名为“金龙池”。

六 女与马皮化蚕

旧说太古之时，有大人远征，家无余[①]人，唯有一女。牡马一匹，女亲养之。穷居幽处，思念其父，乃戏马曰："尔能为我迎得父还，吾将嫁汝。"马既承此言，乃绝缰而去。径至父所。父见马惊喜，因取而乘之。马望所自来，悲鸣不已。父曰："此马无事如此，我家得无有故乎！"亟乘以归。为畜生有非常之情，故厚加刍[②]养。马不肯食，每见女出入，辄喜怒奋击，如此非一。父怪之，密以问女，女具以告父，必为是故。父曰："勿言，恐辱家门。且莫出入。"于是伏弩射杀之，暴皮于庭。父行，女以邻女于皮所戏，以足蹙[③]之曰："汝是畜生，而欲取人为妇耶！招此屠剥，如何自苦！"言未及竟，马皮蹶然[④]而起，卷女以行。邻女忙怕，不敢救之，走告其父。父还，求索，已出失之。后经数日，得于大树枝间，女及马皮，尽化为蚕，而绩于树上。其茧纶理厚大，异于常蚕。邻妇取而养之，其收数倍。因名其树曰"桑"。桑者，丧也。由斯百姓竞种之，今世所养是也。言桑蚕者，是古蚕之余类也。

案[⑤]：《天官》："辰，为马星。"《蚕书》曰："月当大火，则浴其种。"是蚕与马同气也。《周礼》教人职掌"禁原[⑥]蚕者"，注云："物莫能两大，禁原蚕者，为其伤马也。"汉礼，皇后亲采桑，祀蚕神曰："菀窳妇人[⑦]，寓氏公主。"公主者，女之尊称也。菀窳妇人，先蚕者也。故今世或谓蚕为女儿者，是古之遗言也。

注释

①余：别的，其他的。

②刍：喂牲畜的草，亦指用草料喂牲口。

③蹙：通“蹴”。用脚踢。

④蹶然：疾起的样子。

⑤案：这里应该是作者自己给以上的故事加的按语注解。

⑥原：再，再一次。

⑦菀窳wǎnyǔ妇人：蚕神名。

译文

传说在远古时代，有一位父亲出门远行，家里没有别的人，只有一个女儿。另外还有一匹雄马，由女儿亲自来喂养它。女儿居住在偏僻闭塞的地方，十分思念父亲，就和马开玩笑说：“你能把父亲接回家，我就嫁给你。”马听了这话，就挣断了缰绳出门去了，一直跑到她父亲那里。父亲看见马又惊又喜，便拉过来骑了。马望着它来时的方向，悲哀地嘶叫不停。父亲说：“我这儿没有什么事情，这马却这样哀叫，是我家里发生了什么事吗？”他急忙骑着马回了家。主人见这马虽是畜生却对自己有非同寻常的情谊，对它的饲养更加优厚。但马却不肯吃料，每次看见那女儿进出，就是或高兴或发怒似的踢蹄蹦跳，这样的情况发生了不止一次。父亲对此感到很奇怪，就偷偷地询问女儿。女儿便把与马开玩笑的事一一告诉了父亲，认为一定是因为这个缘故。父亲说：“你不要说出去，我怕它会玷污了我家的名声。你也别再进进出出了。”于是他埋伏在暗处用弩把马射死了，并把马皮晒在院子中。父亲外出时，女儿和邻居家的姑娘在晒马皮的地方玩耍，她用脚踢着那马皮说："你是畜生，还想娶人做媳妇吗？结果招来了被屠杀剥皮的命运，为什么要自讨苦吃呢？"话还没说完，那马皮突然立起来，卷着女儿飞走了。邻居家的姑娘又慌又怕，不敢上前救她，就跑去告诉女孩的父亲。她父亲回来，到处寻找，女儿已经飞出门失踪了。后来过了几天，在一棵大树的树枝中找到了她，但她和马皮已经都变成了蚕，在树上吐丝作茧，那蚕茧丝的纹理又厚又大，不同于一般的蚕茧。邻近的妇女取来饲养，收的蚕丝增加好几倍。于是把那棵树命名为"桑"。"桑"，就是"丧"，是丧失的意思。从此百姓争着种植桑树，就是现在用来养蚕的树。平常所说的"桑蚕"，就是古蚕中残剩下来的一种。

案：根据《天官》的记载，辰宿对应马星。《蚕书》说："对应大火的那个月，就要选取桑种了。"这样看来，蚕和马具有同一种元气。《周礼》规定马质的职务是主管"禁止二次选蚕"。郑玄的注解说："事物不能同时为大。禁止再次选取桑种，是因为怕它会伤害了马。"按照汉代的礼仪，皇后亲自采桑，祭祀的蚕神叫做"菀窳妇人""寓氏公主"。公主，是对女子的尊称。菀窳妇人，是第一个教老百姓养蚕的人。所以现在世上有人说蚕是女儿，这是古代遗留下来的说法。

七 嫦娥奔月

羿[①]请无死之药于西王母,嫦娥窃之以奔月。将往,枚筮[②]之于有黄。有黄占之曰:"吉。翩翩归妹[③],独将西行。逢天晦芒[④],毋恐毋惊,后且大昌。"嫦娥遂托身于月,是为蟾蠩[⑤]。

注释

①羿:即后羿,神话中箭术高超的英雄,曾射下危害人间的九个太阳。

②枚筮:不告其事而占卜吉凶的一种占卜方法。

③归妹:《易经》六十四卦之第五十四卦。这里暗指嫦娥。

④晦芒:昏暗。

⑤蟾蠩chánzhū:即蟾蜍。

译文

羿从西王母那里求得了不死药,嫦娥偷了这药而飞到月亮上。在动身之前,她去找有黄占卜。有黄给她占卦说:"吉利。轻快的归妹,独自一人将奔向西方。遇上天空阴暗无光,不要恐惧不要惊慌,以后会非常兴旺。"于是嫦娥就在月亮上栖身,这就是月亮上的蟾蜍。

八 毛衣女

豫章新喻县①男子，见田中有六七女，皆衣毛衣，不知是鸟。匍匐往，得其一女所解毛衣，取藏之。即往就诸鸟，诸鸟各飞去，一鸟独不得去。男子取以为妇，生三女。其母后使女问父，知衣在积稻下，得之，衣而飞去。后复以迎三女，女亦得飞去。

注释

①新喻县：古县名，在今江西。

译文

豫章郡新喻县有个男子，在田间看见六七个女子，都穿着羽毛做成的衣服，不知道她们是鸟。他偷偷爬上前去，拿了其中一个女子脱下来的羽毛衣服，并把它藏起来。接着就走近那几只鸟，那几只鸟都各自飞跑了，只留下一只鸟不能飞走。这男子就娶了她作妻子，共生了三个女儿。后来她让女儿去问父亲，才知道自己的羽毛衣服被藏在稻垛下，她找到衣服，便穿上飞走了。后来她回来迎接三个女儿，女儿们也得以飞走。

九 宋母化鳖

魏黄初[①]中，清河[②]宋士宗母夏天于浴室里浴，遣家中大小悉出，独在室中良久。家人不解其意，于壁穿中窥之，不见人体，见盆水中有一大鳖。遂开户，大小悉入，了不与人相承。尝先着银钗，犹在头上。相与守之啼泣，无可奈何。意欲求去，永不可留。视之积日，转懈，自捉出户外。其去甚驶，逐之不及，遂便入水。后数日，忽还，巡行宅舍如平生，了无所言而去。时人谓士宗应行丧治服，士宗以母形虽变，而生理尚存，竟不治丧。此与江夏黄母相似。

注释

①黄初：魏文帝年号，时间约在220年到226年。

②清河：古郡名，治所在今山东临清东。

译文

曹魏黄初年间，清河郡宋士宗的母亲夏天在浴室中洗澡时，把家里的大人小孩全都打发出门，独自一个人在浴室中待了很长时间。家里人对她的用意感到很不理解，就在墙上凿了个洞偷偷地看她，没看见人的身体，只看见浴盆的水中有一只大鳖。于是赶紧打开浴室的门，一家老小全部拥了进去，但那大鳖一点儿也不和他们交流。宋母洗澡前戴上去的银钗，还插在头上。家里的人一起守护在她的周围啼哭，对此一点办法也没有。那大鳖的意思，是想求离开，再也不留在这儿了。家人看了她好几天，便逐渐有点放松了，她便趁机溜出门外。她跑得很快，家里的人追不上，她就这样钻进了河中去了。过了几天，她忽然又回来了，像平时那样巡视了一下家里的房屋，一句话也没讲就走了。当时的人劝宋士宗应该为她升丧服孝，宋士宗认为母亲的形态虽然变了，但她的生命还存在着，所以始终没有为她办丧事。这与江夏郡黄氏的母亲化为鼋的事情相类似。

十 老翁作怪

汉献帝建安中，东郡民家有怪。无故瓮器自发，訇訇[①]作声，若有人击。盘案在前，忽然便失。鸡生子，辄失去。如是数岁，人甚恶之。乃多作美食，覆盖，着一室中，阴藏户间窥伺之。果复重来，发声如前。闻便闭户，周旋室中，了无所见。乃暗以杖挝之，良久，于室隅间有所中，便闻呻吟之声，曰："哊！哊！[②]宜死。"开户视之，得一老翁，可百余岁，言语了不相当，貌状颇类于兽。遂行推问，乃于数里外得其家，云："失来十余年。"得之哀喜。后岁余，复失之。闻陈留界复有怪如此。时人咸以为此翁。

注释

①訇訇hōng：形容巨大的声响。

②哊yòu：呻吟的声音。

译文

汉献帝建安年间，东郡一个人家里总是发生怪事。瓮无缘无故地会自己震动起来，发出訇訇的声音，好像有人在敲击。盘子和案桌本来在面前，忽然之间就消失了。鸡生了蛋，总是丢失。像这样已经有好几年了，这家人非常厌恶这些事。于是就做了很多美味佳肴，把它遮盖好，放在一个房间里，然后就暗中潜伏在门背后，偷偷地等待观察着。那怪物果然又来了，发出的声音还是像过去那样。这潜伏着的人一听见这声音就马上把门关上，但在房间里转了好半天，却什么也没看见。于是这人就在黑暗中用棍子到处乱打，过了很长一段时间，才在墙角边好像打着了什么东西，接着便听见呻吟的声音说："哎哟，哎哟，要死了！"开门一看，发现是一个老头，大约有一百多岁，但说的话完全不能让人理解，而他的容貌形状很像野兽。于是就去打听查询，在几里以外找到了他的家，他家里的人说："已经走失十多年了。"家里找到了他又悲哀又高兴。过了一年多，家中又找不到他了。听说陈留郡的边界上又出现像上面所说的那种怪物，当时的人都认为那就是这个老头。

卷十五

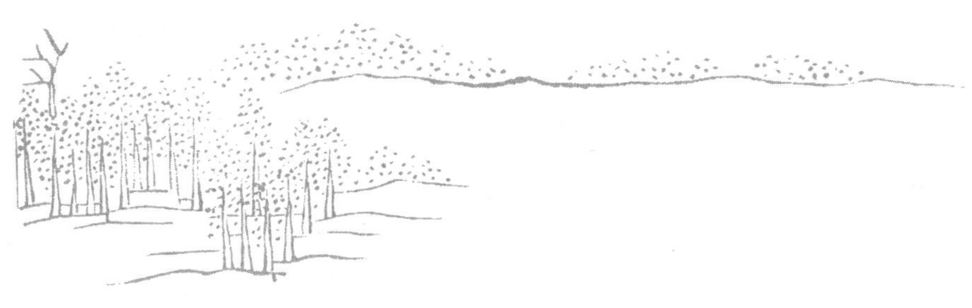

一　王道平妻

秦始皇时，有王道平，长安人也，少时与同村人唐叔偕女，小名父喻，容色俱美，誓为夫妇。寻王道平被差征伐，落堕[①]南国，九年不归。父母见女长成，即聘与刘祥为妻，女与道平，言誓甚重，不肯改事。父母逼迫，不免出嫁刘祥。经三年，忽忽不乐，常思道平，忿怨之深，悒悒[②]而死。死经三年，平还家，乃诘邻人："此女安在？"邻人云："此女意在于君，被父母凌逼，嫁与刘祥，今已死矣。"平问："墓在何处？"邻人引往墓所，平悲号哽咽，三呼女名，绕墓悲苦，不能自止。平乃祝曰："我与汝立誓天地，保其终身，岂料官有牵缠，致令乖隔[③]，使汝父母与刘祥，既不契于初心，生死永诀。然汝有灵圣，使我见汝生平之面。若无神灵，从兹而别。"言讫，又复哀泣。逡巡，其女魂自墓出，问平："何处而来？良久契阔[④]。与君誓为夫妇，以结终身，父母强逼，乃出聘刘祥。已经三年，日夕忆君，结恨致死，乖隔幽途。然念君宿念不忘，再求相慰，妾身未损，可以再生，还为夫妇。且速开冢破棺，出我即活。"平审言，乃启墓门，扪看其女，果活。乃结束随平还家。其夫刘祥闻之，惊怪，申诉于州县。检律断之，无条，乃录状奏王。王断归道平为妻。寿一百三十岁。实谓精诚贯于天地，而获感应如此。

注释

①落堕：流落。②悒悒：心情忧郁的样子。

③乖隔：分离，别离。④契阔：离散。

译文

秦始皇的时候，有个叫王道平的长安人。少年时代，他和本村人唐叔偕的女儿立誓结为夫妇。唐叔偕的女儿小名叫父喻，容貌姿色很美丽。不久，王道平应征去打仗，流落在南方，九年没有回家。父喻的父母看到女儿已长大成人，就把她许配给刘祥做妻子。女儿因为与王道平订婚时誓言很庄重，所以不肯改嫁。父母强迫她，她无法逃避，就嫁给了刘祥。这样过了三年，她整天精神恍惚，闷闷不乐，常常思念王道平，心里怨恨极深，最后心情忧郁地去世了。

父喻死后三年，王道平回到家中，询问邻居："这位女子去了哪里？"邻居说："这姑娘的心全在您身上，但被父母严厉逼迫，只好嫁给了刘祥。现在早已死了。"王道平问："她的坟墓在什么地方？"邻居便把王道平带到了墓地。王道平痛哭失声，连连呼唤着姑娘的名字，绕着坟墓哀哭，无法控制自己。王道平祝祷说："我和你早向天地发誓，要厮守一辈子。哪里料到被公家的事拖累，以致我们分离两地，使你父母把你嫁给了刘祥。这完全不合我们当初的心意，使我们生死永别了。但是你如果有神灵的话，就让我再看一下你生前的容貌。如果你没有神灵，只好从此永别了。"说完，便又悲哀地抽泣起来。不一会儿，那姑娘的魂魄就从坟墓中出来，问道平："你从什么地方来？我们分别得很久了。我曾立誓和你结成夫妻，一起过完此生。后来我父母强迫我，我才嫁给了刘祥。三年里，我日夜想你，以致怨愤郁结而死，让我们被冥间隔开。但是感念你不忘旧情，再来求我安慰，因此我想告诉你，我的身体并没有损坏，可以重新活过来，再和你做夫妻。你赶快挖开坟墓，撬开棺材，让我出来，我就活了。”王道平仔细考虑她的话后，就打开坟墓棺盖，抚摸察看那姑娘。她果然活了，于是她就装束打扮后跟着王道平回家了。她的丈夫刘祥听说这件事后十分惊奇，便向州县衙门申诉，要求领回父喻。州县官员查看法律来断案，却没有发现相应的条文，便把这情况写下来上奏皇上。皇上把父喻断给王道平做妻子。他们活到一百三十岁。这实在是真心诚意贯通了天地，才得到这样的感应啊！

二 贾文合娶妻

汉献帝建安中，南阳贾偊，字文合，得病而亡。时有吏，将诣太山，司命[①]阅簿，谓吏曰：“当召某郡文合，何以召此人？可速遣之。”时日暮，遂至郭外树下宿，见一年少女独行。文合问曰：“子类衣冠[②]，何乃徒步？姓字为谁？”女曰：“某三河人，父见为弋阳令，昨被召来，今却得还。遇日暮，惧获瓜田李下[③]之讥，望君之容，必是贤者，是以停留，依凭左右。”文合曰：“悦子之心，愿交欢于今夕。”女曰：“闻之诸姑，女子以贞专为德，洁白为称。”文合反复与言，终无动志。天明，各去。文合卒已再宿，停丧将殓，视其面，有色，扪心下，稍温，少顷却苏。后文合欲验其实，遂至弋阳，修刺[④]谒令，因问曰：“君女宁卒而却苏耶？”具说女子姿质服色，言语相反覆本末。令入问女，所言皆同。乃大惊叹，竟以此女配文合焉。

注释

①司命：掌管人的生命的神。②衣冠：指缙绅、士大夫。③瓜田李下：比喻容易引起嫌疑的场合。④修刺：书写名帖。

译文

汉献帝建安年间南阳郡有个叫贾偶的人，字文合，生病死了。当时有一个小吏把他的魂带到泰山里，司命查阅了生死簿后，对这小吏说："应该召来某某郡的文合，为什么召来这个人？赶快把他送回去！"这时候太阳已下山了，于是贾文合的魂就到城外的树下过夜。这时他看见一个年轻的女子独自一人走来，贾文合问道："您好像是官宦人家的姑娘，为什么步行？您的名字叫什么？"姑娘说："我是三河人氏，父亲是弋阳县令。昨天我被阴府召来，今天却又可以返回人间。现在碰上天黑，怕遭到瓜田李下这种行为不轨的指责。看您的容貌举止，一定是个贤人，因此停留下来，想依靠您。"贾文合说："我很欣赏您的想法，非常愿意在今晚就和你结为夫妻。"那姑娘说："我曾听母辈们说过，忠贞专一是女子的美德，要以洁身自爱为自己的名誉。"贾文合反复同她说情，她始终没有动摇自己的心意。天亮以后，两人便各自离去了。贾文合已经死了两夜，开丧完毕就要入棺了，家里的人却看见他的脸上有了血色，摸摸他的心口，也稍微有点温暖，一会儿他就苏醒过来了。后来贾文合想要验证一下他那晚碰到的事情是否真实，就来到弋阳县。他准备了名帖，去拜见县令，他问县令说："您的女儿是否死而复活？"他还详细地叙述了那姑娘的容貌品德与服饰打扮，以及他们互相谈话的始末。县令进闺房问女儿，女儿所说的情形与贾文合说的全都相同。县令大为震惊，惊叹不绝，最后把女儿许配给了贾文合。

三 李娥复生

汉建安四年二月，武陵充县[1]妇人李娥，年六十岁，病卒，埋于城外，已十四日。娥比舍[2]有蔡仲，闻娥富，谓殡当有金宝，乃盗发冢求金，以斧剖棺。斧数下，娥于棺中言曰："蔡仲！汝护我头。"仲惊遽，便出走，会为县吏所见，遂收治。依法当弃市[3]。娥儿闻母活，来迎出，将娥回去。武陵太守闻娥死复生，召见，问事状。娥对曰："闻谬为司命所召，到时，得遣出，过西门外，适见外兄刘伯文，惊相劳问，涕泣悲哀。娥语曰：'伯文！我一日误为所召，今得遣归，既不知道，不能独行，为我得一伴否？又我见召在此，已十余日，形体又为家人所葬埋，归，当那得自出？'伯文曰：'当为问之。'即遣门卒与户曹相问：'司命一日误召武陵女子李娥，今得遣还，娥在此积日，尸丧又当殡殓，当作何等得出？又女弱独行，岂当有伴耶？是吾外妹，幸为便安之。'答曰：'今武陵西界，有男子李黑，亦得遣还，便可为伴。兼敕黑过娥比舍蔡仲，发出娥也。'于是娥遂得出。与伯文别，伯文曰：'书一封，以与儿佗。'娥遂与黑俱归。事状如此。"太守闻之，慨然叹曰："天下事真不可知也！"乃表，以为："蔡仲虽发冢，为鬼神所使；虽欲无发，势不得已，宜加宽宥。"诏书报可。太守欲验语虚实，即遣马吏于西界，推问李黑，得之，与黑语协。乃致伯文书与佗，佗识其纸，乃是父亡时送箱中文书也。表文字犹在也，而书不可晓。乃请费长房[4]读之，曰："告佗：我当从府君出案行部，当以八月八日日中时，武陵城南沟水畔顿。汝是时必往。”到期，悉将大小于城南待之。须臾果至，但闻人马隐隐之声，诣沟水，便闻有呼声曰：“佗来！汝得我所寄李娥书不耶？”曰：“即得之，故来至此。”伯文以次呼家中大小，问之，悲伤断绝，曰：“死生异路，不能数得汝消息，吾亡后，儿孙乃尔许大！”良久，谓佗曰：“来春大病，与此一丸药，以涂门户，则辟来年妖疠矣。”言讫忽去，竟不得见其形。至来春，武陵果大病，白日皆见鬼，唯伯文之家，鬼不敢向。费长房视药丸，曰：“此‘方相’⑤脑也。”

注释

①充县：古县名，在今湖南桑植县。

②比舍：邻居。

③弃市：在闹市执行死刑并将犯人暴尸街头的一种刑法。

④费长房：东汉人，传说他学仙未成，但是得到神符，可以驱鬼，后来失去神符，被百鬼所杀。

⑤方相：在神话中逐疫驱鬼的神。

译文

汉献帝建安四年二月，武陵郡充县的妇女李娥，年龄六十岁，生病去世，埋在城外已经十四天了。李娥的隔壁有个叫蔡仲的邻居，听说李娥很富裕，以为棺材中一定有金银珠宝作陪葬，就偷偷地挖开坟墓去盗取金银珠宝。他用斧子劈棺材，才劈了几下，就听见李娥在棺材中说道：“蔡仲，你可要保住我的头！”蔡仲被吓了一跳，便连忙逃跑。但正好被县衙的官吏看见，于是就把他逮捕起来审讯。按照法律，蔡仲应该被处死示众。李娥的儿子听说母亲活了，就把母亲接出棺材，搀着回家去了。武陵太守听说李娥死而复生，便召见了李娥，向她询问事情的经过。李娥回答说："听说我是被掌管生死的判官误召去的，所以一到那里就被放回来了。经过西门外时，正巧碰见我的表兄刘伯文，我们惊讶地互相慰问，悲伤流泪。我对他说：'伯文，我那天被误召到这里，今天才得放回。但我完全不认路，不能只身一人赶路，你能为我找个伴来吗？还有，我被召来，在这里已经十多天了，身体已经被家里的人埋葬了，回家时应该从哪里走才能出去？'伯文说：'我得帮你问一下。'他就马上派了个守门的士兵去问户曹：'判官那一天误召了武陵郡的妇女李娥，今天她被放回。李娥在这里已有好几天了，尸体又肯定入棺埋葬了，应该怎么办才能从棺材出去？还有，这妇女体质虚弱，一个人难以独自行走，是否应该有个伴呢？她是我的表妹，希望您行个方便让她能平安回去。'户曹回答说：'现在武陵郡西面边境上有个男子叫李黑，也被放回，可以让他做伴。同时再叫李黑去拜访李娥的隔壁邻居蔡仲，叫他来挖开坟墓让李娥出棺。'这样我就可以出来了。和伯文告别的时候，伯文说：'我有封信，请你把它捎给我的儿子刘佗。'接着我就和李黑一起回来了。事情的经过就是这样。"太守听了这一席话，感慨地叹息说："天下的事情真是难以理解啊！"他就向朝廷上表陈情，认为："蔡仲虽然挖了坟，却是鬼神让他干的。他即使想不挖，那情势也使他不得不这样。所以，对他的盗墓，应该加以宽容饶恕。"皇帝诏书答复说可以。太守想验证一下李娥的话是否真实，就派遣骑兵到武陵郡西面边境上去打听查询李黑，果然找到了他，与李娥所说的情况完全相合。李娥便把刘伯文的信送给了刘佗。刘佗认得那信纸。那是父亲死亡时陪葬箱中的公文纸。纸上写着的文字还在，但信却不可理解。于是就请费长房来读信。原来信中写的是："佗儿，我要跟着泰山府君出外巡视，会在八月八日中午时分，在武陵城南护城河边稍作停留，你那时候一定要去。"到了约定的日期，刘佗带了全家老小在城南等父亲。一会儿刘伯文果然来了，但只听见人马喧闹的声音，来到护城河，便听见有人喊道："刘佗，你来！你收到我让李娥捎给你的信了吗？"刘佗说："已经收到了，所以我才来这里。"伯文依次呼唤着全家老小，一一询问他们的情况，真是悲痛欲绝，他说："死和生是两个世界，我不能经常得到你们的消息。我死后，儿孙们竟长得这么大了。"过了很久，他又对刘佗说："明年春天会有大病流行，给你这一丸药，涂在家门上，就可以避开明年的怪病了。"说完他就忽然消失了，始终没能看见他的身形。到第二年春天，武陵郡果然大病流行，白天都可以见到鬼，只有刘伯文的家，鬼不敢去打扰。费长房仔细察看了那药丸后说："这是方相的脑子啊。"

四 贺瑀使社公

会稽贺瑀字彦琚，曾得疾，不知人，惟心下温，死三日复苏。云："吏人将上天，见官府。入曲房[①]，房中有层架，其上层有印，中层有剑，使瑀惟意所取，而短不及上层，取剑以出门，吏问：'何得？'云：'得剑。'曰：'恨不得印，可策百神。剑，惟得使社公耳。'"疾愈，果有鬼来，称社公[②]。

注释

①曲房：暗室。②社公：社神，乡里的土地神。

译文

会稽郡的贺瑀字彦琚，曾经染上疾病，不省人事，只有心口还有点余温，死了三天，却又苏醒了。他说："阴间的差役把我带上了天，我看见一座官府。进到深邃幽隐的密室，房中摆着多层架子，那架子的上层有印，中层有剑，他让我想拿什么就拿什么。但是我个儿矮，手够不着上层，就拿了把剑出门。差役问我：'拿到了什么？'我说：'拿到了剑'。差役说：'真遗憾你没拿到印，印可以指挥百神。剑，只能指使土地神而已。'"贺瑀的疾病痊愈后，果然有鬼来拜见，自称是土地神。

五　戴洋复活

戴洋字国流，吴兴长城[①]人。年十二，病死，五日而苏，说："死时，天使其酒藏吏，授符箓，给吏从幡麾，将上蓬莱、昆仑、积石、太室、庐、衡等山，既而遣归。"妙解占候，知吴将亡，托病不仕，还乡里。行至濑乡，经老子祠，皆是洋昔死时所见使处，但不复见昔物耳。因问守藏应凤曰："去二十余年，尝有人乘马东行，经老君祠而不下马，未达桥，坠马死者否？"凤言有之。所问之事，多与洋同。

注释

①长城：古县名，在今浙江长兴县东。

译文

戴洋，字国流，是吴兴郡长城县人。十二岁的时候，他病死了，过了五天又活了。他说："我死的时候，天帝让我当酒藏吏，授给我符篆，派给我随从，让他们跟在我的大旗后面，引我到蓬莱山、昆仑山、积石山、太室山、庐山、衡山等地。接着就打发我回来了。"戴洋善于根据天象变化来预测吉凶，他知道吴国将要灭亡了，就推托自己有病而不去做官，回乡去了。走到濑乡的时候，经过老子的祠庙，发现这里都是他过去死时曾经出使过的地方，只是现在看不到过去的东西了。因而他就问守藏史应凤说："二十多年前，是不是曾经有个人骑了马向东走，经过老子的祠庙而不下马，还没有到达桥上，就从马背上掉下来摔死了呢？"应凤说有这件事。戴洋所询问的事情，多与他所经历的相同。

六 柳荣张悌

吴临海松阳人柳荣，从吴相张悌[①]至扬州。荣病死船中二日，军士已上岸，无有埋之者，忽然大叫言："人缚军师！人缚军师！"声甚激扬，遂活。人问之。荣曰："上天北斗门下，卒见人缚张悌，意中大愕，不觉大叫言：'何以缚军师？'门下人怒荣，叱逐使去。荣便怖惧，口余声发扬耳。"其日，悌即死战。荣至晋元帝[②]时犹存。

注释

①张悌：字巨先，襄阳人。三国时孙吴大臣，吴末帝时累官至丞相军师。

②晋元帝：即司马睿，317年到322年在位。

译文

吴国临海郡松阳县人氏柳荣，跟着吴国丞相张悌来到扬州。柳荣病死在船中已两天了，但士兵都已经上岸，没有人去埋葬他。他忽然大叫道："有人捆绑军师！有人捆绑军师！"喊声十分激烈，接着他就活过来了。别人问他怎么回事。柳荣说："我上天走到北斗门下，突然看见有人绑缚张悌，心中大吃一惊，不觉就大叫道：'为什么绑缚军师！'那门边的人对我很生气，大声斥责我，赶我走。我十分恐惧，而嘴巴里就喊出了没有说完的话。"那一天张悌就战死了。柳荣到晋元帝的时候还活着。

七 羊祜取金镮

羊祜[①]年五岁时，令乳母取所弄金镮[②]，乳母曰："汝先无此物。"祜即诣邻人李氏东垣[③]桑树中，探得之。主人惊曰："此吾亡儿所失物也，云何持去？"乳母具言之。李氏悲惋，时人异之。

注释

①羊祜：字叔子，今山东费县人，西晋开国元勋。

②镮huán：通"环"。

③东垣：东墙。

译文

羊祜五岁的时候，叫奶妈去取他玩过的金环。奶妈惊奇地说："你过去并没有这东西啊。"羊祜就到邻居李家东墙边的桑树中，找到了他要的金环。那李家的主人惊讶地说："这是我死去的儿子所丢失的东西啊。你为什么拿走呢？”奶妈就详细地说了这件事情的前后经过，李家的人悲哀叹惜，当时的人都觉得这件事不同寻常。

八 冯贵人冢

汉桓帝冯贵人病亡[①]。灵帝时，有盗贼发冢，七十余年，颜色如故，但肉小冷。群贼共奸通之，至斗争相杀，然后事觉。后窦太后家被诛，欲以冯贵人配食[②]。下邳陈公[③]达议："以贵人虽是先帝所幸，尸体秽污，不宜配至尊。"乃以窦太后配食。

注释

①汉桓帝：刘志，146年到167年在位。贵人：皇帝妃嫔封号之一。东汉光武帝时始置，其位仅次于皇后。

②配食：祔祭、配享，这里指祔祀于帝王宗庙。

③陈公：即陈球，字伯真，下邳郡人，灵帝时任廷尉。

译文

汉桓帝的冯贵妃病死了。汉灵帝时，有几个贼掘她的坟，她已埋葬七十多年，但容貌还是像过去那样，只是身体稍微冷一些。这几个贼便一起奸污她的尸体，以致互相争夺残杀，然后这事就被人发觉了。后来窦太后一家被诛灭，想用冯贵妃作为祔祭。下邳县陈球提出建议说："冯贵人虽然是桓帝宠爱的妃子，但她的尸体已经被玷污了，不适合再与最尊贵的皇帝一起享受祭祀。"于是就用窦太后来作祔祭。

九 广陵大冢

吴孙休时，戍将于广陵掘诸冢，取版以治城[①]，所坏甚多。复发一大冢，内有重阁，户扇皆枢转，可开闭，四周为徼道[②]，通车，其高可以乘马。又铸铜人数十，长五尺，皆大冠朱衣，执剑侍列灵坐。皆刻铜人背后石壁，言殿中将军，或言侍郎、常侍，似公侯之冢。破其棺，棺中有人，发已班白[③]，衣冠鲜明，面体如生人。棺中云母，厚尺许，以白玉璧三十枚藉[④]尸。兵人辈共举出死人，以倚冢壁。有一玉，长尺许，形似冬瓜，从死人怀中透出，堕地。两耳及孔鼻中皆有黄金，如枣许大。

注释

①治城：修筑城墙。

②徼道：巡逻警戒的道路。

③班白：头发花白。班，通“斑”。

④藉：垫在下面。

译文

吴国孙休在位的时候，戍守的将士们在广陵发掘了很多坟墓，取棺材板来修筑城墙，被搞坏的坟墓很多。后来又发掘到一座大坟，内有多层的楼阁，门扇都有门枢来转动，可以打开，也可以关闭，四周是供巡察用的道路，可以通马车，它的高度可以在里面骑马。又铸有铜人几十个，身长五尺，都戴着大帽子，穿着红袍，拿着宝剑，守卫排列在灵座的两边。每个铜人背后的石壁上都刻着他们的官爵，有的刻着殿中将军，有的刻着侍郎、常侍，好像是王侯的坟墓。打开棺材，棺中有一个人，头发已经花白了，衣帽色彩鲜明，面色躯体像活人一样。棺材中的云母石差不多有一尺厚，还有三十枚白玉璧衬垫在尸体底下。士兵们一起抬出死人，把他靠在墓壁上。有一块玉，长一尺左右，形状像冬瓜，从死人的怀里掉出来落到地上。尸体的双耳及鼻孔中，都塞着黄金，像枣子那么大。

十 栾书冢

汉广川王好发冢。发栾书[①]冢，其棺柩盟器[②]毁烂无余，唯有一白狐，见人惊走。左右逐之，不得，戟伤其左足。是夕，王梦一丈夫，须眉尽白，来谓王曰："何故伤吾左足？"乃以杖叩王左足，王觉肿痛，即生疮，至死不差。

注释

①栾书：春秋时晋国权臣。

②盟器：即明器，专门为随葬而制作的器物。

译文

汉代广川王喜欢发掘坟墓。发掘栾书的坟墓后，发现栾书的棺材和殉葬用的器物全都毁坏腐烂了，里面只有一只白色的狐狸，看见人就惊慌地逃跑了。广川王手下的人去追赶它，没追上，只是用戟刺伤了它的左脚。这天晚上，广川王梦见一个男人，胡须眉毛全白了，他对广川王说："为什么要刺伤我的左脚？"说完便用木杖敲打广川王的左脚，广川王感到肿胀疼痛，当即生了疮，一直到死都没有痊愈。

卷十六

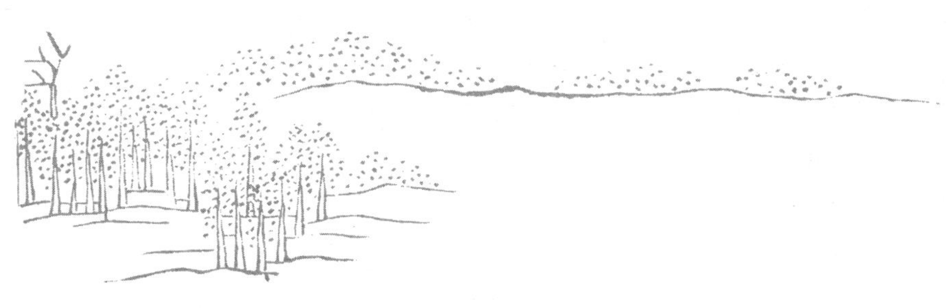

一　三疫鬼

昔颛顼氏有三子，死而为疫鬼[①]。一居江水，为疟鬼；一居若水，为魍魉鬼；一居人宫室，善惊人小儿，为小鬼。于是正岁命方相氏，帅肆傩以驱疫鬼[②]。

注释

①疫鬼：散布瘟疫的鬼神。

②肆：陈列，陈设。傩nuó：古代驱逐疫鬼的仪式。

译文

从前，颛顼氏有三个儿子，死后都成了疫鬼。一个居住在长江里，是传播疟疾的疟鬼；一个居住在若水中，是魍魉鬼；一个居住在人们的屋子里，善于惊吓小孩，是小鬼。于是帝王在正月里命令方相氏率人举行傩礼，来驱赶疫鬼。

二　阮瞻见鬼

阮瞻字千里，素执无鬼论，物莫能难。每自谓，此理足以辨正幽明[①]。忽有客通名诣瞻，寒温[②]毕，聊谈名理[③]。客甚有才辨，瞻与之言良久，及鬼神之事，反复甚苦。客遂屈，乃作色曰："鬼神，古今圣贤所共传，君何得独言无？即仆便是鬼。"于是变为异形，须臾消灭。瞻默然，意色太恶。岁余，病卒。

注释

①幽明：指生与死，阴间与人间。

②寒温：指问候冷暖起居。

③名理：辨析事物“名”和“理”的是非同异。

译文

阮瞻，字千里，一向持无鬼论，没有人能驳倒他。他总认为自己的理论足够用来辨别阴阳死生的说法。一天，忽然有一个客人通报了姓名来拜访阮瞻，寒暄完毕，两人就谈论起事物的是非名理。那客人很有口才，阮瞻和他谈了好久，讲到有关鬼神的事情，两人反复辩论十分激烈。最后那客人理屈词穷了，就板起面孔说：“鬼神是古今圣人贤士都传扬的，您怎么能标新立异偏要说没有呢？而我就是个鬼。”于是客人就变成鬼样，一会儿便消失了。阮瞻说不出话，神色很不好。过了一年多，他就病死了。

三　蒋济亡儿

蒋济[①]字子通，楚国平阿人也。仕魏，为领军将军。其妇梦见亡儿，涕泣曰：“死生异路。我生时为卿相子孙，今在地下，为泰山伍伯[②]，憔悴困苦，不可复言。今太庙西讴士[③]孙阿，见召为泰山令，愿母为白侯，属阿令转我得乐处。”言讫，母忽然惊寤。明日以白济，济曰：“梦为虚耳，不足怪也。”日暮，复梦曰：“我来迎新君，止在庙下。未发之顷，暂得来归。新君明日日中当发，临发多事，不复得归，永辞于此。侯气强，难感悟，故自诉于母，愿重启侯，何惜不一试验之？”遂道阿之形状，言甚备悉。天明，母重启济："虽云梦不足怪，此何太适适[4]！亦何惜不一验之？”济乃遣人诣太庙下，推问孙阿，果得之，形状证验，悉如儿言。济涕泣曰："几负吾儿。”于是乃见孙阿，具语其事。阿不惧当死，而喜得为泰山令，惟恐济言不信也，曰："若如节下言，阿之愿也。不知贤子欲得何职？”济曰："随地下乐者与之。”阿曰："辄当奉教。”乃厚赏之。言讫，遣还。济欲速知其验，从领军门至庙下，十步安一人，以传消息。辰时，传阿心痛；巳时，传阿剧；日中，传阿亡。济曰："虽哀吾儿之不幸，且喜亡者有知。”后月余，儿复来，语母曰："已得转为录事[5]矣。”

注释

①蒋济：三国时魏国的重臣。

②伍伯：役卒，掌开路、行帐之事。

③讴士：即讴者，这里指为太庙唱歌的人。

④适适dí：分明，确实。

⑤录事：职官名，掌总录文簿。

译文

蒋济字子通，楚国平阿县人。他在魏国做官，任领军将军。他妻子梦见死去的儿子哭着对她说："死和生真是两个世界。我活着的时候是将相的子孙，现在在阴间却只是个泰山县的差役，劳累困苦，不能再说了。现在太庙西边的讴者孙阿，被任命为泰山县令，希望母亲替我去禀告当昌陵亭侯的父亲，让他去嘱托孙阿，让孙阿把我调到舒服的地方。”说完，这母亲就忽然惊醒了。第二天她把这梦告诉了蒋济，蒋济说："梦都是假的，不值得大惊小怪。"到了晚上，母亲又梦见儿子说："我来迎接新任的县令孙阿，在太庙里歇息。现在趁还没出发之际，暂时回来一下。新任的府君明天中午就要出发了，出发的时候事情繁多，我就不能再回来了。所以要和您就此永别了。父亲脾气倔强，很难使他醒悟，所以我独自向母亲您诉说。希望您再去开导开导父亲，为什么不舍得验证一下我说的事情呢？"于是就描述了孙阿的样貌，描述得非常详尽。天亮后，蒋济的妻子又劝导蒋济说："虽然说梦里的事情不值得大惊小怪，但这个梦却是这样清楚明白！你为什么不舍得去验证一下这件事情呢？"蒋济就派人到太庙边上去打听孙阿，果然找到了他，他的长相和儿子说的一样。蒋济痛哭流涕地说："我差一点辜负了我的儿子啊！"于是蒋济就召见了孙阿，详细地叙述了这件事情。孙阿并不怕自己将要死去，反而为自己能做泰山令而感到高兴，他只怕蒋济的话不确实，于是说："如果真像将军所说的那样，实在是我的愿望啊。不知道您儿子想得到什么官职？"蒋济说："随便把什么阴间舒服的差事给他就行了。"孙阿说："我会按您的吩咐去办。"蒋济给了他丰厚的奖赏。说完，就打发孙阿回去了。蒋济想快一点知道这事的结果，便从他的领军将军府门直到太庙边，每十步安置一个人，用来传递消息。上午辰时，传来消息说孙阿心口疼痛，巳时传信说孙阿的心痛加剧，到中午传信说孙阿死了。蒋济说："我虽然伤心我儿子的不幸，但也为我们能知道他死后的事情而高兴。"过了一个多月，儿子又来梦里，他告诉母亲说："我已经调任录事了。"

四 文颖移棺

汉南阳文颖字叔长，建安中为甘陵府丞。过界止宿，夜三鼓时，梦见一人跪前曰:“昔我先人葬我于此，水来湍墓，棺木溺，渍水处半，然无以自温。闻君在此，故来相依，欲屈明日暂住须臾，幸为相迁高燥处。”鬼披衣示颖，而皆沾湿。颖心怆然，即寤，语诸左右。曰:“梦为虚耳，亦何足怪？”颖乃还眠。向寐复梦见，谓颖曰：“我以穷苦告君，奈何不相愍悼乎？”颖梦中问曰:“子为谁？”对曰:“吾本赵人,今属汪芒氏之神。”颖曰：“子棺今何所在？”对曰：“近在君帐北十数步水侧枯杨树下，即是吾也。天将明，不复得见，君必念之。”颖答曰：“喏！”忽然便寤。天明可发，颖曰：“虽曰梦不足怪，此何太適。”左右曰：“亦何惜须臾不验之耶？”颖即起,率十数人将导顺水上,果得一枯杨,曰：“是矣。”掘其下，未几，果得棺。棺甚朽坏，没半水中。颖谓左右曰:“向闻于人,谓之虚矣;世俗所传,不可无验。”为移其棺，葬之而去。

译文

汉代南阳郡人文颖字叔长，建安年间任甘陵府丞。有一次他路过甘陵边界，晚上停下来住宿，半夜三更时分，梦见一个人跪在他面前说:“过去我的父亲把我埋葬在这里，但是现在河水流得太快，涌进了我的坟墓，我的棺材被淹了，有一半泡在水里，而我也没有什么办法能自己取暖。听见您来到这儿，所以来依托您。想委屈您明天暂时停留片刻，请您把棺材搬迁到地势高且干燥的地方去。”说着，这鬼还揭开衣裳给文颖看，的确都浸湿了。文颖心里感到很凄凉，就醒了过来，他把这梦告诉了身边的人。身边人说：“梦都是虚假的，哪里值得您大惊小怪呢？”文颖就又睡了。他一睡着便又梦见了这个鬼，鬼对文颖说：“我把我的困苦告诉了您，怎么不哀怜我呢？”文颖在梦中问道：“您是谁？”鬼回答说：“我本来是赵国人，现在属于汪芒国的神管辖。”文颖说：“您的棺材现在在什么地方？”鬼回答说：“很近，就在您帐篷北边十几步，河边枯杨树下面，就是我的棺材。天就要亮了，我不能再见到您了，您一定要把这事放在心上。”文颖回答说：“好的。”一下子就又醒了。天亮以后该出发了，文颖说：“虽然说梦里的事不值得大惊小怪，但这个梦为什么会这样清楚？”他身边的人说：“你为什么要吝啬这一点点时间而不去验证一下呢？”文颖便立即起身，率领了十几个人，带着他们顺着河流向上走，果然发现一棵干枯的杨树，便说：“就是这个地方了。”于是挖掘杨树底下，没花多少工夫，就发现了棺材。棺材已腐烂得很厉害，有一半浸在水中。文颖对身边的人说：“以前听人说这种事情，认为是虚假的。其实，社会上流传的东西，是不能不去验证的。”他们就为这个鬼移动了棺材，埋葬以后就离开了。

五 秦巨伯斗鬼

琅邪秦巨伯，年六十。尝夜行饮酒，道经蓬山庙，忽见其两孙迎之。扶持百余步，便捉伯颈着地，骂：“老奴！汝某日捶我，我今当杀汝。”伯思惟某时信捶此孙。伯乃佯死，乃置伯去。伯归家，欲治两孙，两孙惊惋，叩头言：“为子孙，宁可有此？恐是鬼魅，乞更试之。”伯意悟。数日，乃诈醉，行此庙间，复见两孙来扶持伯。伯乃急持，鬼动作不得。达家，乃是两人[①]也。伯着火炙之，腹背俱焦坼[②]。出着庭中，夜皆亡去，伯恨不得杀之。后月余，又佯酒醉夜行，怀刃以去，家不知也。极夜不还，其孙恐又为此鬼所困，乃俱往迎伯，伯竟刺杀之。

注释

①两人：这里应是漏了一“偶”字。偶人，鬼神的木偶像。

②焦坼：烧焦裂开。

译文

琅玡郡人秦巨伯，六十岁了。有次在夜里出去喝酒，路过蓬山庙的时候，忽然看见他的两个孙子来迎接他。搀扶着他才走了一百多步，就掐住他的脖子把他按倒在地，嘴里骂道：“老奴才！你某某天毒打了我，我今天要杀死你！”秦巨伯仔细想了想，那天的确打过这个孙子。秦巨伯就装死，两个孙子便扔下秦巨伯走了。秦巨伯回到家中，想要处罚两个孙子。两个孙子又惊讶又难过，磕头说：“当子孙的，哪会做这种事呢？恐怕是鬼魅作祟，求您再去试它一下。”秦巨伯心中醒悟了。过了几天，他又假装喝醉了酒，来到这座庙前。又看见两个孙子来搀扶他。秦巨伯连忙把他们紧紧挟住，鬼不能动弹。到家中一看，却是两个庙中的木偶像。秦巨伯便点了火烧它们，腹部、背部都被烧得枯焦裂开了。秦巨伯把它们扔在院子中，到夜里它们便都逃跑了。秦巨伯很遗憾自己没有把它们杀了。一个多月后，秦巨伯又假装喝醉酒在夜里外出，他怀里藏着刀出去，家里的人却不知道。夜深了他还没有回来，他的孙子怕他又被那鬼魅围困，就一起去迎接秦巨伯，秦巨伯竟然把自己的两个孙子当成鬼刺死了。

六 宋定伯卖鬼

南阳宋定伯，年少时，夜行逢鬼。问之，鬼言："我是鬼。"鬼问："汝复谁？"定伯诳之，言："我亦鬼。"鬼问："欲至何所？"答曰："欲至宛市①。"鬼言："我亦欲至宛市。"遂行数里。鬼言："步行太迟，可共递相②担，何如？"定伯曰："大善。"鬼便先担定伯数里。鬼言："卿太重，将非鬼也。"定伯言："我新鬼，故身重耳。"定伯因复担鬼，鬼略无重。如是再三，定伯复言："我新鬼，不知有何所畏忌？"鬼答言："惟不喜人唾。"于是共行。道遇水，定伯令鬼先渡，听之，了然无声音。定伯自渡，漕漼③作声。鬼复言："何以有声？"定伯曰："新死，不习渡水故耳。勿怪吾也。"行欲至宛市，定伯便担鬼着肩上，急执之。鬼大呼，声咋咋然④，索下，不复听之。径至宛市中，下着地，化为一羊，便卖之。恐其变化，唾之，得钱千五百，乃去。当时石崇⑤有言："定伯卖鬼，得钱千五。"

注释

①宛市：宛县的集市。宛，古县名，在今河南南阳市。

②递相：互相替换。③漕漼：象声词，形容人过河淌水的声音。

④咋咋然：这里指鬼大声呼喊的样子。

⑤石崇：西晋大臣，以豪富奢侈闻名。

译文

南阳郡人氏宋定伯，在他年轻的时候，赶夜路碰上了鬼。宋定伯问他是谁，鬼说："我是鬼。"鬼问宋定伯："你又是谁？"宋定伯欺骗他说："我也是鬼。"鬼问："你要到什么地方去？"宋定伯回答说："想到宛城的集市上去。"鬼说："我也想到宛城的集市上去。"于是宋定伯就和鬼一起走了几里路。鬼说："步行太慢，我们可以互相合作，轮流背着走，怎么样？"宋定伯说："那太好了。"鬼就先背着宋定伯走了几里。鬼说："您太重，恐怕不是鬼吧？"宋定伯说："我是新鬼，所以身体才沉重。"接下来宋定伯背起了鬼，鬼一点儿也不重。他们就如此反复轮换背着走。宋定伯又说："我是新鬼，不知鬼有什么禁忌？"鬼回答说："只是不喜欢人的唾沫。"于是又一起赶路。路上碰到了一条河，宋定伯叫鬼先渡，仔细听它渡河，一点声音也没有。宋定伯自己渡河时，水声嘈杂。鬼又说："你渡河为什么有声音？"宋定伯说："我是刚死的，趟水过河还不熟练。请你不要奇怪。"快要到宛城的集市了，宋定伯便把鬼背在肩上，迅速地抓住他。鬼大声叫嚷，发出"咋咋"的声音，请求宋定伯把他放下来。宋定伯不听他的，一直把他背到宛城的集市上，才把他放下在地上。这时鬼却变成了一只羊，宋定伯就把这只羊卖了，怕它再有变化，便对它唾了些口水，卖了一千五百文钱就走了。当时石崇说过这样的一句话："定伯卖鬼，得钱千五。"

七 紫玉韩重

吴王夫差[①]小女名曰紫玉，年十八，才貌俱美。童子[②]韩重，年十九，有道术。女悦之，私交信问，许为之妻。重学于齐、鲁之间，临去，属其父母使求婚。王怒，不与女。玉结气死，葬阊门[③]之外。三年重归，诘其父母，父母曰："王大怒，玉结气死，已葬矣。"重哭泣哀恸，具牲币[④]往吊于墓前。玉魂从墓出，见重流涕，谓曰："昔尔行之后，令二亲从王相求，度必克从大愿，不图别后遭命，奈何！"玉乃左顾宛颈而歌曰："南山有乌，北山张罗。乌既高飞，罗将奈何！意欲从君，谗言孔多。悲结生疾，没命黄垆[⑤]。命之不造，冤如之何！羽族之长，名为凤凰。一日失雄，三年感伤。虽有众鸟，不为匹双。故见鄙姿，逢君辉光。身远心近，何当暂忘。"歌毕，歔欷流涕，要重还冢。重曰："死生异路，惧有尤愆[⑥]，不敢承命。"玉曰："死生异路，吾亦知之，然今一别，永无后期。子将畏我为鬼而祸子乎？欲诚所奉，宁不相信？"重感其言，送之还冢。玉与之饮宴，留三日三夜，尽夫妇之礼。临出，取径寸明珠以送重曰："既毁其名，又绝其愿，复何言哉！时节自爱。若至吾家，致敬大王。"重既出，遂诣王，自说其事。王大怒曰："吾女既死，而重造讹言，以玷秽亡灵。此不过发冢取物，托以鬼神。"趣[⑦]收重。重走脱，至玉墓所诉之。玉曰："无忧。今归白王。"王妆梳，忽见玉，惊愕悲喜，问曰："尔缘何生？"玉跪而言曰："昔诸生韩重来求玉，大王不许，玉名毁义绝，自致身亡。重从远还，闻玉已死，故赍牲币，诣冢吊唁。感其笃终，辄与相见，因以珠遗之。不为发冢，愿勿推治。”夫人闻之，出而抱之。玉如烟然。

注释

①夫差：春秋末年吴国国君，前495年到前473年在位。

②童子：未成年的男子。③阊门：苏州古城的西门。

④牲币：牺牲和币帛。古代用以祀日月星辰、社稷、五岳等，后泛指一般祭祀供品。

⑤黄垆：即黄泉，地的极深处。

⑥尤愆qiān：罪过，过失。⑦趣：通“促”。催促。

译文

吴王夫差的小女儿名叫紫玉，十八岁了，才貌都很出众。当时有个少年叫韩重，十九岁，会道术。紫玉喜欢他，就偷偷派人送信给他，许诺做他的妻子。韩重要到齐、鲁一带去求学。临走时，托付他的父母一定去吴王那里为自己求婚。吴王很恼火，不肯把女儿嫁给韩重。紫玉心情郁闷而死，埋葬在阊门外。三年后韩重回来，问他的父母，父母说：“吴王非常恼火，紫玉也郁结而死，已经下葬了。”韩重哀痛地流下泪来，他准备了牲畜币帛等祭品，去紫玉墓前悼念她。紫玉的灵魂从坟墓中走了出来，和韩重见面后，流着眼泪对韩重说：“过去你走了以后，你父母来向父王求婚，本以为必能成全我这终生大愿。没想到分别以后，却遭到这样的命运，这又有什么办法呢？”紫玉于是转头看向左方，悲哀地唱道：“南山有乌鸦，北山张罗网。乌鸦已高飞，罗网无奈何！本想跟随您，流言又太多。郁结生重病，命丧葬黄土。命运太不济，冤死又如何！鸟中之王，名叫凤凰。一日失雄凤，三年多悲伤。即使有众鸟在，不愿配成双。故显鄙陋身，迎您相逢放辉光。身远心相近，怎能相忘？”唱完后，紫玉抽泣流泪，邀请韩重一起到坟墓里。韩重说：“死和生是两个世界。我怕有罪过，不敢接受你的邀请。”紫玉说。“死和生是两个世界，我也知道这个道理。但是今天一分别，以后就永远没有见面的机会了。您是怕我成了鬼而来害您吗？我是要献给您我的一片诚心，难道您不相信我？”韩重被她的话感动了，就和她回到坟墓里去了。紫玉准备了酒宴款待他，留他住了三天三夜，完成了夫妻之间的礼仪。韩重要出墓时，紫玉送给韩重一颗直径一寸左右的明珠，对他说：“我既毁坏了名声，又断绝了心愿，还有什么话可说呢？时节变化多，您要多加保重。如果去我家，请您代我向父王表示敬意。”韩重出了坟墓，就去拜见吴王，主动叙述了这些事情。吴王大发雷霆，说：“我女儿已经死了，你却制造谣言，来污辱死者的灵魂。这不过是你偷挖坟墓盗窃宝物又想假托鬼神罢了。”说完就马上逮捕了韩重。韩重逃跑了，来到紫玉的坟地诉说了这件事。紫玉说：“别担心，我现在就回去向父王说明。”吴王正在梳洗，忽然看见紫玉，大吃一惊，又悲又喜，问道：“你为什么又活了？”紫玉跪着说道：“过去书生韩重来求婚，父王不同意。我的名誉被毁坏了，对他的情义被截断了，以致我把自己折磨死了。韩重从远方回来，听说我已经死了，所以特地送来了祭品礼物，到坟上悼念我。我感激他情意深厚，始终如一，就立即和他见了面，接着又把明珠送给了他。他没有去挖我的坟，请您别再追究他了。”吴王夫人听见紫玉的声音，便出来抱住她，紫玉却像烟一样消失了。

八 驸马都尉

陇西辛道度者，游学至雍州[①]城四五里，比见一大宅，有青衣女子在门。度诣门下求飧[②]。女子入告秦女，女命召入。度趋入阁中，秦女于西榻而坐。度称姓名，叙起居。既毕，命东榻而坐，即治饮馔[③]。食讫，女谓度曰："我秦闵王[④]女，出聘曹国，不幸无夫而亡。亡来已二十三年，独居此宅，今日君来，愿为夫妇。"经三宿三日后，女即自言曰："君是生人，我鬼也。共君宿契[⑤]，此会可三宵，不可久居，当有祸矣。然兹信宿，未悉绸缪，既已分飞，将何表信于郎？"即命取床后盒子开之，取金枕一枚，与度为信。乃分袂泣别，即遣青衣送出门外。未逾数步，不见舍宇，惟有一冢。度当时荒忙[⑥]出走，视其金枕在怀，乃无异变。寻至秦国，以枕于市货之，恰遇秦妃东游，亲见度卖金枕，疑而索看。诘度何处得来？度具以告。妃闻，悲泣不能自胜。然尚疑耳，乃遣人发冢，启柩视之，原葬悉在，唯不见枕。解体看之，交情宛若。秦妃始信之。叹曰："我女大圣，死经二十三年，犹能与生人交往，此是我真女婿也。"遂封度为驸马都尉，赐金帛车马，令还本国。因此以来，后人名女婿为"驸马"。今之国婿，亦为"驸马"矣。

注释

①雍州：古郡名，在今陕西凤翔。

②飧sūn：晚饭，也指简单的饭食。

③馔zhuàn：饮食，吃喝。

④秦闵王：历史上并没有秦闵王的记载。

据句道兴本应作“秦文王”。

⑤宿契：宿缘。⑥荒忙：即慌忙。

译文

陇西郡有个叫辛道度的人，外出到雍州城去求学。离城还有四五里路的时候，看见近处有一座很大的宅院，一个身穿青衣的婢女站在门口。辛道度便到门前请求施舍些饭食。婢女进去报告给秦女，秦女命她把辛道度请进屋内。辛道度有礼地迈着小步走进阁楼中，秦女正坐在西边的床榻上。辛道度报上了自己的姓名，请了安，寒暄问候完毕，秦女便叫他坐在东边的床榻上。接着准备好了酒菜饮食一起进餐。吃完后，秦女对辛道度说：“我是秦闵王的女儿，被许配给了曹国，但不幸我还没有成婚就死了。到如今已经二十三年，独自一个人居住在这宅子里。今天您来了，我希望和您做夫妻。”三夜三天以后，秦女主动对辛道度说：“您是活人，我是鬼。虽然和您有宿缘，但这种幽会只可以有三夜，您不能再住下去了，否则就会有祸害。但是这么短暂的几夜，不能够尽情地享受我们之间的缠绵情意，既然我们现在要分别了，我拿什么来向你表明我的真情呢？”说完就叫婢女把床后的盒子拿来打开，取出一个金枕，送给辛道度作为信物。秦女哭泣着和辛道度分手告别，又派婢女把他送出门外。辛道度还没走几步，这房屋就不见了，只有一座坟墓。辛道度当时慌忙逃跑，看那金枕倒还在怀里，并没有发生什么变化。不久他来到秦国，把这金枕放在市场上出售。恰巧碰到秦妃到东方游玩，她亲眼看见辛道度在卖金枕，心中怀疑，就向辛道度要来仔细察看，并追问辛道度是从什么地方得到的，辛道度就把事情的前后经过详细地告诉了秦妃。秦妃听后，禁不住悲哀地哭泣起来。但是她还有点怀疑，就派人去挖那座坟墓，打开棺材仔细查看，只见原先葬下去的东西都在，只是不见了金枕。解开衣服验看秦女的身体，能看出夫妻交合的情态，秦妃这才相信了。她感慨地说："我的女儿真是十分神通，死了二十三年，还能和活人交往，这辛道度是我真正的女婿啊。"于是就封辛道度为驸马都尉，赐给他金帛车马，叫他回到自己国家去了。从这件事后，人们就把女婿称为"驸马"。现在皇帝的女婿，也被称作"驸马"了。

九 卢充幽婚

卢充者，范阳人。家西三十里，有崔少府墓[①]。充年二十，先冬至一日，出宅西猎戏。见一獐，举弓而射，中之，獐倒复起。充因逐之，不觉远。忽见道北一里许，高门瓦屋，四周有如府舍，不复见獐。门中一铃下唱："客前。"充曰："此何府也？"答曰："少府府也。"充曰："我衣恶，那得见少府？"即有一人提一襆新衣，曰："府君以此遗郎。"充便著讫，进见少府。展姓名。酒炙数行，谓充曰："尊府君不以仆门鄙陋，近得书，为君索小女婚，故相迎耳。"便以书示充。充父亡时虽小，然已识父手迹，即欷歔[②]，无复辞免。便敕内："卢郎已来，可令女郎妆严[③]。"且语充云："君可就东廊。"及至黄昏，内白："女郎妆严已毕。"充既至东廊，女已下车，立席头，却共拜。时为三日给食[④]。三日毕，崔谓充曰："君可归矣。女有娠相，若生男，当以相还，无相疑；生女，当留自养。"敕外严车送客。充便辞出。崔送至中门，执手涕零。出门，见一犊车，驾青衣，又见本所着衣及弓箭，故在门外。寻传教将一人提襆衣与充，相问曰："姻援⑤始尔，别甚怅恨。今复致衣一袭，被褥自副。"充上车，去如电逝，须臾至家。家人相见，悲喜推问，知崔是亡人而入其墓。追以懊惋。

注释

①少府：官名，始于战国。秦汉相沿，为九卿之一。掌山海地泽收入和皇室手工业制造。

②欷歔：哭泣后不由自主地急促呼吸，即哽咽不止的样子。

③妆严：梳妆打扮。

④三日给食：魏晋时的风俗，婚后三日宴请宾朋。

⑤姻援：即"姻缘"。

译文

卢充，是范阳县人。在他家西面三十里的地方，有崔少府的坟墓。卢充当时二十岁，在冬至前一天，他到住宅西边去打猎游玩。看见一只獐子，便拿起弓射它，他射中了那只獐子。那獐子却跌倒之后又爬起来逃跑了，卢充便追赶它，不知不觉追了很远。忽然看见路北一里左右的地方，有一座高门的瓦屋，四周看起来好像是官府，獐子却已经不见了。大门前有一个门卒高声传呼道："贵客请进。"卢充问："这是什么府第呀？"回答说："是崔少府的府第。"卢充说："我衣服破烂，哪能去见少府呢？"这时立即有个人拿来一包新衣服，对卢充说："这是府君送给您的。"卢充便换好衣服，进去拜见少府，通报了自己的姓名。酒斟了数巡、菜上了几道后，少府便对卢充说："令尊大人不嫌我门第低，最近收到他的信，为您向我的女儿求婚，所以我才把您接过来。”说完便把信拿给卢充看。父亲死的时候，卢充虽然很小，但已经能认识父亲的笔迹了，所以看到信后便马上哽咽起来，也不再推辞了。少府便吩咐家里的人说：“卢郎已经来了，可以把女儿梳妆打扮好。”又对卢充说：“您可以到东厢房去休息。”等到黄昏的时候，里面的人说：“小姐已经梳妆打扮好了。”卢充到东厢房时，小姐已经下了车，站在席边，和卢充一起拜堂。婚后，崔府按照习俗大办了三天的酒席。三天过去后，崔少府对卢充说：“您可以回家了。我女儿已经有了怀孕的迹象，如果生男孩，会抱来还给您，请您放心；如果生女孩，就留下来自己抚养。”又命令外面的侍从准备好车辆送客人，卢充便告辞出门。崔少府把卢充送到大门口，握着他的手禁不住流下眼泪。卢充出了大门，看见一辆小牛车，套着一头青牛，又看见自己原来所穿的衣服和弓箭仍在门外。不久，崔少府又传令让一个人拿来一包衣服交给卢充，对他说：“姻缘才开始，却又分别，这使我家小姐十分惆怅怨恨。现在再送给您一套衣服，被褥也配备好了。”卢充上了车，这车像闪电般地离去了。一会儿就到了家，家人看见他悲喜交集。打听查询后，才知道崔少府是死人而自己进了他的坟墓，卢充回忆着那一切，十分懊恼惋惜。

别后四年，三月三日，充临水戏，忽见水旁有二犊车，乍沈乍浮。既而近岸，同坐皆见。而充往开车后户，见崔氏女与三岁男共载。充见之忻然[①]，欲捉其手。女举手指后车曰：“府君见人。”即见少府，充往问讯。女抱儿还充，又与金鋺，并赠诗曰：“煌煌灵芝质，光丽何猗猗[2]！华艳当时显，嘉异表神奇。含英未及秀，中夏罹霜萎。荣耀长幽灭，世路永无施。不悟阴阳运，哲人忽来仪。会浅离别速，皆由灵与祇。何以赠余亲，金鋺可颐儿。恩爱从此别，断肠伤肝脾。”充取儿、鋺及诗，忽然不见二车处。充将儿还，四坐谓是鬼魅，佥遥唾之，形如故。问儿：“谁是汝父？”儿径就充怀。众初怪恶，传省其诗，慨然叹死生之玄通也。充后乘车入市卖鋺，高举其价，不欲速售，冀有识。欻有一老婢识此，还白大家[3]，曰：“市中见一人乘车，卖崔氏女郎棺中鋺。”大家，即崔氏亲姨母也。遣儿视之，果如其婢言。上车，叙姓名，语充曰：“昔我姨嫁少府，生女，未出而亡。家亲痛之，赠一金鋺，着棺中。可说得鋺本末。”充以事对。此儿亦为之悲咽。赍还白母，母即令诣充家，迎儿视之。诸亲悉集。儿有崔氏之状，又复似充貌。儿、鋺俱验，姨母曰：“我外甥三月末间产。父曰：‘春，暖温也。愿休强也。’即字温休。温休者，盖幽婚也。其兆先彰矣。”儿遂成令器[4]。历郡守二千石，子孙冠盖，相承至今。其后植，字子干，有名天下。

注释

①忻xīn然：愉快的样子。

②猗猗yī：美盛的样子。

③大家gū：六朝时期家仆对主人的尊称。

④令器：指优秀成器的人才。

译文

分别后第四年的三月三日，卢充到河边游玩，忽然看见河边有两辆小牛车，忽沉忽浮，一会儿靠近了岸边。和卢充坐在一起的人都看见了，卢充打开车子的后门，看见崔氏女和一个三岁左右的男孩一起坐在车中。卢充看见她很高兴，想去握住她的手。崔氏女举起手来指着后面的车子说："郎君快去拜见大人。"卢充就去拜见崔少府，并上前问候。崔氏女抱着儿子还给了卢充，又给了他一只金碗，并赠给他一首诗，诗中写道："明亮如灵芝般的姿色，光泽艳丽多么美好。华贵艳丽当时已显现，多么出色而神奇。含苞待放未及开，盛夏遭霜全枯萎。华丽荣耀已消逝，人间道路全隔离。阴阳命运看不透，贤德夫君却来临。相守短暂离别速，都是神灵安排。用什么赠送我的亲人？送只金碗可抚养我的孩子。夫妻的恩爱从此断绝，心碎到肠断肝脾裂。"卢充接过儿子、金碗和诗，忽然之间两辆车子就不见了。卢充带着儿子回到岸上，在座的人说这儿子是鬼，就都远远地朝他吐唾沫，但他儿子的形状却未发生改变。大家就问这孩子："谁是你的父亲？"孩子径直扑进卢充怀里。大家开始还有点奇怪厌恶，等到传阅了那首诗以后，便都感慨叹息死人和活人之间这种玄妙的交往。后来卢充驾车到集市上去出售金碗，故意抬高它的价格，不想让它很快就卖掉，期待着有人能认识这金碗。忽然有一个年老的婢女认出这只碗，便回去告诉女主人说："我在集市上看见一个人坐在车上，出售崔姑娘棺材中的金碗。"这女主人就是崔氏姑娘的亲姨母。她派儿子去查看，果然跟那个老婢女讲的一致。他便上了卢充的车，通报了自己的姓名，对卢充说："过去我的姨母嫁给了崔少府，生了个女儿，还没有出嫁就死了。我母亲很悲痛，赠送给她一只金碗，把它放在棺材中。你能否说说你得到这只金碗的经过？”卢充便把事情的经过告诉了他。那人也为此悲伤地抽泣起来，于是便带着金碗回去把这事告诉了母亲。母亲便叫他到卢充家里，把卢充的儿子接来看看。所有的亲友都来了。那儿子既有崔氏姑娘的形状，又有点像卢充的相貌。儿子和金碗都得到了验证，姨母说：“我的外甥女是三月底降生的。她父亲说：‘春天温暖，希望她休美强健。’于是就给她取了个名字叫温休。‘温休’，就是幽婚的隐语。这个预兆早在取名时就很明显了啊。”卢充的儿子长大后很有才学，做过俸禄为二千石的郡守；子孙都做官，一直承袭到现在。他的后代卢植，字子干，更是天下闻名。

十　钟繇杀鬼

颍川钟繇[①]字元常，尝数月不朝会，意性异常。或问其故。云：“常有好妇来，美丽非凡。”问者曰：“必是鬼物，可杀之。”妇人后往，不即前，止户外。繇问：“何以？”曰：“公有相杀意。”繇曰：“无此。”勤勤[②]呼之，乃入。繇意恨，有不忍之，然犹斫之，伤髀[③]。妇人即出，以新绵拭血竟路。明日，使人寻迹之，至一大冢，木中有好妇人，形体如生人，着白练衫，丹绣裲裆[④]，伤左髀，以裲裆中绵拭血。

注释

①钟繇：三国时期曹魏著名书法家、政治家。

官至太傅，魏文帝时与当时的名士华歆、王朗并为三公。

②勤勤：频频，一再。③髀：大腿。

④裲裆：形似今天马甲或背心的衣服。

译文

颍川郡的钟繇字元常，曾经几个月不上朝，他的神色气性跟平常也不大一样。有人问他为什么这样，他说："这几个月常常有一个美女到我这儿来，她漂亮得不像凡人。"问他的人说："这美女一定是个鬼，你可以把她杀了。"那美女后来又来了，却不马上走到钟繇跟前，而停在门外。钟繇问她："你为什么不进门？"那女人说："您有了杀我的念头。"钟繇说："我没有这种想法。"便连声呼唤她，她才进了屋。钟繇心里觉得遗憾，有点不忍心，但还是砍了她一刀，伤了她的大腿。这女人马上出了门，用新棉花揩擦，鲜血滴满了她走过的路。第二天，钟繇派人顺着血迹去找，便找到一座大坟。棺材中有一个漂亮的女人，样子就像活人一样，穿着白色的丝绸衫、红色的绣花背心；左大腿被砍伤了，还用背心中的棉絮擦了鲜血。

卷十七

一 鬼骗张汉直家

陈国[①]张汉直到南阳，从京兆尹延叔坚学《左氏传》。行后数月，鬼物持其妹，为之扬言曰："我病死，丧在陌上，常苦饥寒。操二三量不借[②]挂屋后楮上。传子方送我五百钱，在北墉下，皆亡取之。又买李幼一头牛，本券在书箧中。"往索取之，悉如其言。妇尚不知有此，妹新从婿家来，非其所及。家人哀伤，益以为审[③]。父母诸弟衰绖到来迎丧。去舍数里，遇汉直与诸生十余人相追。汉直顾见家人，怪其如此。家见汉直，谓其鬼也，怅惘良久。汉直乃前为父拜说其本末，且悲且喜。凡所闻见，若此非一，得知妖物之为。

注释

①陈国：春秋时期的小国，都城在今河南淮阳。

②不借：草鞋。

③审：一定，果然。

译文

陈国的张汉直到南阳去，跟随京兆尹延叔竖学习《左传》。他走了几个月以后，有妖怪挟持他的妹妹，通过他妹妹的口扬言道："我病死了，尸体还在路上，常常受到饥寒的困扰。我过去打好的两三双草鞋，挂在屋后的楮树上。傅子方送给我五百文钱，放在北墙下面。这些东西我都忘记拿了。我还向李幼买了一头牛，凭证放在书箱中。"大家去找这些东西，都像他妹妹说的那样。连他的妻子都不知道还有这些东西，他妹妹刚从丈夫家里来，也不会知道这些情况。因此家里人十分悲伤，更加认定张汉直真的死了。于是父母兄弟，都穿了丧服来接丧。离学府还有几里地的地方，他们却碰上张汉直和十几个同学走在一起。张汉直看见了家里人，奇怪他们穿戴成这个样子。家里人看见张汉直，以为他是鬼，惆怅迷惘了很长时间。张汉直上前向父亲行了礼，他父亲把事情的前后经过说了，父子俩真是悲喜交集。所见所闻，像这样的事发生了不只一次，所以才知道是妖怪造成的。

二 费季客楚

吴人费季，久客于楚，时道多劫，妻常忧之。季与同辈旅宿庐山下，各相问出家几时。季曰："吾去家已数年矣。临来，与妻别，就求金钗以行，欲观其志当与吾否耳。得钗，乃以着户楣①上。临发，失与道，此钗故当在户上也。"尔夕，其妻梦季曰："吾行遇盗，死已二年。若不信吾言，吾行时，取汝钗，遂不以行，留在户楣上，可往取之。"妻觉，揣钗，得之，家遂发丧。后一年余，季乃归还。

注释

①户楣：门框上的横木。

译文

吴国人费季，旅居在楚国已很久了，当时路上经常发生抢劫的事件，妻子常常为他担忧。费季和同伴们在庐山下投宿，各人互相询问离家有多久了。费季说："我离家已经好几年了。临走的时候，我和妻子告别，向她要了一枝金钗才动身，我只是想试试她的心，看她是否会给我罢了。我拿到了金钗，就把它放在门框上面的横木上。等我动身的时候，忘了对她说，这金钗肯定还在门上。”这天晚上，他的妻子梦见费季说：“我走在路上碰到了强盗，已经死了两年了。如果你不相信我的话，我走的时候拿了你的金钗，并没有把它带走，而是把它放在门框上的横木上，你可以去把它取下来。”他妻子醒了，去摸了一下门框上，果然拿到了金钗，家里就相信费季真是死了，便给他办了丧事。过了一年多，费季却回家了。

三 朱诞给使射鬼

吴孙皓世，淮南内史朱诞，字永长，为建安太守。诞给使[①]妻有鬼病，其夫疑之为奸。后出行，密穿壁隙窥之。正见妻在机中织，遥瞻桑树上，向之言笑。给使仰视树上，有一年少人，可十四五，衣青衿袖，青幧头。给使以为信人也，张弩射之，化为鸣蝉，其大如箕，翔然飞去。妻亦应声惊曰：“噫！人射汝。”给使怪其故。后久时，给使见二小儿在陌上共语。曰：“何以不复见汝？”其一即树上小儿也，答曰：“前不幸为人所射，病疮积时。”彼儿曰：“今何如？”曰：“赖朱府君梁上膏以傅之，得愈。”给使白诞曰：“人盗君膏药，颇知之否？”诞曰：“吾膏久致梁上，人安得盗之？”给使曰：“不然。府君视之。”诞殊不信，试为视之，封题如故。诞曰：“小人故妄言，膏自如故。”给使曰：“试开之。”则膏去半，为掊刮，见有趾迹。诞因大惊，乃详问之，具道本末。

注释

①给使：左右的侍从。

译文

淮南内史朱诞，字永长，在吴国孙皓时，任建安太守。朱诞给使的妻子被鬼魅迷惑，她的丈夫怀疑她与人有奸情。后来给使外出，悄悄回来在墙上打了个洞来监视她。正好看见妻子在布机上织布，但她的眼睛却望向桑树，冲那里说说笑笑。给使抬头看那树上，只见有一个年轻人，大约十四五岁，穿着青衣服，戴着青头巾。给使以为是真人，便拉弓射他。那人却变成了一只蝉，像簸箕那么大，伸展着翅膀飞走了；妻子也随着那射箭声惊讶地说："呀！有人射你。"给使觉得这事很奇怪。后来又过了很长一段时间，给使看见两个少年在路上交谈。其中有一个说："为什么老是看不见你？"另一个就是树上的少年，他回答说："上次倒霉，被人射了，伤口拖了很长时间。"那少年又问："现在怎么样了？"这少年说："全靠了朱太守梁上的膏药，我把它拿来敷在伤口上，这才痊愈了。"给使对朱诞说："有人偷了您的膏药，您没有察觉吗？"朱诞说："我的膏药早就放到了梁上，别人哪能偷得着呢？"给使说："不一定这样。您还是去看看吧。"朱诞根本不相信，就试探着去看看，那膏药还是像过去那样原封未动。朱诞便说："你这小子故意胡说八道，膏药明明还是像原来那样。"给使说："打开试试看。"朱诞打开，发现膏药丢了一半。药是被刮去的，还能看见脚趾的痕迹，朱诞因而非常惊讶，就详细地问给使，给使便把这事情的经过一一告诉了朱诞。

四 倪彦思家鬼魅

吴时，嘉兴倪彦思居县西埏里。忽见鬼魅入其家，与人语，饮食如人，惟不见形。彦思奴婢有窃骂大家者，云:“今当以语。”彦思治之,无敢詈之者。彦思有小妻，魅从求之，彦思乃迎道士逐之。酒殽既设，魅乃取厕中草粪，布着其上。道士便盛击鼓，召请诸神。魅乃取伏虎①，于神座上吹作角声音。有顷。道士忽觉背上冷，惊起解衣，乃伏虎也。于是道士罢去。彦思夜于被中窃与妪语,共患此魅。魅即屋梁上谓彦思曰:“汝与妇道吾，吾今当截汝屋梁。”即隆隆有声。彦思惧梁断，取火照视，魅即灭火。截梁声愈急。彦思惧屋坏，大小悉遣出，更取火视，梁如故。魅大笑，问彦思:“复道吾否？”郡中典农②闻之，曰：“此神正当是狸物耳。”魅即往谓典农曰：“汝取官若干百斛谷，藏着某处，为吏污秽，而敢论吾！今当白于官，将人取汝所盗谷。”典农大怖而谢之。自后无敢道者。三年后去，不知所在。

注释

①伏虎：又称“虎子”。是一种状似蹲兽的尿壶。

②典农：即典农都尉，是掌管诸县生产、民政和田租的行政长官。

译文

吴国的时候，嘉兴的倪彦思住在县城西边的埏里这个地方。一天忽然发现有鬼魅到他家中，跟人谈话，也像人一样吃东西，只是看不见它的形体。倪彦思家中的一个奴婢在背后骂女主人，那鬼魅说：“现在就告诉给主人听。”倪彦思就惩治了这个奴婢，于是再也没有敢偷偷骂女主人了。倪彦思有个小老婆，鬼魅缠着追求她，倪彦思就去请了道士来驱逐这鬼魅。酒肉已经摆好了，鬼魅却从厕所中取了大粪撒在上面。道士便猛烈打鼓，召请各路神仙，鬼魅就拿了小便壶，在神座上吹出号角似的声音。一会儿，道士忽然感到背上发冷，慌忙起来脱衣服察看，竟然是小便壶。于是道士便作罢走了。倪彦思夜晚在被窝里偷偷地和老婆谈话，两人都为这个鬼魅的事情发愁。鬼魅却在屋梁上对倪彦思说：“你和妻子一起议论我，我现在就锯断你的屋梁。”梁上立即发出轰隆隆的声音。倪彦思害怕屋梁断下来，就拿了火烛照着察看，鬼魅立即把火吹灭了，而锯断屋梁的声音更猛烈了。倪彦思害怕房屋塌下来，就把全家老幼都打发到门外，又拿了火烛，去察看屋梁，那屋梁却还是像原来那样完好无损。鬼魅哈哈大笑，问倪彦思：“你还敢说我吗？”郡中主管农业的典农听见了这件事，便说：“这怪物一定是只狸猫精。”鬼魅便去对典农说：“你拿了公家几百斛谷子，藏在某某地方。你当官这样不清廉，却还敢来说我。今天我就要向官府告发，带人去取出你所偷的谷子。”典农非常恐惧，连忙向它道歉。从这以后，再也没有敢谈论这鬼魅的人了。三年以后，鬼魅离开了倪彦思家，不知去了什么地方。

五 竹中人

临川陈臣家大富。永初元年[①]，臣在斋中坐，其宅内有一町筋竹[②]，白日忽见一人，长丈余，面如方相，从竹中出。径语陈臣："我在家多年，汝不知；今辞汝去，当令汝知之。"去一月许日，家大失火，奴婢顿死。一年中，便大贫。

注释

①永初元年：即107年。永初，是东汉安帝的年号。

②町：田亩。筋竹：竹子的一种，非常坚韧结实。

译文

临川郡陈臣的家里很富裕。永初元年的一天，陈臣坐在书房中，在他住宅内有一畦筋竹，那里白天忽然出现一个人，长一丈多，样子很像驱疫辟邪的方相。他从筋竹林中走出来，径直来到陈臣面前对他说："我在你家中好多年了，你一直不知道，今天要离开你了，应该让你知道我。"这人离开后差不多一月左右的时候，陈家发生大火，奴婢一下子都被烧死了。不到一年，陈家便非常贫穷了。

六 服留鸟

晋惠帝永康元年，京师得异鸟，莫能名。赵王伦使人持出，周旋城邑，市以问人[①]。即日，宫西有一小儿见之，遂自言曰："服留鸟。"持者还白伦，伦使更求。又见之，乃将入宫。密笼鸟，并闭小儿于户中。明日往视，悉不复见。

注释

①市以问人：此句在《宋书·五行志》作"匝以问人"。匝，环绕。

译文

晋惠帝永康元年，京城里抓到一只奇异的鸟，没有人能叫出它的名称。赵王司马伦派人拿着这只鸟出去，在城内街市上来回走，见人就问。当天，皇宫西边有一个小孩看见这鸟，就自言自语地说："服留鸟。"拿鸟的人回去报告了赵王，赵王派他再去寻找那小孩。再次看见了那个小孩，就把他带进了皇宫。赵王把鸟紧关在笼子里，并把这个小孩关在屋子内。第二天再去看时，却都不见了。

七 蛇入脑

秦瞻居曲阿[1]彭皇野，忽有物如蛇，突入其脑中。蛇来，先闻臭气，便于鼻中入，盘其头中，觉哄哄，仅闻其脑闲食声咂咂[2]。数日而出去。寻复来，取手巾缚鼻口，亦被入。积年无他病，唯患头重。

注释

①曲阿：古县名，在今江苏丹阳。

②咂咂：吮吸的声音。

译文

秦瞻居住在曲阿县彭皇野外，忽然有像蛇一样东西，一下子钻进了他的脑袋里。这条蛇刚来的时候，先闻闻气味，接着便从秦瞻的鼻孔中钻进去，最后盘绕在他的脑袋里，他便觉得头轰轰作响，只听见那蛇在脑子里咂咂地吃东西的声音。过了几天，蛇就钻出来爬走了。不久，蛇又来了，秦瞻马上拿手巾缚住鼻子和嘴巴，但蛇还是钻了进去。这样过了好几年，秦瞻也没有其他毛病，只是感到头很重。

卷十八

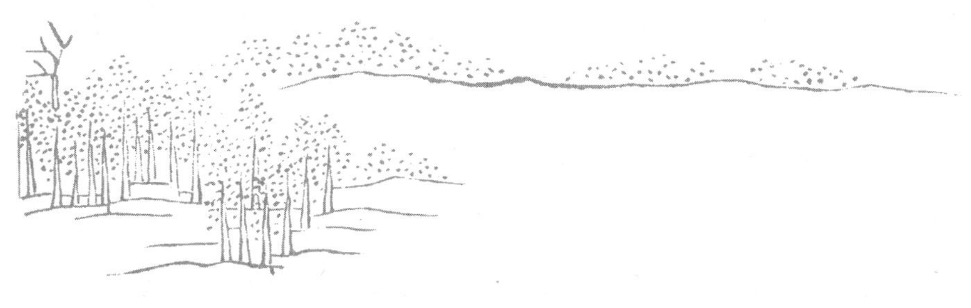

一　饭臿枕怪

魏景初中，咸阳县吏王臣家有怪。每夜无故闻拍手相呼，伺无所见。其母夜作倦，就枕寝息。有顷，复闻灶下有呼声曰："文约，何以不来？"头下枕应曰："我见枕，不能往。汝可来就我饮。"至明，乃饭臿[①]也。即聚烧之，其怪遂绝。

注释

①饭臿：盛饭用的瓢、勺子之类的器具。

译文

曹魏景初年间，咸阳县县吏王臣家里出现了怪事。每天晚上都会无缘无故地听见拍手和互相呼喊的声音，留神查看却什么也没发现。他母亲夜里做事累了，就靠在枕头上睡觉。一会儿，便又听见灶下有喊声说："文约，你为什么不来？"头下的枕头回答说："我被枕住了，不能到你那边去。你可以到我这儿来喝水。"到天亮一看，原来是饭臿。立刻把它们放在一起烧掉，家里的怪事也就绝迹了。

二 细腰

魏郡[1]张奋者，家本巨富，忽衰老财散，遂卖宅与程应。应入居，举家病疾，转卖邻人阿文。文先独持大刀，暮入北堂中梁上。至三更竟，忽有一人，长丈余，高冠黄衣，升堂呼曰:“细腰！”细腰应诺。曰:“舍中何以有生人气也？”答曰：“无之。”便去。须臾，有一高冠青衣者，次之，又有高冠白衣者，问答并如前。及将曙，文乃下堂中，如向法呼之，问曰：“黄衣者为谁？”曰：“金也。在堂西壁下。”“青衣者为谁？”曰:“钱也。在堂前井边五步。”“白衣者为谁？”曰:“银也。在墙东北角柱下。”“汝复为谁？”曰:“我，杵也。今在灶下。”及晓，文按次掘之，得金银五百斤，钱千万贯。仍取杵焚之。由此大富，宅遂清宁。

注释

①魏郡：古郡名，治所在今河北磁县。

译文

魏郡有个叫张奋的人，家里本来极其富裕，人忽然之间变得衰老，财产也散失，于是就把房屋卖给了程应。程应搬进去居住，全家都生病，所以又把房屋转卖给邻居何文。何文独自拿了大刀，在傍晚进入北面的堂屋中，躲在梁上。到三更将尽时，忽然有一个人，高一丈多，戴着高帽子，穿着黄衣服，进到堂屋里喊道:“细腰。”那细腰答应了一声。那人又说:“屋里为什么有活人的气味？”细腰回答说:“没有呀。”

这个穿黄衣服的人就走了。一会儿，又进来一个戴高帽子穿青衣服的，再接下来有一个戴高帽子穿白衣服的进来，他们和细腰的问话答话都与前者一样。到快要天亮的时候，何文就从梁上跳下，站在堂中，像刚才那三个人一样呼唤细腰，问道："穿黄衣服的是谁？"细腰回答说："是黄金。他在堂屋的西墙下。"何文又问："穿青衣服的是谁？"细腰回答说："是铜钱。他在堂屋前离井边五步远的地方。"何文又问："穿白衣服的是谁？"细腰回答说："是银子。他在墙东北角的柱子底下。"何文又问："你又是谁？"细腰回答说："我是木杵。现在在灶头下面。"等到天亮后，何文依次挖掘，得到黄金白银五百斤，铜钱千万贯。接着又找出木杵来烧掉了。从此何文十分富裕，宅屋也就清静安宁了。

三　树神黄祖

庐江龙舒县[①]陆亭流水边，有一大树，高数十丈，常有黄鸟数千枚巢其上。时久旱，长老共相谓曰："彼树常有黄气[②]，或有神灵，可以祈雨。"因以酒脯往。亭中有寡妇李宪者，夜起，室中忽见一妇人，着绣衣，自称曰："我，树神黄祖也。能兴云雨，以汝性洁，佐汝为生。朝来父老皆欲祈雨，吾已求之于帝，明日日中大雨。"至期果雨。遂为立祠。宪曰："诸卿在此，吾居近水，当致少鲤鱼。"言讫，有鲤鱼数十头，飞集堂下，坐者莫不惊悚。如此岁余，神曰："将有大兵，今辞汝去。"留一玉环曰："持此可以避难。"后刘表、袁术相攻，龙舒之民皆徙去，唯宪里不被兵。

注释

①龙舒县：古县名，在今安徽舒城县。

③黄气：古时以为黄色云气是祥瑞之气。

译文

庐江郡龙舒县陆亭河边有一棵大树，高几十丈，常常有几千只黄鸟在这树上做窝。当时已经很长时间没下雨了，老人们在一起互相议论说："那大树常常有黄气，或许有神灵，我们可以向它求雨。"他们就拿着酒和干肉去了。陆亭乡中有一个寡妇叫李宪，有一天夜里起床，忽然看见一个妇女出现在自己房间里，那妇女穿着绣花衣，说："我是树神黄祖，能兴云降雨。因为你本性纯洁，所以我来帮助你谋生。明天早晨父老乡亲都要来求雨，我已向天帝请求过了，明天中午就会下大雨。"到了第二天中午，果然下雨了，于是人们就给她建造了祠堂。树神通过李宪的口说："各位父老乡亲都在这里。我的住地靠近河流，应该献上一些鲤鱼给大家尝尝。"说罢，就有几十条鲤鱼飞来聚集在祠堂下，在座的人都非常惊奇。像这样过了一年多，树神对李宪说："马上要发生大规模的战争了，现在我得告别你走了。"她留给李宪一个玉环，说："你拿了这东西，可以避难。"后来刘表、袁术大战，龙舒县的老百姓都逃难流亡到外地去了，只有李宪所在的村子没遭到战乱。

四 张辽杀怪

魏，桂阳太守江夏张辽[1]，字叔高，去鄢陵，家居买田。田中有大树十余围，枝叶扶疏，盖地数亩，不生谷。遣客伐之，斧数下，有赤汁六七斗出，客惊怖，归白叔高。叔高大怒曰："树老汁赤，如何得怪？"因自严行复斫之。血大流洒。叔高使先斫其枝，上有一空处，见白头公，可长四五尺，突出，往赴叔高。高以刀逆格之。如此，凡杀四五头，并死。左右皆惊怖伏地，叔高神虑怡然[2]如旧。徐熟视，非人非兽。遂伐其木。此所谓"木石之怪，夔、魍魉者"乎？是岁，应司空辟侍御史、兖州刺史。以二千石之尊，过乡里，荐祝祖考，白日绣衣荣羡，竟无他怪。

注释

①桂阳：古郡名，治所在今湖南郴州市。

②怡然：安详自在的样子。

译文

魏国桂阳太守江夏郡人张辽，字叔高，离开鄢陵县，隐居在家中买了田地。田中有棵大树十多围粗，枝叶很茂盛，遮住了几亩地，使地里长不出庄稼。于是张辽就派遣门客去砍掉它。斧子砍了几下，就有六七斗红色的浆汁流了出来。门客惊恐万分，回来报告了张辽。张辽十分生气地说："树老了，树浆就红了，有什么好大惊小怪的！”于是他就自己穿好衣服来到地里，等他再砍那棵树，竟然有大量的鲜血流洒出来。张辽就让门客先砍树枝，只见树上有个空洞，里面有一个白头老人，大约四五尺长，突然跳出来，直奔张辽。张辽用刀抵挡他。如此战斗，一共砍掉了四五个，这些怪物都死了。旁边的人都吓得趴在地上，而张辽的神情却还像平时一样安详镇定。他仔细看那些死去的白头老人，既不是人，也不是野兽，大家便顺利地砍掉了那棵树。这就是人们所说的“木石的妖怪，夔、魍魉”之类的东西吗？这一年，张辽被司空提拔为侍御史、兖州刺史。他以俸禄二千石的尊贵身份，访问家乡，祭祀祖先，白天穿着绣花衣，十分荣耀，那里后来也没有出现别的妖怪了。

五 吴兴老狐

晋时，吴兴一人有二男，田中作时，尝见父来骂詈赶打之。儿以告母，母问其父，父大惊，知是鬼魅。便令儿斫之。鬼便寂不复往。父忧，恐儿为鬼所困，便自往看。儿谓是鬼，便杀而埋之。鬼便遂归，作其父形，且语其家：“二儿已杀妖矣。”儿暮归，共相庆贺，积年不觉。后有一法师过其家，语二儿云：“君尊侯[①]有大邪气。”儿以白父，父大怒。儿出以语师，令速去。师遂作声入，父即成大老狸，入床下，遂擒杀之。向所杀者，乃真父也。改殡治服。一儿遂自杀，一儿忿懊，亦死。

注释

①侯：这里指气色。

译文

晋朝时，吴兴郡一个人有两个儿子，他们在田里劳动时，曾经被父亲追打大骂。儿子们把这事告诉了母亲，母亲问他们的父亲，父亲大吃一惊，知道是鬼魅，便叫儿子把它砍死。鬼便安静下来不再去田里。父亲担心儿子被鬼所困，就亲自去探看。儿子以为是鬼，就把父亲杀死埋了。那鬼就马上回家，变成了父亲的样子，并且对他家里的人说："两个儿子已经杀死了妖怪。"儿子们傍晚回家，全家一起庆贺，过了好几年都没有发觉。后来有一位法师来他们家拜访，对两个儿子说："你们的父亲有很严重的邪气。"儿子把这话告诉了父亲，父亲大怒。儿子出来告诉法师，叫他快走。法师却念念有词走进里屋，父亲立即变成了一只很大的老狐狸，钻到床下，法师就把它捉住杀了。这下大家才知道，从前杀掉的，竟是真父亲啊。于是家里就重新为父亲安葬服丧。一个儿子因此自杀了，另一个儿子又气又悔，最后也死了。

六 老狸语刘伯祖

博陵[①]刘伯祖为河东太守，所止承尘上有神，能语，常呼伯祖与语。及京师诏书诰下消息，辄预告伯祖。伯祖问其所食啖，欲得羊肝。乃买羊肝于前切之，脔随刀不见，尽两羊肝。忽有一老狸，眇眇[②]在案前，持刀者欲举刀斫之，伯祖呵止。自着承尘上，须臾大笑曰："向者啖羊肝，醉忽失形，与府君相见，大惭愧。"后伯祖当为司隶[③]，神复先语伯祖曰："某月某日，诏书当到。"至期，如言。及入司隶府，神随遂在承尘上，辄言省内[④]事。伯祖大恐怖，谓神曰："今职在刺举，若左右贵人闻神在此，因以相害。"神答曰："诚如府君所虑，当相舍去。"遂即无声。

注释

①博陵：古郡名，治所在今河北安平县。

②眇眇miǎo：模糊不清。

③司隶：古官名，掌管纠察京城百官及附近郡县。

④省内：皇宫禁地之内。

译文

博陵县人刘伯祖任河东郡太守的时候，住所的承尘上有一个神，会说话，常常叫刘伯祖来和他交谈。每当京城的诏书文诰送来消息，他总会预先告诉刘伯祖。刘伯祖问他想吃什么，他说要吃羊肝。刘伯祖就买了羊肝，叫人在办公桌前切碎，肉块随着刀落就不见了，这样一直吃完了两个羊肝。

忽然有一只老狐狸，隐隐约约地出现在刘伯祖的办公桌前面，拿刀的人想举刀砍它，刘伯祖喝住了。狐狸便自己爬上了承尘，过了一会儿，它大笑着说："刚才吃羊肝，得意之下就现出了原形，给太守看见了，十分惭愧。"后来刘伯祖要当司隶校尉，狐仙又预先告诉刘伯祖说："某月某日，诏书就该来了。"到了那天果然像他所说的那样来了诏书。等到刘伯祖进了司隶府，狐仙仍然伴随着住在承尘上，常对他说起一些皇宫禁地的事情。刘伯祖十分恐惧，对狐仙说："我现在的职责是侦查和检举官吏的犯法行为。如果皇帝身边的亲信权贵们听说有神在这里，会因此来害我。"狐仙回答说："如果真像您所担心的那样，那我就应该离开了。"从此就没有什么声音了。

七 阿紫

后汉建安中，沛国郡陈羡为西海都尉[①]。其部曲王灵孝无故逃去，羡欲杀之。居无何，孝复逃走。羡久不见，囚其妇，妇以实对。羡曰："是必魅将去，当求之。"因将步骑数十，领猎犬，周旋于城外求索，果见孝于空冢中。闻人犬声，怪遂避去。羡使人扶孝以归，其形颇象狐矣，略不复与人相应，但啼呼"阿紫"。阿紫，狐字也。后十余日，乃稍稍了悟。云："狐始来时，于屋曲角鸡栖间，作好妇形，自称'阿紫'，招我。如此非一。忽然便随去，即为妻，暮辄与共还其家。遇狗不觉。"云乐无比也。道士云："此山魅也。"《名山记》[②]曰："狐者，先古之淫妇也，其名曰'阿紫'，化而为狐，故其怪多自称阿紫。"

注释

①西海都尉：据考证，汉朝时并无西海都尉。这里或许应是“西河都尉”。

②《名山记》：书名，列载名山大川及传说中神仙鬼魅所居之处的典籍。

译文

东汉建安年间，沛国郡的陈羡任西海都尉。他的部下王灵孝常无故逃跑，陈羡想要杀了他。过了没多少时候，王灵孝又逃跑了。陈羡见他那么久也不回来，就把他的妻子关了起来，这妇人如实做了回答。陈羡说：“这肯定是妖怪把他带走了，该去找找他。”于是陈羡率领几十个步兵、骑士，带着猎犬，在城外来来回回寻找，果然发现王灵孝在一个墓穴中。听见外面有人与狗的声音，那妖怪就逃走了。陈羡叫人搀扶着王灵孝回队，他的样子已经很像狐狸了，一点也不和人交流，只是呼唤着“阿紫”。阿紫，是那狐狸的名字。过了十多天，他才渐渐清醒过来，说：“狐狸刚来的时候，在房屋拐角处的鸡棚处，变成了美女的样子，说自己名叫‘阿紫’，挥手招我去。这样的事情不止一次，我便迷迷糊糊地跟着她去了，她就做了我的妻子，晚上我就和她一起回到她的家里。那天你的狗来了，我都没有察觉。”他说那时真是快乐无比。道士说：“这是山里的精怪。”《名山记》说：“狐狸，是上古的淫妇所变，她的名字叫‘阿紫’，死后就变成了狐狸。所以狐狸精常称自己为‘阿紫’。”

八 谢鲲获鹿怪

陈郡谢鲲[①]，谢病去职，避地[②]于豫章。尝行经空亭中，夜宿，此亭旧每杀人。夜四更，有一黄衣人呼鲲字云："幼舆！可开户。"鲲澹然[③]无惧色，令申[④]臂于窗中。于是授腕，鲲即极力而牵之。其臂遂脱，乃还去。明日看，乃鹿臂也。寻血取获。尔后此亭无复妖怪。

注释

①陈郡：郡名，治所在今河南淮阳。

谢鲲：字幼舆，晋朝名相谢安的伯父，两晋名士。

②避地：因避祸而移居他地。

③澹然：镇静的样子。

④申：通"伸"。

译文

陈郡人谢鲲，推托有病而辞去官职，为避祸而移居在豫章郡。有次他外出经过一座空亭，便在里面过夜，这亭馆过去常常死人。这天夜里四更时分，有一个身穿黄衣服的人呼唤着谢鲲的字说："幼舆，请你开门。"谢鲲很镇静，一点也不害怕，叫他把手臂从窗口中伸进来。于是那人就把手腕伸了进来，谢鲲马上使尽全身力气拉他的手腕，他的手臂脱落了下来，接着就逃走了。第二天一看，原来是只鹿臂。于是按照血迹去寻找，抓获了这只鹿。从此以后，这亭馆就不再有妖怪出现了。

九 见怪不怪

桂阳太守李叔坚，为从事。家有犬，人行[①]，家人言当杀之。叔坚曰："犬马喻君子。犬见人行，效之，何伤！"顷之，狗戴叔坚冠走。家大惊。叔坚云："误触冠，缨挂之耳。"狗又于灶前畜火[②]，家益怔营[③]。叔坚复云："儿婢皆在田中，狗助畜火，幸可不烦邻里。此有何恶？"数日，狗自暴死，卒无纤芥[④]之异。

注释

①人行：像人一样行走。

②畜火：积蓄保留火种，使火不熄灭。

③怔营：恐惧不安。

④纤芥：形容微小的事情。

译文

桂阳太守李叔坚，曾任从事史。他家里有条狗，像人一样站起来走路，家里人说应该把它杀了。李叔坚说："犬马常常用来比喻君子。狗看见人走路，便模仿，有什么关系呢？"过了不久，狗又戴了李叔坚的帽子到处跑，家里人十分惊讶，李叔坚却说："它误碰了帽子，是帽带挂住了它的头罢了。"狗又在灶前积蓄火种，家里人更加惶恐不安了。李叔坚又说："奴婢们都在田里干活，狗帮助保留火种，正好可以不再麻烦乡邻。这有什么坏处？"过了几天，这狗突然死了，李家最终也没有发生丝毫怪异的事情。

十　王周南不惧鼠怪

魏齐王芳正始中，中山王周南为襄邑长[①]。忽有鼠从穴出，在厅事上，语曰："王周南，尔以某月某日当死。"周南急往，不应。鼠还穴。后至期复出，更冠帻皁衣而语曰："周南！尔日中当死。"亦不应。鼠复入穴。须臾复出，出复入，转行数语如前。日适中。鼠复曰："周南！尔不应死，我复何道！"言讫，颠蹶[②]而死，即失衣冠所在。就视之，与常鼠无异。

注释

①中山：郡名，治所在今河北定县。襄邑：古县名，在今河南睢县。②颠蹶：跌倒在地上。

译文

魏齐王曹芳正始年间，中山郡有个叫王周南的人任襄邑的邑长。忽然有只老鼠从洞中爬出来，来到厅堂上对王周南说："王周南，你在某月某日会死去。"王周南急忙往前走，不理它。老鼠便回到洞中去了。后来到了老鼠说王周南要死的那一天，老鼠又出来了。它还戴着帽子、头巾，穿着黑衣服，对王周南说："周南，你中午要死了。"王周南还是不理他。老鼠又进洞去了。一会儿它又出来，出来了又进洞，转了几个来回，讲了几次和前面相同的话。正好到了中午的时候，老鼠又说："周南，你总不回应你要死的信息，我还能说什么呢！"说完，便倒在地上死了，它的衣帽也不见了。王周南走近看它，与平常的老鼠没有什么不同。

十一 汤应斫二怪

吴时，庐陵郡都亭[①]重屋中常有鬼魅，宿者辄死。自后使官莫敢入亭止宿。时丹阳人汤应者，大有胆武，使至庐陵，便止亭宿。吏启不可，应不听。迸[②]从者还外，惟持一大刀，独处亭中。至三更竟，忽闻有叩阁者。应遥问："是谁？" 答云："部郡相闻[③]。"应使进，致词而去。顷间，复有叩阁者如前，曰："府君相闻。"应复使进，身着皂衣。去后，应谓是人，了无疑也。旋又有叩阁者，云："部郡、府君相诣。"应乃疑曰："此夜非时，又部郡、府君不应同行。"知是鬼魅，因持刀迎之。见二人皆盛衣服，俱进。坐毕，府君者便与应谈。谈未竟，而部郡忽起至应背后，应乃回顾，以刀逆击，中之。府君下坐走出，应急追，至亭后墙下及之，斫伤数下，应乃还卧。达曙，将人往寻，见有血迹，皆得之。云称府君者，是一老狶[④]也；部郡者，是一老狸也。自是遂绝。

注释

①都亭：郡的治所所在的亭馆。

②迸：通"屏"。使退下。

③部郡：官名，主管郡中督促文书、检举非法等职务。

闻：通"问"。问候、拜访。

④狶：猪。

译文

三国东吴时，庐陵郡治所的亭馆楼上常常闹鬼，在里面过夜的人总是死去。从此以后，过路的使者官员，都不敢到亭馆里留宿。当时丹阳郡有个叫汤应的人，胆子大，武艺也高强。他出使来到庐陵，就到亭馆里住宿。亭吏告诉他这亭馆不能住，汤应没有听他的。他让随从回到外面住宿，自己拿了一把大刀，独自一人住在亭中。到三更的时候，忽然听见有人敲门。汤应远远地问："是谁？"外面的人回答说："是部郡从事史来拜访。"汤应就让他进来了，他说了一番话就走了。过了一会儿，又有人像刚才那个人一样来敲门说："郡守前来拜访。"汤应又让他进来，这人身穿黑衣。这两个人走了以后，汤应认为他们都是人，一点儿也没有怀疑。转眼间又有人敲门，说："部郡从事史、郡守前来拜见。"汤应于是怀疑了，心想："这不是拜访客人的时候，而且部郡从事史和郡守也不应该一起来。"他知道是妖怪来了，就带上刀迎接他们。只见那两个人都穿着华美的衣服，一起进了屋。坐定后，自称郡守的人便和汤应谈话。话还没有说完，部郡从事史忽然起身绕到汤应的背后。汤应便回过头来，用刀向他砍去，砍中了他。郡守便离开座位逃了出去，汤应急忙追赶，在亭馆的后墙下追上了他，向他连砍几刀，汤应才回去睡觉。天亮以后，汤应带了人前去寻找，看见有血迹，便沿着血迹去找，把两个妖怪都找到了。自称郡守的，是一头老猪；自称部郡从事史的，是一只老狐狸。从此以后，这亭馆里的妖怪也就绝迹了。

卷十九

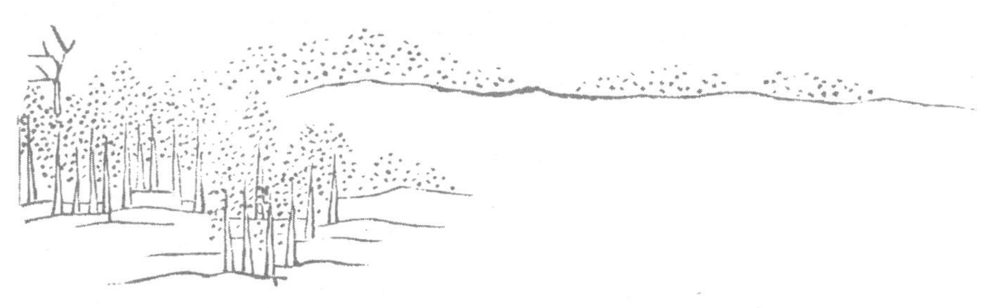

一 李寄斩蛇

东越闽中有庸岭[①]，高数十里。其西北隙中有大蛇，长七八丈，大十余围，土俗常惧。东冶都尉及属城长吏，多有死者。祭以牛羊，故不得福，或与人梦，或下谕巫祝，欲得啖童女年十二三者。都尉令长并共患之，然气厉[②]不息，共请求人家生婢子，兼有罪家女养之，至八月朝[③]祭，送蛇穴口，蛇出吞啮之。累年如此，已用九女。尔时预复募索，未得其女。将乐县李诞家有六女，无男。其小女名寄，应募欲行。父母不听。寄曰："父母无相，惟生六女，无有一男，虽有如无。女无缇萦[④]济父母之功，既不能供养，徒费衣食，生无所益，不如早死。卖寄之身，可得少钱，以供父母，岂不善耶？"父母慈怜，终不听去。寄自潜行，不可禁止。寄乃告请好剑及咋蛇犬。至八月朝，便诣庙中坐，怀剑将犬。先将数石米糍，用蜜麨[⑤]灌之，以置穴口。蛇便出，头大如囷[⑥]，目如二尺镜，闻瓷香气，先啖食之。寄便放犬，犬就啮咋，寄从后斫得数剑。疮痛急，蛇因踊出，至庭而死。寄入视穴，得其九女髑髅[⑦]，悉举出，咤[⑧]言曰："汝曹怯弱，为蛇所食，甚可哀愍。"于是寄女缓步而归。越王闻之，聘寄女为后，指其父为将乐令，母及姊皆有赏赐。自是东冶无复妖邪之物，其歌谣至今存焉。

注释

①东越：西汉时的小国，在今浙江东南及福建一带。都城在今福建福州。庸岭：又名乌岭，在今福建邵武县。

②气厉：指疾病灾异。③月朝：每月初一。

④缇萦：西汉名医淳于意的女儿，为救其父而向文帝上书，汉文帝因为她的陈情而将肉刑废除。

⑤麨chǎo：炒的米粉或面粉。⑥囷qūn：圆形的谷仓。

⑦髑髅dú lóu：死人的头盖骨。⑧咤：哀叹。

译文

东越国闽中郡有一座庸岭，有几十里高。在它西北部的山缝中有一条大蛇，长七八丈，粗十多围，当地人都很害怕它。东冶都尉和东冶所管辖下的县城里的长官，也有许多被蛇咬死了。人们一直用牛羊去祭它，所以才没有大的灾祸。后来，大蛇有时托梦给人，有时吩咐巫祝，说它要吃十二三岁的女孩。都尉和县令都为此发愁，但是大蛇的妖气所造成的疾病灾祸却一直没停息过。他们只得一起征用大户人家奴婢生的女儿和犯罪人家的女儿，把她们收养起来。到八月初一祭祀的时候，把那些女孩子送到大蛇的洞口。大蛇出来，便把女孩吞食了。连年这样，已经用了九个女孩了。这一年，他们又预先招募寻求，却没有找到这样的女孩。将乐县李诞的家中，有六个女儿，没有男孩。他家最小的女儿叫李寄，想去应募，父母不同意。李寄说："父母没有福相，只生了六个女儿，没有一个儿子，即使有了女儿也好像没有一样，我没有缇萦救父那样的功德，既然不能供养父母，白白耗费衣服食物，活着也没有什么用，还不如早点死去。卖掉我的身体，可以得些钱，用来供养父母，难道不好吗？"父母疼爱她，始终不同意她去。李寄就自己偷偷地走了，父母终究没能阻止她。于是李寄就禀告官府请求给她一把好剑和会咬蛇的狗。到八月初一，她就揣着剑，带着狗，到庙中坐好。她先把几石米做的糍糕用蜜和麦糊拌在一起，然后把它放在蛇的洞口。蛇便出来了，那蛇头大得像圆形的谷仓，眼睛像直径两尺大的镜子。它闻到糍糕的香味，先去吞食糍糕。李寄便放出狗，狗就上去撕咬，李寄趁机从后面砍了蛇好几下。蛇的创口痛得厉害，便翻滚着窜出来，爬到庙中的院子里便死了。李寄进入蛇洞察看，发现了那九个女孩的头骨，便都拿了出来，悲痛地说："你们这些人胆小软弱，被蛇吃了，太可怜了。"于是李寄便自己慢慢地走回家去。越王听说了这件事，把李寄姑娘聘为王后，任命她的父亲为将乐县县令，母亲和姐姐们都得到了赏赐。从此东冶县不再有怪异邪恶的东西了，到现在赞颂李寄的歌谣还在那里流传着。

二 野水鼍妇

荥阳[①]人张福，船行还野水边。夜有一女子，容色甚美，自乘小船来投福，云："日暮畏虎，不敢夜行。"福曰："汝何姓？作此轻行[②]？无笠雨驶，可入船就避雨。"因共相调，遂入就福船寝，以所乘小舟系福船边。三更许，雨晴月照，福视妇人，乃是一大鼍，枕臂而卧。福惊起，欲执之，遽走入水。向小舟，是一枯槎段[③]，长丈余。

注释

①荥阳：郡名，治所在今河南荥阳。

②轻行：轻率的行为。③槎chá段：树段。

译文

荥阳县人张福，乘船沿着野外的河边行驶。夜里有一个容貌很美丽的女子，独自划着小船来投靠张福，说："天黑了，我怕老虎，所以不敢在夜里赶路。"张福说："你姓什么？怎么这样轻率地出行？你没有斗笠，却还在雨中行驶，可以进我的船里躲雨。"于是两人互相调笑了一番后，女子便来到张福的船里睡觉，把她乘坐的小船系在了张福的船边。三更左右，雨停了，月光照来，张福细看那女子，竟是一只大鼍，把头枕在自己胳膊上躺着。张福惊恐地爬起来，想捉住它，它急忙逃进水里去了，之前她所乘的那只小船，只是一截长一丈多的干枯树段。

三　丹阳道士

丹阳道士谢非，往石城[①]买冶釜。还，日暮不及至家。山中庙舍于溪水上，入中宿，大声语曰"吾是天帝使者，停此宿，"犹畏人劫夺其釜，意苦搔搔[②]不安。二更中，有来至庙门者，呼曰："何铜。"铜应喏。曰："庙中有人气，是谁？"铜云"有人，言是天帝使者。"少顷便还。须臾又有来者呼铜，问之如前，铜答如故，复叹息而去。非惊扰不得眠，遂起，呼铜问之："先来者谁？"答言："是水边穴中白鼍。""汝是何等物？"答言："是庙北岩嵌[③]中龟也。"非皆阴识之。天明，便告居人言："此庙中无神，但是龟、鼍之辈，徒费酒食祀之。急具锸来，共往伐之。"诸人亦颇疑之，于是并会伐掘，皆杀之。遂坏庙绝祀，自后安静。

注释

①石城：即石头城，也就是现在的南京。

②搔搔：骚动不安的样子。

③岩嵌：岩石中的洞穴。

译文

丹阳郡道士谢非，去石头城买炼丹的锅。回来时，天色已晚，来不及赶回家了。他看见山中有座庙宇坐落在溪水边，便到里面留宿，他大声说道："我是天帝的使者，留在这里住宿。"他还是担心有人抢他的锅，心里一直惶惶不安的。二更时分，有人来到庙门前，叫道："何铜。"何铜在里面答应了一声。外面的人说："庙里有人的气味，是谁？"何铜说："的确有一个人，他说自己是天帝的使者。"一会儿那人便回去了。过了片刻，又有人来叫何铜，问了同样的问题，何铜也像刚才那样回答了，那人也叹息着走了。谢非受到惊扰后睡不着，就起了床，也叫了声何铜，然后问他："刚才来的是谁？"何铜回答说："是溪水边洞穴中的白鼍。"谢非又问："你是什么东西？"何铜回答说："是庙北岩缝中的乌龟。"谢非都暗暗记在心里。天亮后，他便告诉居住在附近的人们，说："这庙里没有神灵，只是乌龟、白鼍之类，你们祭祀它们，是白白浪费酒食。赶快拿铁锹来，我们一起去除掉它们。"大家也有点怀疑了，于是就一起去挖掘，把乌龟、鳄鱼都杀死了。然后捣毁了庙宇，断绝了祭祀，从此以后就安静了。

四 孔子谈五酉

孔子厄于陈[1]，弦歌丁馆中。夜有一人，长九尺余，著皂衣高冠，大咤，声动左右。子贡进，问："何人耶？"便提子贡而挟之。子路引出，与战于庭，有顷未胜。孔子察之，见其甲车间[2]时时开如掌，孔子曰："何不探其甲车，引而奋登？"子路引之，没手[3]仆于地，乃是大鳀鱼也，长九尺余。孔子曰："此物也，何为来哉？吾闻物老则群精依之，因衰而至。此其来也，岂以吾遇厄绝粮，从者病乎？夫六畜之物，及龟、蛇、鱼、鳖、草、木之属，久者神皆凭依，能为妖怪，故谓之'五酉'。五酉者，五行之方，皆有其物。酉者，老也，物老则为怪，杀之则已，夫何患焉？或者天之未丧斯文[4]，以是系予之命乎？不然，何为至于斯也？"弦歌不辍。子路烹之，其味滋，病者兴。明日遂行。

注释

①陈：中国周代诸侯国名，得封于商，在今河南省淮阳县一带。

②甲车间：指衣甲和两腮之间。

③没手：把手伸进去。

④斯文：指礼乐教化制度。

译文

孔子在陈国遭到困厄的时候，在旅馆中弹琴唱歌。夜里忽然出现一个人，身长九尺多，穿着黑衣服，戴着高帽子，大声怒叱，惊动了孔子身边的人。子贡走上前去，问："你是什么人？"这人便提起子贡把他挟在腋下。子路把子贡拉出来，和这人在院子中打起来了。过了好一会儿，子路还没有取胜。孔子仔细察看，发现这人的衣甲和两腮之间不时地裂开来，那口子就像手掌那么大，孔子对子路说："你怎么不把手伸到他衣甲和两腮之间，试着用力向上拉它呢？"子路便伸手去拉它，手全都伸了进去，那人便倒在地上，竟是一条大鳀鱼，长九尺多。孔子说："这种东西，是怎么来的呢？我听说过，事物年岁久了，就会有各种精怪来依附它，是因为衰败了才来的。这鳀鱼精的到来，难道是因为我遭遇到了困厄、断绝了粮食、跟随我的人都病了的缘故吗？牛、马、羊、鸡、狗、猪六种家畜，以及龟、蛇、鱼、鳖、野草、树木之类，生长时间长的，神灵都依附它们，因而能成为妖怪，所以人们把它们叫做'五酉'。五酉，是指五行的各个方面都有与之相应的东西。酉，就是老，东西老了就会变成妖怪，把它杀掉了，那妖怪也就没有了，对这种东西又有什么担心的呢？或者是老天为了不丧失那些古代的文化典制，因而用这东西来维持我的生命么？否则，为什么它会到这里来呢？"孔子继续弹唱个不停。子路煮了这条鳀鱼，它的味道很好，病人吃了就都能起床了。第二天，大家便又上路了。

五 千日酒

狄希，中山人也。能造“千日酒”，饮之千日醉。时有州人姓刘，名玄石，好饮酒，往求之。希曰：“我酒发①来未定，不敢饮君。”石曰：“纵未熟，且与一杯，得否？”希闻此语，不免饮之。复索曰：“美哉！可更与之。”希曰：“且归，别日当来，只此一杯，可眠千日也。”石别，似有怍色②。至家，醉死。家人不之疑，哭而葬之。经三年，希曰：“玄石必应酒醒，宜往问之。”既往石家，语曰：“石在家否？”家人皆怪之曰：“玄石亡来，服以阕③矣。”希惊曰：“酒之美矣，而致醉眠千日，今合醒矣。”乃命其家人凿冢破棺看之。冢上汗气彻天，遂命发冢。方见开目张口，引声④而言曰：“快哉！醉我也！”因问希曰：“尔作何物也，令我一杯大醉，今日方醒？日高几许？”墓上人皆笑之，被石酒气冲入鼻中，亦各醉卧三月。

注释

①发：发酵。

②怍色：脸色变化。

③服以阕：丧期已满，丧服已除。

④引声：拉长声音。

译文

狄希，是中山国人。他会酿造一种“千日酒”，喝了这种酒会醉上千日。当时州里有个人姓刘，名玄石，喜欢喝酒，便去狄希那儿要酒喝。狄希说：“我的酒发酵了，但酒性还没有稳定，不敢给您喝。”刘玄石说：“纵然没有熟，姑且先给我一杯，可以吗？”狄希听了这话，不得不给他喝了。他喝完后又请求说：“妙啊！请再给我一杯。”狄希说：“你暂且回去吧，请改日再来，就这一杯，已经可以让你睡上一千天了。”刘玄石只得告别，脸色似乎有了些变化。他回到家中，便醉得死了过去。家里人没有想到他是酒醉了，所以哭着将他埋葬了。过了三年，狄希寻思道：“刘玄石的酒一定醒了，应该去问候他。”不久他就去刘家，说道：“玄石在家吗？”刘家的人都对这问话感到奇怪，便说：“玄石死了，现在三年丧服期都满期了。”狄希惊讶地说：“那酒美极了，以致他醉睡一千日，今天该是酒醒的时候了。”于是他就叫刘家的人去挖坟开棺看看。大家一起到了墓地，只见坟上汗气冲天，马上叫人挖开坟。正好看见刘玄石睁开眼睛，张开嘴巴，拖长了声音在说：“醉得我好痛快啊！”他问狄希说：“你搞了什么东西，使我喝了一杯就酩酊大醉，到今天才醒？太阳多高了？”坟边的人都笑他，却不小心把他的酒气吸进鼻中，结果也都醉睡了三个月。

六 陈仲举相黄奴

陈仲举微时[①]，常宿黄申家。申妇方产，有扣申门者，家人咸不知，久之，方闻屋里有人言："宾堂[②]下有人，不可进。"扣门者相告曰："今当从后门往。"其人便往。有顷还，留者问之："是何等？名为何？当与几岁？"往者曰："男也，名为'奴'。当与十五岁。""后应以何死？"答曰："应以兵死。"仲举告其家曰："吾能相，此儿当以兵死。"父母惊之，寸刃不使得执也。至年十五，有置凿于梁上者，其末出，奴以为木也，自下钩之，凿从梁落，陷脑而死。后仲举为豫章太守，故遣吏往饷之申家，并问奴所在。其家以此具告。仲举闻之，叹曰："此谓命也。"

注释

①陈仲举：即陈蕃，字仲举，东汉末大臣。微：贫贱。

②宾堂：招待宾客住宿的堂屋。

译文

陈仲举还微贱的时候，常寄宿在黄申家中。黄申的妻子刚生小孩，忽然有人来敲黄申家的门，家里没人听见。过了好长时间，才听见屋里有人说："客堂下有人，不能进来。"敲门的人互相商量说："现在得从后门走。"其中一人就去了。过了一会儿，那人便回来了。留在大门边上的人就问他："生下来的是个什么样的孩子？名叫什么？该给他几岁？"去的人说："生的是男孩，名叫'奴'，应该给他十五岁。"留在那儿的人又问他:“后来这孩子因为什么而死?”去的人回答说:“因为兵器而死。”陈仲举对黄家的人说:“我会相面。你们这孩子会因兵器而死。”那父母亲为此万分惊恐,连小刀都不让儿子碰到。这孩子长到十五岁的时候,有人把凿子放在梁上,凿子的木柄露了出来,黄奴以为是根小木料,就在下面钩它,凿子从梁上落下来,插进他的脑袋,他就死了。后来陈蕃任豫章郡太守,特意派了差役去黄申家送礼物,并询问黄奴在什么地方。黄家把这情况告诉了他。陈仲举听了,叹息地说:“这就是命啊!”

卷二十

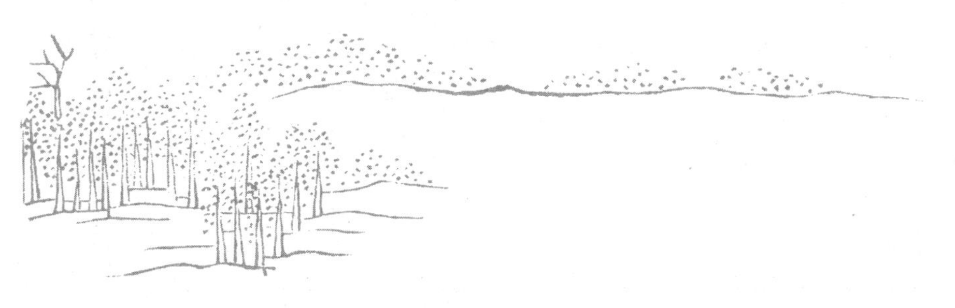

一 病龙求医

晋魏郡亢阳[1]，农夫祷于龙洞，得雨，将祭谢之。孙登[2]见曰："此病龙，雨安能苏禾稼乎？如弗信，请嗅之。"水果腥秽。龙时背生大疽，闻登言，变为一翁，求治，曰："疾痊，当有报。"不数日，果大雨。见大石中裂开一井，其水湛然。龙盖穿此井以报也。

注释

①亢阳：指旱灾。

②孙登：字公和，号苏门先生，妙真道大宗师，三国时期的著名隐士，长年隐居云台山，博才多识，熟读《易经》《老子》《庄子》等书，会弹一弦琴，尤善长啸。

译文

晋朝时魏郡大旱，农民在龙洞中祈祷，果然下了雨，他们打算去祭祀以感谢那里的龙。孙登知道后说："这里的龙有病，怎么能使庄稼复苏呢？如果你们不相信，请闻闻这雨水。"大家一闻，雨水果然非常腥臭肮脏。原来是因为这里的龙当时背上生了大毒疮，它听见孙登的话后，就变成一个老头，来求孙登为他治疗，并对孙登说："如果我的病痊愈了，一定会报答您的。"没过几天，果然下了大雨。人们还看见大石头从中间裂开变成一口井，井里的水十分清澈。大概那条龙是打了这口井来报答孙登吧。

二 苏易助虎产

苏易者，庐陵[1]妇人，善看产。夜忽为虎所取。行六七里，至大圹[2]，厝[3]易置地，蹲而守。见有牝虎[4]当产，不得解，匍匐欲死，辄仰视。易悟之，乃为探出之，有三子。生毕，牝虎负易还，再三送野肉于门内。

注释

①庐陵：古郡名，在今江西吉安。

②大圹：墓穴。

③厝cuò：安置。

④牝虎：母老虎。

译文

苏易是庐陵郡的一个妇女，善于接生。有一天夜里，她忽然被老虎叼走了。老虎叼着她走了六七里路，来到一个大墓穴，便把她放在地上，蹲在一边守着。她看见有一只母老虎要分娩了，但生不下来，趴在地上要死了，（听见她的动静）马上抬头看着她。苏易明白公老虎的用意，就用手伸进去把小老虎拉了出来，一共有三只。分娩以后，母老虎就背着苏易把她送回了家，后来又多次把野兽的肉送到她家里。

三　黄雀报恩

汉时弘农[1]杨宝，年九岁时，至华阴山北，见一黄雀为鸱鸮所搏[2]，坠于树下，为蝼蚁所困。宝见，愍之，取归置巾箱中，食以黄花。百余日，毛羽成，朝去，暮还。一夕三更，宝读书未卧，有黄衣童子，向宝再拜曰："我西王母使者，使蓬莱，不慎为鸱鸮所搏。君仁爱见拯，实感盛德。"乃以白环四枚与宝曰："令君子孙洁白，位登三事[3]，当如此环。"

注释

①弘农：古郡名，置所在今河南省西部的三门峡市、南阳市西部，以及陕西省东南部的商洛市等地。

②鸱鸮chīxiāo：鸟名，类似猫头鹰。搏：扑上去抓。

③三事：指三公。

译文

汉朝的杨宝是弘农郡人，他九岁时到华阴山北边，看见一只黄雀被鸱鸮击伤，掉到了树下，被蝼蛄蚂蚁围困。杨宝见它十分可怜，就把它带回家，放在装头巾的小箱子里，用菊花饲养它。一百多天后，黄雀的羽毛长好了，早上飞出去傍晚飞回来。有一天夜里三更时分，杨宝读书到很晚，还没有睡，忽然出现一个穿着黄衣服的童子，他向杨宝拜了两次，说："我是西王母的使者，要到蓬莱仙岛去，不小心被鸱鸮击伤。您十分仁慈，救了我，我实在感激您的大恩大德。"他拿出四只白色的玉环送给杨宝，说："让您的子孙保持洁白的品德，官位就会升到三公，那时他们就会像这玉环一样既洁白又高贵。"

四 隋侯珠

隋县溠水[①]侧，有断蛇丘。隋[②]侯出行，见大蛇被伤，中断。疑其灵异，使人以药封之，蛇乃能走，因号其处“断蛇丘”。岁余，蛇衔明珠以报之。珠盈径寸，纯白，而夜有光，明如月之照，可以烛室。故谓之“隋侯珠”，亦曰“灵蛇珠”，又曰“明月珠”。丘南有隋季良大夫池。

注释

①溠zhā水：水名，又名扶恭河，在湖北。

②隋：西周所封诸侯国之一。

译文

隋县溠水旁边，有座断蛇丘。春秋时期的隋侯有次出去游玩，曾经在那里看见一条大蛇，那蛇被砍伤断成两段。他认为这条蛇是神灵，就派人用药把它接上包好，那蛇竟然就能爬行了，因此人们把那个地方称作为“断蛇丘”。一年多以后，那蛇嘴里叼着明珠来报答隋侯。那颗珠子的直径超过一寸，洁白无瑕，夜里能发光，明亮得就像有月光照耀，可以用作室内照明。所以人们把这颗珠子称为“隋侯珠”，也叫做“灵蛇珠”，又叫做“明月珠”。断蛇丘的南边就是隋国大夫季梁的水池。

五 龟报孔愉

孔愉字敬康，会稽山阴人。元帝时以讨华轶功封侯[①]。愉少时尝经行余不亭[②]，见笼龟[③]于路者，愉买之，放于余不溪[④]中。龟中流左顾者数过。及后，以功封余不亭侯，铸印，而龟钮左顾，三铸，如初。印工以闻，愉乃悟其为龟之报，遂取佩焉。累迁尚书左仆射，赠车骑将军[⑤]。

注释

①元帝：晋元帝，在位时间约在317年到322年。

华轶：字彦夏，平原人，曾任江州刺史，因不服晋元帝命令而被讨伐斩首。

②余不亭：亭名，在今浙江吴兴北。

③笼龟：用笼子把龟装起来。

④余不溪：水名，在东苕溪下游。

⑤左仆射：官名，地位仅次于尚书，职权很重。

车骑将军：地位相当于上卿，或比三公，掌宫卫禁军。

译文

孔愉字敬康，是会稽郡山阴县人。晋元帝时因为讨伐华轶有功而被封侯。孔愉年轻的时候，曾经经过余不亭，看见路边有个人把乌龟装在笼子里，就买下了这只乌龟，把它放生到余不溪中。乌龟游到溪水中央的时候，几次从左边回过头来看孔愉。之后，孔愉因为讨伐华轶的功劳而被封为余不亭侯，在铸官印时，龟形印纽上的乌龟总是扭成从左边回望的样子，浇铸了三次还是像原来一样。铸印工把这事报告给了孔愉，孔愉意识到这是乌龟在向他报恩，于是就拿了印佩带在身上。后来孔愉又多次升官，一直做到尚书左仆射，并在死后被追封为车骑将军。

六 蚁王报董昭之

吴富阳县董昭之，尝乘船过钱塘江，中央见有一蚁，着一短芦，走一头，回复向一头，甚惶遽[1]。昭之曰："此畏死也。"欲取着船。船中人骂："此是毒螫物[2]，不可长，我当蹋杀之。"昭意甚怜此蚁，因以绳系芦着船。船至岸，蚁得出。其夜，梦一人乌衣，从百许人来，谢云："仆是蚁中之王。不慎堕江，惭君济活。若有急难，当见告语。"历十余年，时所在劫盗，昭之被横录[3]为劫主，系狱余杭。昭之忽思蚁王梦："缓急当告，今何处告之？"结念之际，同被禁者问之，昭之具以实告。其人曰："但取两三蚁着掌中，语之。"昭之如其言。夜果梦乌衣人云："可急投余杭山中，天下既乱，赦令不久也。"于是便觉。蚁啮械已尽，因得出狱，过江投余杭山。旋遇赦，得免。

注释

①惶遽：惊慌害怕。

②毒螫：毒害。

③横录：横加罪名而判决。

译文

吴郡富阳县的董昭之，有次乘船过钱塘江，在江中看见一只蚂蚁，附着在一根很短的芦苇上，跑到一头便又转身，再向另一头跑，十分惊慌。董昭之说："这是怕死啊！"于是想把蚂蚁捞起来放在船上。船中的人骂道："这是咬人的毒虫，不可以让它活下去。我要踩死它！"董昭之心里很怜悯这只蚂蚁，便用绳子把那芦苇系在船上。船到了岸边，蚂蚁得以从江中爬出。那天夜里，董昭之梦见一个穿着黑衣服的人，带着多人来，向他致谢说："我是蚁王，不小心掉进了江中，幸亏您救了我，我十分感谢您。您以后如果碰上危难，就告诉我。"十多年后，董昭之住地附近发生了抢劫，官府横加罪名，指控他为抢劫案的首犯，把他抓去关在余杭县的牢房里。董昭之忽然想起蚁王的托梦："遇到危急的情况就告诉它，但现在到什么地方去告诉它呢？"正在专心致志寻思的时候，和他一起被囚禁的人问他在想什么，董昭之把实情详细地对他说了。那人说："你捉两三只蚂蚁放在手掌里，告诉它们就行了。"董昭之照他的话办了，夜里果然梦见穿黑衣服的人说："您可以赶快投奔到余杭山中。天下已经乱了，大赦的命令不久就会发布。"于是董昭之便醒了，只见蚂蚁已经把他的枷锁都咬光了，他便逃出牢房，渡过钱塘江，投奔到余杭山去了。不久碰上大赦，他得到了赦免。

七 义犬报恩

孙权时李信纯，襄阳纪南[①]人也。家养一狗，字曰"黑龙"，爱之尤甚，行坐相随，饮馔之间，皆分与食。忽一日，于城外饮酒大醉，归家不及，卧于草中。遇太守郑瑕出猎，见田草深，遣人纵火爇[②]之。信纯卧处，恰当顺风。犬见火来，乃以口拽纯衣，纯亦不动。卧处比有一溪，相去三五十步，犬即奔往，入水湿身，走来卧处，周回以身洒之，获免主人大难。犬运水困乏，致毙于侧。俄尔信纯醒来，见犬已死，遍身毛湿，甚讶其事。睹火踪迹,因尔恸哭。闻于太守,太守悯之曰:“犬之报恩甚于人,人不知恩,岂如犬乎!”即命具棺椁衣衾葬之。今纪南有义犬葬,高十余丈。

注释

①纪南:古邑名,在今湖北江陵西北。

②爇ruò:烧。

译文

孙权时,有个叫李信纯的襄阳郡纪南人。他家养了一条狗,名叫“黑龙”。他非常喜爱这条狗,无论出门、在家都让狗跟着他,吃东西的时候,也要分一些给狗吃。有一天,他在城外喝得酩酊大醉,还没有到家,便醉倒在草丛中。正好碰上太守郑瑕出来打猎,他看见田野里的草很深,就派人放火烧草。李信纯躺的地方,恰好在下风向。狗看见大火烧过来,就用嘴拖拉他的衣服,李信纯还是不动。李信纯躺着的地方附近有一条小溪,离他只有三五十步,狗就奔过去,跑进溪水中浸湿身体,再跑到李信纯躺的地方,在他的周围来回跑,用自己身上的水洒在他身上,这才使得主人避免了大难。狗却因运水太疲乏,而死在主人的身旁。过了一会儿李信纯醒来,看见狗已经死了,浑身的毛都湿漉漉的,十分惊讶。他看到了火烧的痕迹,悲痛地大哭起来。这件事传到了太守那里,太守十分怜悯这条狗,说:“狗的报恩胜过人!人如果不知道报恩,连狗都不如啊!”于是就叫人备办了棺材衣服把狗安葬了。现在纪南这个地方还有义犬坟,高十多丈。

八 邛都陷湖

邛都县[1]下有一老姥，家贫孤独。每食，辄有小蛇，头上戴角，在床间，姥怜而饴之。食后稍长大，遂长丈余。令有骏马，蛇遂吸杀之。令因大忿恨，责姥出蛇。姥云："在床下。"令即掘地，愈深愈大，而无所见。令又迁怒，杀姥。蛇乃感人以灵，言瞋[2]令："何杀我母？当为母报仇。"此后每夜辄闻若雷若风，四十许日。百姓相见，咸惊语："汝头那忽戴鱼？"是夜，方四十里与城一时俱陷为湖。土人谓之为"陷湖"[3]。唯姥宅无恙，讫今犹存。渔人采捕，必依止宿，每有风浪，辄居宅侧，恬静无他。风静水清，犹见城郭楼橹畟然[4]。今水浅时，彼土人没水，取得旧木，坚贞光黑如漆。今好事人以为枕，相赠。

注释

①邛qióng都：古县名，在今四川西昌南。

②瞋chēn：通"嗔"。愤怒。

③陷湖：应该是今天西昌的邛海，又称邛池。

④楼橹：瞭望台。畟cè然：宛然，清晰的样子。

译文

邛都县内有一个老太太，家境贫穷，孤独无依。每到吃饭的时候，总是有一条头上长着角的小蛇出现在床边。老太太怜悯它，就给它东西吃。后来这条小蛇渐渐长大，有一丈多长。邛都县令有一匹骏马，这条蛇竟把它吞食了。县令因而非常愤恨，责令老太太交出大蛇。老太太说："蛇在床下。"

县令立刻派人挖地，洞越挖越深，越挖越大，却什么也没有发现。县令就迁怒到老太太身上，把她杀了。这条蛇便让凡人感应到它，愤怒地对县令说："你这县令，为什么杀死我的母亲？我要为母亲报仇！"从此以后，每天夜里总是能听到打雷刮风般的声音，过了四十天左右，百姓互相见面，都惊讶地说："你的头上怎么突然顶着鱼？"那天夜里，方圆四十里的土地以及县城同时都陷落成了湖泊。当地的人称之为"陷湖"。只有老太太的住宅平安无事，到现在还存在着。现在渔民捕鱼，把渔船靠着那老太太的住宅过夜。每次遇到风浪，他们总是把船停在宅边，便安然无事了。风静水清的时候，还可以清楚地看见陷入湖中的城墙楼台的样子。现在水浅的时候，那些当地的居民潜入水中，会捞到一些旧木头，坚硬结实、乌黑发亮，像上了漆一样。那些喜欢多事的人就用这种木料做成枕头互相赠送。

图书在版编目（CIP）数据

搜神记译注 /（晋）干宝著；邹憬译注．—北京：北京联合出版公司，2015.7（2023.8重印）

ISBN 978-7-5502-3958-6

Ⅰ.①搜… Ⅱ.①干… ②邹… Ⅲ.①笔记小说－中国－东晋时代②《搜神记》－译文③《搜神记》－注释
Ⅳ.①I242.1

中国版本图书馆CIP数据核字（2015）第143119号

搜神记译注

作　　者：（晋）干宝
译　　注：邹　憬
出 品 人：赵红仕
选题策划：梁明德　邵鹏军
责任编辑：王　巍
特约编辑：刘文硕
封面设计：格林文化
版式设计：格林文化

北京联合出版公司出版
（北京市西城区德外大街83号楼9层　100088）
三河市华润印刷有限公司　新华书店经销
字数250千字　960毫米×640毫米　1/16　印张22.5
2015年9月第1版　2023年8月第3次印刷
ISBN 978-7-5502-3958-6
定价：52.00元
